Adieu Lili Marleen

Du même auteur
chez le même éditeur

Les Ombres mortes
Kadogos
L'Homme à la bombe
Placards

CHRISTIAN ROUX

Adieu Lili Marleen

RIVAGES/THRILLER

Collection dirigée par François Guérif

RIVAGES

Retrouvez l'ensemble des parutions
des Éditions Payot & Rivages sur
payot-rivages.fr

106, boulevard Saint-Germain – 75006 Paris

Pour Nicole, pour toujours.

Si le silence après Mozart est encore du Mozart,
le silence après les camps, c'est encore les camps.

Karl Gustav Brandauer

The Entertainer

1

Jouez *Goodbye Pork Pie Hat* au dessert, personne ne s'en rendra compte. *Portrait Of An Ermite* à l'entrée non plus, notez bien. Un Français, quand ça bouffe, ça bouffe. Rien à faire du génie, des mystères de la création, de la mort des grands hommes... En toutes circonstances, l'estomac est roi. Ça vaut pour moi aussi. Sinon je ne serais pas resté assis des soirées entières au piano du Saint-Jacques, à essayer de caser Mingus ou Monk entre un ris de veau et un filet de saint-pierre. Oui, je jetais la musique de ces grands hommes par pelletées de notes dans les oreilles de néophytes qui n'en avaient que faire parce que moi aussi, je voulais manger. Je me servais des œuvres des autres, de leurs tripes, de leur vision du monde, sans me soucier du tort que je pouvais leur causer, uniquement parce que je n'étais pas capable de faire autre chose qu'égrener des notes sur un piano, en espérant qu'en plus de ma maigre paye, cet étalage me vaudrait un pourboire. J'aurais dû en avoir honte, mais ce n'était pas le cas ; en revanche, côté pourboire, j'étais souvent déçu.

Je ne pécherai pas par fausse modestie. Sans être un génie, je n'étais pas un mauvais pianiste, même si j'avais considérablement perdu, et je le savais. Le problème, c'était que les clients ne réagissaient qu'à ce qu'ils reconnaissaient. En gros, ils payaient dès lors qu'ils pouvaient fredonner la mélodie qui, malgré le brouhaha des conversations et les bruits internes de leur mastication, était parvenue à se frayer un chemin jusqu'à leur néocortex, et que ce dernier avait réussi à l'identifier puis la classifier sous le label « déjà entendue ». Alors, par reconnaissance – on n'en sortait pas –, il se pouvait qu'ils versent une obole. Mais il n'y avait guère que les tubes de variétés pour vaincre pareils obstacles, et je n'en jouais guère… Une seule composition digne de ce nom parvenait à remplir la double fonction de chef-d'œuvre et de tiroir-caisse avec un taux avoisinant les 100 % : *The Entertainer*, de Scott Joplin. Les gens me la réclamaient sous le nom de L'Arnaque, parce que cette musique était avant tout pour eux celle du film de George Roy Hill, avec Paul Newman et Robert Redford (sans oublier la magnifiquement triste Dimitria Arliss, dans le rôle d'une des tueuses à gages les plus touchantes et les plus originales que le cinéma nord-américain ait jamais mis en scène). Jean-Marc, le patron, n'était pas le dernier à demander L'Arnaque : il trouvait ça drôle, au moment d'apporter la note. Alors va pour L'Arnaque… Évidemment, d'être joué et rejoué à l'envi, le morceau perdait tout son sel. Mais le pourboire, ça compte, dans une vie de pianiste de bar.

La plus grosse somme que j'aie jamais reçue, c'est une vieille femme, Magalie de Winter, qui me l'a donnée. Et ce plus d'une fois. Elle dînait tous les soirs au Saint-Jacques. Moi, je n'étais présent que les vendredis et les samedis. Ces jours-là, sitôt entrée dans le restaurant, elle posait un billet de dix sur le piano ; un tiers du prix de son repas. En soi, c'était déjà remarquable, mais ce n'était pas tout. Elle pouvait doubler la mise si je jouais *Lili Marleen,* et même la tripler si le morceau était « bien interprété ». Je ne comprenais hélas pas ce qu'elle entendait par là ; pour moi, je le jouais toujours de la même façon, et plutôt mal, en définitive, c'est-à-dire sans cœur. Ce n'était pas un morceau qui m'inspirait beaucoup ; il réclamait de la nostalgie, et la nostalgie était un sentiment dont j'étais dépourvu.

Pour en éprouver, il faut trouver quelque chose d'aimable à son passé, et le mien n'était pas brillant, ou alors je devais remonter jusqu'à ma tendre enfance ; mais si j'avais de bons souvenirs de cette période en elle-même, l'illusion dans laquelle elle m'avait entretenu – à savoir que le monde m'appartenait – me plongeait rétrospectivement dans une amertume trop profonde pour être génératrice de quelque art que ce soit.

N'empêche, quoiqu'il en fût de mes interprétations, après que le dernier accord de *Lili Marleen* avait fini de résonner, Magalie de Winter achevait en silence la longue cigarette à bout doré qu'elle avait allumée durant l'introduction, puis elle disait :

– Merci Julien. C'est gentil de l'avoir joué.

Vingt euros.

Ou :

– Vous l'avez bien interprété, ce soir.

Et elle posait trente euros sur le piano.

Le plus remarquable, dans cette histoire, c'est que Magalie de Winter ne m'a jamais réclamé *Lili Marleen*, excepté le jour de notre rencontre. Je venais de le jouer pour la première fois de ma vie quand elle m'a demandé de le bisser.

Pour éviter de trop m'ennuyer, je déchiffrais régulièrement de nouveaux morceaux, le plus souvent de simples grilles d'accords à partir desquelles je me lançais dans des improvisations. Il y avait alors quinze jours que je tenais le piano de l'établissement et le dimanche précédent, comme tous les premiers dimanches du mois, j'étais allé musarder du côté d'Emmaüs, où j'avais déniché un lot de vieilles partitions. Je les ai apportées ce soir-là dans l'intention d'en jouer quelques-unes. Et à l'instant même où Magalie s'asseyait à une petite table, non loin du piano, j'attaquais l'introduction de *Lili Marleen*.

L'introduction est pour un musicien une manière d'explorer un nouveau thème sans avoir l'air de trop y toucher. On peut jouer rubato, on peut traîner sur le tempo, étirer une mesure, revenir dessus si un truc nous a échappé, faire passer une fausse note pour une appogiature – ça, avec un minimum de doigté, on peut toujours y avoir recours, même au milieu d'un morceau – et voir s'il n'y a pas moyen, au cas où ça se compliquerait, de bifurquer vers un blues… Mais la partition de *Lili Marleen* était des plus simples. Une mélodie en mi bémol majeur, qui se baladait de noire en noire, rehaussée d'une cellule rythmique en noire pointée croche permettant de glisser sans heurt de la marche allemande à un ternaire gentiment swingué et, partant de là, de s'envoler pour où on voulait. Je me suis donc assez vite lancé dans une interprétation des plus sobres du thème, sans fioritures ni magouilles, un peu à la John Lewis – en moins intelligent, bien sûr. J'ai enchaîné sur deux grilles d'improvisation et un classique retour au thème. Assez exceptionnellement – avais-je deviné l'attention particulière que me portait la vieille femme digne que j'avais vue entrer dans le restaurant ? –, je n'ai pas terminé le morceau par un de ces arpèges qu'on fait mourir dans les aigus en égrenant des notes à toute vitesse, comme si on n'avait pas eu le temps de les jouer toutes auparavant (en vérité, il s'agit surtout de retarder le moment où on va aborder un autre morceau, puis un autre, et un autre encore, jusqu'à ce qu'on n'en puisse plus – sauf qu'on n'en peut déjà plus depuis la première note) ; non, j'ai plaqué un dernier accord dans son plus simple appareil et l'ai à peine laissé résonner. Dès que le silence est revenu – ici, il prenait la forme d'un brouhaha continu et de tintements de couverts, comme si on avait subitement monté le volume de la salle – une main gantée de dentelle a posé un billet de vingt euros sur le piano. J'en gagnais quatre-vingts par soir.

Estomaqué, j'ai regardé la vieille femme se rasseoir précautionneusement, mais avec une grâce certaine. Elle a soulevé un coin de ses lèvres minces, maquillées d'un bref trait rouge – un sourire peut-être, mais ses yeux n'en disaient rien –, puis elle a sorti une cigarette d'un étui posé sur le bord de la table, une Dunhill long size. J'étais ennuyé de devoir faire une remarque désagréable à ma bienfaitrice, mais je ne voulais pas qu'elle se fasse rabrouer par Jean-Marc. Je me suis raclé la gorge :

– Excusez-moi, madame, mais…

– Ne vous occupez pas de ça, jeune homme. Vous pourriez rejouer ce morceau, s'il vous plaît ?

Le ton était ferme. Pas cassant, mais impérial. J'hésitais à m'exécuter. Cette femme ne venait pas de la rue. Moi non plus. Mais je ne m'autorisais pas pour autant à penser qu'une bonne partie de l'humanité était à mon service. Elle si, de toute évidence. Et elle était de la caste supérieure. On était un paquet de milliards en dessous d'elle – dans les six milliards et quelques centaines de millions, si je ne m'abuse. J'ai toujours eu des scrupules à obéir. Mais pas mon portefeuille. J'ai attaqué une nouvelle fois *Lili Marleen* et l'ai fait durer pile le temps que sa cigarette a mis à se consumer. Une cigarette que malgré la législation en vigueur, ni Jean-Marc ni personne d'autre n'est venu lui demander d'éteindre.

2

Le Saint-Jacques, situé dans la rue du même nom un peu au sud du Panthéon, était un restaurant assez sombre. La rue elle-même n'était pas très large et les immeubles qui la bordaient atteignaient tous leurs cinq étages réglementés par Haussmann, aussi la lumière du jour donnait-elle difficilement dans l'établissement que, de plus, on n'atteignait qu'après avoir descendu cinq marches – sans doute un ancien magasin de vins et charbons. Quand j'y pénétrais, vers dix-huit heures, j'avais le sentiment d'entrer déjà dans la nuit. Même en plein été.

Le décor était lourd, plein de fioritures marron, rouges, orange, et une vague impression de bordel du XIXe siècle y régnait. Mais attention : un bordel pour ministres ! Les petites lampes aux abat-jour en toile posées sur chaque table pour créer un espace intime n'étaient pas étrangères à cette impression. À croire que Jean-Marc avait acheté le restaurant en l'état et n'y avait apporté aucune transformation. Ce n'était pas forcément étonnant. Homosexuel totalement décomplexé, Jean-Marc pratiquait le coming out au quotidien. Sans rire, chaque jour, il se déclarait gay comme si, le cheveu en bataille, l'anus en feu et le cœur en extase, il émergeait tout juste de sa première expérience. Aussi ne cachait-il pas que ce petit côté coquin suranné qu'affichait son restaurant l'émoustillait. Du coup, je me demandais si la présence d'un pianiste n'avait pas pour seul but d'apporter une touche supplémentaire au tableau. Et alors ? Le piano n'était pas désagréable, l'ambiance était tranquille, la nourriture était de qualité et la paye tombait sans faute. De plus, Jean-Marc n'était pas un mauvais bougre. Il en faisait trop à mon goût dans le genre fofolle, mais j'aimais sa franchise.

Le jour où il m'a embauché, alors que, satisfait de ma prestation, il m'offrait un verre, il m'a demandé à brûle-pourpoint si j'étais « pédé », avec ce ton très sûr et gentiment provocateur du type qui s'estime en droit d'utiliser ce terme, injurieux dès lors qu'il est prononcé par quelqu'un « qui n'en est pas », à l'instar du terme de « nègre », qui peut être en certaines circonstances prononcé par un Noir, mais sûrement pas par un Blanc. J'ai répondu que non (à vrai dire, je n'en savais rien ; disons que jusqu'à aujourd'hui, je n'ai jamais ressenti d'attirance sexuelle pour un homme). Il m'a alors demandé dans la foulée si ça me tentait d'essayer. Nouvelle dénégation. Il a soupiré : « Dommage, t'as un beau petit cul. » Et on n'en a plus parlé ; enfin, je veux dire, on n'a plus parlé de ma participation à ses ébats, mais ça ne l'empêchait pas de me les raconter en long, en large et en travers… Bon, le décor était planté. Rajoutez Magalie de Winter dans le tableau et vous étiez définitivement transporté dans un autre monde. Un monde vieux, en perdition, dont j'avais pourtant le sentiment qu'il ne mourrait jamais.

Jean-Marc m'a appris que, sauf lorsqu'elle s'en allait passer quelque temps dans une des propriétés qu'elle possédait un peu partout sur notre planète – ce qui expliquait que je ne l'avais pas vue au début –, Magalie de Winter venait dîner chez lui tous les soirs, et ce depuis la mort de son mari. Elle représentait pour lui une bonne rente, mais elle était aussi une amie avec laquelle il aimait bavarder. Ça expliquait pourquoi elle avait le droit de fumer. Droit dont elle n'abusait jamais : elle ne sortait sa cigarette qu'au café. « D'ailleurs et à ce propos », m'a demandé Jean-Marc un soir, une fois Magalie partie, « si tu pouvais jouer

Lili Marleen à ce moment précis, ça éviterait qu'elle se mette en tête d'en fumer deux... »

Je me suis exécuté. Semaine après semaine, les vendredis et les samedis, au moment où Magalie de Winter mettait un demi-sucre dans son café, j'entamais son morceau favori. Ce petit rituel, porteur de suspense, rajoutait du sel à ces soirées ennuyeuses : estimerait-elle que ce morceau, dont je maintiens encore une fois que je le jouais pour ainsi dire toujours de la même façon, était « bien joué ce soir », ce qui me vaudrait trente euros de plus, ou bien devrais-je me contenter d'un gentil « merci » et d'un billet de vingt ?

Environ trois mois après mon embauche, un vendredi de juin, Magalie m'a invité à boire un verre. Jean-Marc renâclait. Les clients, assommés de chaleur, ne manifestaient aucune intention de partir et consommaient boisson sur boisson ; ce n'était pas le moment de les lâcher. Mais Magalie l'a vertement tancé. Elle estimait que j'avais droit à une pause, ce soir où j'avais « particulièrement bien interprété » *Lili Marleen.* Et, d'autorité, elle a fourré un billet de cinquante euros dans la poche de ma chemise. Jean-Marc n'a pas insisté. Les désirs de la meilleure cliente d'un restaurant sont des ordres indiscutables. Heureusement, on était samedi. Il pouvait arriver à Jean-Marc de faire la gueule d'un jour sur l'autre (et de venir s'excuser en fin de soirée), mais certainement pas d'une semaine sur l'autre : vendredi prochain, il serait passé à autre chose, une autre aventure, sans doute, avec tout le lot de complications qui accompagnait chacune d'elles, et il aurait tout oublié de ce qui s'était passé six jours auparavant.

J'étais particulièrement content parce qu'en m'invitant à boire ce verre, Magalie de Winter sonnait la fin de ma prestation. Jean-Marc l'a bien compris. Il est allé mettre un CD en maugréant. Art Tatum. Personne n'a rien remarqué, évidemment. Et j'ai pensé, non sans une certaine amertume, que décidément, je n'étais là que pour compléter le décor.

Malgré l'air étouffant, j'ai commandé un whisky, Magalie une coupe de champagne. Elle était toujours très élégamment vêtue, et même au plus fort de la chaleur d'une nuit d'été, elle portait des gants – très fins et très ajourés, mais des gants tout de même. Tandis que Jean-Marc s'éloignait, elle a murmuré :

– Ah, ce Jean-Marc… Avec ses manières et ses petites manies, il me rappelle un peu le Berlin que j'ai aimé… celui d'avant trente-trois, évidemment.

J'étais interloqué. Elle a levé son verre :

– À mes quatre-vingt-sept ans !

C'est la première fois que je l'ai vue arborer un sourire que je qualifierais de coquin.

Nous étions en 2005 et le XXIe siècle avait déjà posé ses jalons. Quatre ans plus tôt, dix-neuf Saoudiens armés de cutters avaient détourné des avions de ligne et s'en étaient servis comme armes de guerre pour bombarder les sites les plus prestigieux de l'est des États-Unis, au nom d'une secte de fous de Dieu fortement enracinée en Afghanistan et au Pakistan. Sur ce, les États-Unis avaient décidé que le responsable de ce gâchis était un dictateur laïc, Saddam Hussein – ni saoudien, ni afghan, ni pakistanais –, et avaient monté un immense canular visant à prouver qu'il détenait des armes de destruction massive (nucléaires et chimiques) afin de justifier une intervention armée dans son pays, l'Irak – plus qu'une intervention, d'ailleurs, c'est une véritable campagne qui fut menée au nom de l'idéal démocratique et du droit des peuples à disposer d'eux-mêmes… Quand je suis entré en prison, le monde craignait d'être englouti par un bug informatique ; quand j'en suis sorti, il s'était scratché contre ses pires cauchemars. Plusieurs centaines de milliers de morts plus tard, auxquels s'ajoutait une armée de soldats occidentaux déboussolés, dépressifs, voire suicidaires, et qui ne comprenaient pas ce qu'on attendait d'eux, rien n'était réglé.

Mais que pouvaient-ils comprendre ? En vérité, ce siècle avait commencé à la fin du précédent, au Rwanda et en Yougoslavie, alors que nous avions obstinément voulu croire en un « plus jamais ça » né de l'horreur de ces camps nazis qui avaient proliféré soixante-dix ans plus tôt, en cette période où Magalie de Winter vivait ses plus jeunes et, sans doute comme pour tout le monde, mais dans un contexte inimaginable pour moi, ses plus folles années.

Elle a enchaîné :

– Enfin, j'exagère un peu. À quinze ans, je n'étais pas en âge de tout comprendre, mais j'aimais la folie des tenues, les déguisements, les travestissements, toute cette comédie de la pourriture et du bonheur… Au fond, n'avons-nous jamais fait autre chose que jouer la comédie ? Tous les morts qui ont suivi devraient me faire dire le contraire, et pourtant… Je suis née avec Dada et la révolution russe, de bonnes armes pour construire un monde meilleur. Les premiers étaient plutôt drôles, les seconds se sont révélés sinistres. Mais d'autres, plus sinistres encore, sont venus…

Au fur et à mesure qu'elle évoquait ses souvenirs, sa voix se perdait dans les limbes. Me demandant soudainement si je ne discutais pas avec un fantôme, je me suis réfugié dans une pâle banalité et j'ai dit un peu fort :

– Quatre-vingt-sept ans… Franchement, vous ne les faites pas.

Elle s'est redressée, un éclat ironique dans son œil noir.

– Cher Julien… Vous êtes gentil, mais ils n'en sont pas moins lourds à porter.

Et elle a ajouté, désignant ses mains :

– Vous savez pourquoi je porte toujours des gants ? Parce que les mains sont les seules parties de son corps qu'on est obligé de voir. Et je ne veux plus rien voir de mon corps. Le visage, passe encore ; on se maquille ; mais les mains, elles, sont brutes de fonderie. Ça pend, ça plisse, ça se recroqueville… beurk !

Changeant brusquement de ton, elle a murmuré, espiègle :

– Vous devez vous demander ce que *Lili Marleen* évoque pour moi ?

À vrai dire, je n'avais plus ce genre de curiosité depuis longtemps. Les morceaux de musique populaire qui restent gravés dans les mémoires ont tous servi de bande-son à des histoires d'amour, quelles qu'elles soient. Amours mortes, amours manquées, amours éternelles, amours espérées, amours désespérées… les mêmes rengaines inchangées traversent les siècles et les siècles. Mais il est inutile de blesser les gens pour rien, et encore moins les vieilles dames qui fêtent seules leur anniversaire en cachant leurs mains dans des gants de dentelle. Je l'ai invitée à poursuivre.

Et elle m'a expliqué, de façon tout à fait attendue donc, que *Lili Marleen* lui rappelait Arno de Winter, son mari « depuis toujours et pour toujours ». Elle a sorti une photo de lui, prise dans les années quarante. Un cliché en noir et blanc, qui montrait un homme svelte, coiffé d'un chapeau melon « acheté en France, et qu'il aimait beaucoup ». C'était un chapeau melon presque plat, en tout point identique à celui que portait Lester Young. Et ce n'était pas un hasard : « Il était fan de jazz… entre autres. »

La photo avait été prise à Berlin. Derrière l'homme au chapeau melon, on pouvait apercevoir la porte de Brandebourg, quand elle ne marquait pas encore la frontière entre un monde dit libre et un autre dit obscur. L'homme souriait. À l'avenir ? À l'amour ? C'était en fait un comte fortuné, avec qui Magalie avait « tout vécu ». Aujourd'hui il était mort et elle s'ennuyait. J'ai vite compris qu'en fait de « tout vécu », elle ne parlait pas d'expériences comme le travail à la chaîne ou les trésors d'inventivité qu'un employé doit développer pour nourrir les siens jusqu'à la fin du mois une fois qu'il a payé le loyer et les charges. Non. Elle parlait de « la grande vie ». Organisateurs et le plus souvent directeurs de festivals de musique prestigieux, Magalie et Arno de Winter avaient fait plusieurs fois le tour du monde. Comme c'étaient de grands sportifs, ils en avaient profité, suivant les lieux où ils se trouvaient, pour grimper sur des montagnes, plonger au fond des océans, arpenter des déserts, sillonner l'Amazonie… toujours des lieux sauvages, en somme.

– Ça nous reposait de toutes ces célébrités que nous devions côtoyer… le plus souvent pour rien, hélas…

– Que voulez-vous dire ?

Sans répondre, elle a allumé une cigarette et a totalement changé de sujet, comme seuls peuvent se le permettre les gens dotés d'un pouvoir dont ils sont convaincus que personne ne viendra le discuter. C'était un trait de caractère qui, rapproché de tout ce qu'elle venait de me raconter, rendait Magalie de Winter à la fois fascinante et agaçante.

– Savez-vous sous quelles conditions j'ai accepté la demande en mariage d'Arno ?

Pour renforcer son propos, elle a levé l'un après l'autre son pouce et son index.

– Un : ne pas avoir d'enfant.

J'ai fait un rapide calcul. Si Magalie avait bien quatre-vingt-sept ans – et même si je lui en donnais dix de moins, je n'avais aucune raison d'en douter –, ça voulait dire qu'elle avait formulé ses exigences dans les années quarante. Pour une femme de cette époque, c'était assez remarquable, et ça le serait sans doute encore aujourd'hui. De plus, elle s'adressait au fils d'une famille de nobles, caste pour laquelle le maintien de la lignée a toujours été une loi d'airain. J'ai sifflé mon admiration.

– Deux : ne jamais avoir à faire la cuisine ou m'occuper de quelque affaire domestique que ce soit !

De cela aussi, Magalie semblait très fière, mais pour satisfaire ses desiderata, elle n'avait pas eu à lutter contre sa condition ; il avait suffi de payer des serviteurs ou d'aller manger tous les jours au restaurant, et pour ça, il fallait avoir des moyens qui dépassaient de beaucoup ceux du commun des mortels… Ah, la merveilleuse et indécente insouciance des riches... Malgré tout, j'étais touché par cette femme seule, dont la voix tremblait à l'évocation de son passé, tant elle était consciente non plus d'ouvrir le livre de ses souvenirs, mais de le refermer à jamais. Aussi l'ai-je écoutée jusqu'à ce que Jean-Marc vienne gentiment nous dire qu'il irait bien se coucher. Je devais moi aussi partir si je ne voulais pas rater le dernier RER. Magalie s'est empressée de nous libérer.

– Je suis confuse mais vous savez ce que c'est, à mon âge, je ne dors plus…

J'ai bien volontiers accepté ses excuses, sans rien dire de ce que je pensais au fond de moi, à savoir que je lui devais bien ça : l'un dans l'autre, *Lili Marleen* m'avait beaucoup rapporté.

Rentré chez moi, je me suis resservi quelques whiskies, que j'ai bus sur ma terrasse, accompagnés d'autant de cigarettes et de mes propres souvenirs. Mais dans ces derniers, je ne voyais ni montagnes, ni océans, ni déserts. Seulement un être en décomposition dans un monde qui ne valait guère mieux.

3

Je me suis réveillé assez tôt le dimanche, la bouche empâtée et le cerveau encore encombré des souvenirs d'une autre. Une douche froide a eu raison des deux et, après avoir avalé un café plutôt corsé, je me suis rendu au marché. Il y avait un Leader Price près de chez moi, mais le billet de dix euros est le dernier bulletin de vote à peu près valable qu'il nous reste ; je préférais le glisser dans l'urne d'un paysan qui cultivait ses carottes et ses tomates à la force de ses poignets, sans les asperger de je ne sais quelle saleté chimique, plutôt qu'à une centrale d'achats indifférente au sort des producteurs qu'elle exploitait. Et puis de la nourriture qui, sitôt avalée, était tout juste bonne à être évacuée par mon tube digestif, j'en avais assez ingurgité en prison. Une fois le loyer, les charges, ma bouteille de whisky et mes cigarettes payés, il ne restait plus grand-chose des sept cents euros que je gagnais chez Jean-Marc, mais merde, je pouvais tout de même me payer des patates de qualité ! La viande, j'en mangeais le vendredi et le samedi au restaurant. Ce n'était déjà pas si mal…

J'habitais le rez-de-jardin d'une maison de taille moyenne, sise sur les coteaux arborés d'Orsay, une ville de la banlieue sud de Paris. L'étage du dessus était occupé par la propriétaire. À part l'humidité ambiante et l'exiguïté des lieux, c'était plutôt confortable. Enfin, disons que pour ce que j'avais à y faire, ça allait très bien. La porte-fenêtre de la cuisine donnait sur une petite terrasse orientée sud-sud-ouest ; le terrain était assez fortement pentu et cette terrasse surplombait une rue plutôt tranquille. J'y passais le plus clair de mes fins de journée, à fumer des Gauloises blondes et à boire des verres, dès lors que le soleil daignait montrer le bout de son nez, ce qui bon an mal an, en Île-de-France, pouvait ne pas être si rare.

Les appartements de la propriétaire, Anna, une femme d'une trentaine d'années qui semblait mener sa vie exactement comme elle l'entendait, donnaient sur le jardin, de l'autre côté de la maison. Nous ne nous voyions pour ainsi dire jamais, elle et moi, sauf à nous croiser sur le chemin qui menait à la grille d'entrée. Chacun avait l'air fermement décidé à ne pas s'encombrer de politesses inutiles et c'était très bien ainsi. Il était très clair aussi qu'elle ne voulait pas que je monte chez elle, ce que je me suis bien gardé de faire. Le seul verre que nous avions bu ensemble, c'était un verre d'eau du robinet, avalé debout dans le studio vide et glacé pour sceller notre accord, le jour où nous nous étions entendus sur le montant de la location – trois cent cinquante euros entièrement au noir ; Anna savait d'où je venais et sa meilleure garantie était que sans quelqu'un comme elle, qui accepterait mon pedigree, je serais à la rue. Deux mois plus tard environ, je voyais pour la première fois Magalie pousser la porte du Saint-Jacques.

Une fois mes emplettes terminées, j'ai passé mon dimanche à me battre avec des partitions que je maîtrisais autrefois mais dont je ne parvenais plus à trouver le sens, mes doigts gourds, ankylosés par des années sans véritable exercice, ne parvenant pas à en saisir la clé. Vers six heures, déprimé, je me suis rendu au cinéma du centre-ville, où j'étais abonné. C'était un rendez-vous systématique. Le programme proposé paraissait de bonne qualité, même si pour ma part, j'étais incapable de discerner le bon grain de l'ivraie. Il m'arrivait de ne pas trouver le film très intéressant mais les grandes images, le son, la musique en multidiffusion, les grimaces des acteurs en gros plan… je n'avais pas pu en profiter beaucoup, pendant mes cinq ans au trou.

Toute la semaine suivante, j'ai travaillé mon piano, encore et encore, ne m'arrêtant que pour jouir de toutes ces petites choses qui m'avaient manqué et dont, vingt-trois semaines après ma libération, je ne me lassais toujours pas. Je n'en ferai pas la liste. Idriss, un prisonnier qui m'a beaucoup appris, expliquait à qui voulait l'entendre qu'il est impossible de parler de la prison : chacun a la sienne et il n'y en a pas deux pareilles. Si vous voulez vous en faire une idée, coupez-vous les bras, coupez-vous les jambes, coupez-vous la tête, crevez-vous les yeux, arrachez-vous les oreilles, enfermez-vous dans neuf mètres carrés avec un raciste noir, un raciste blanc, un camé perpétuellement en manque, un intégriste religieux (confession au choix) – que des mecs, évidemment –, et imaginez ce qui pourrait bien vous manquer…

Le vendredi suivant, je n'ai pas vu Magalie. Je m'en suis inquiété auprès de Jean-Marc qui, de son côté, s'est montré fataliste :

– T'en fais pas, elle reviendra.

– Quand même : elle a quatre-vingt-sept ans.

Il a haussé les épaules.

– Bah, je te l'ai dit, elle part régulièrement en voyage, faire le tour de ses propriétés. Je lui ai déjà fait remarquer qu'elle pourrait prévenir, mais qu'est-ce que tu veux, ces gens-là naissent avec un gène de l'égocentrisme hypertrophié. On leur a raconté toute leur vie que le monde avait été créé pour les servir. Comment veux-tu qu'ils voient les choses autrement ?

Je ne savais pas si je regrettais la présence familière de la vieille femme ou bien le billet qu'elle posait sur le piano, mais habité par une certaine mélancolie, j'ai entamé *Requiem,* de Lennie Tristano ; un chef-d'œuvre par trop méconnu, qui ne m'avait jamais rien rapporté. En général, je n'avais pas le temps d'achever l'introduction qu'un client me demandait si je n'avais pas un truc un peu plus gai dans mon répertoire. Cette fois, c'est Jean-Marc lui-même qui est venu me taper sur l'épaule en maugréant :

– Garde ça pour le troisième digestif, Julien. Quand il est temps que je les pousse dehors !

J'ai donc enchaîné sur un rag improvisé, pour me faire un peu les doigts et me mettre quelques clients dans la poche. « Ouah, t'as vu, le mec, il joue vite… » Peut-être, oui, mais sans souplesse… Quand j'entendais ça, j'avais envie de pleurer. Personne ne pouvait imaginer tout ce que j'avais perdu, et que je ne retrouverais sans doute jamais, pendant ces cinq années passées derrière les barreaux. Au début, je faisais courir mes doigts sur un clavier muet, dessiné sur une planche que je glissais sous ma couche dès que j'avais fini de m'en servir. Les matons me l'ont piqué trois fois, sous prétexte que ça pouvait servir d'arme, alors j'ai déchiré un bout de drap et j'y ai crayonné des notes. Je le déroulais sur mon lit, devant lequel je m'agenouillais pour jouer. Mais ça aussi, les matons me l'ont confisqué. Ils disaient craindre que je me pende avec. J'ai fini par pianoter à même la table, sur un clavier imaginaire, jusqu'à ce que mes « camarades » menacent de me péter les doigts si je n'arrêtais pas de tambouriner pendant qu'ils regardaient la télé – la télé allumée seize heures par jour, diffusant un flot de paroles et de musiques toutes plus abrutissantes les unes que les autres, imaginez ça aussi, si vous voulez vous faire une idée de l'enfer en maison d'arrêt (et j'ai dû m'en taper deux ans, dans l'attente de mon procès) ; l'enfer du centre de détention viendrait après, autrement délectable…

Après le rag, j'ai joué *Adieu et à demain*, une de mes compositions – elle ne m'avait jamais rien rapporté non plus. C'était une ballade inspirée de l'univers de Tom Waits. Elle racontait que lorsque vos enfants vous quittent pour suivre leur propre chemin, c'est tout un pan de votre vie qui s'effondre, tout un cycle de relations quotidiennes qui s'achève et que vous ne retrouverez plus jamais. La chanson disait adieu à tout ça mais rappelait aussi que dès le lendemain, de nouveaux rapports s'instaureraient, une nouvelle vie commencerait. Je n'avais pas d'enfant, mais j'aimais imaginer des vies qui ne m'appartenaient pas. Pour moi, c'était ça, créer.

Puis ça m'est tombé dessus comme une évidence : Magalie me manquait. Pas parce que sa chaise restait vide et que sa table, aux couverts impeccablement disposés, semblait figée dans cet état pour l'éternité ; pas parce que sa fumée de cigarette n'était pas là pour me rappeler que l'ordre ne s'applique qu'à ceux qui n'ont pas les moyens de s'y soustraire ; pas parce que son café annonçait un dernier set plus court – et plus lucratif ! – que les deux autres ; mais parce que peu à peu, je m'étais mis à jouer pour elle. J'avais même déterré de ma mémoire quelques chansons de Kurt Weill. Elles m'avaient, certains soirs, semblé bien correspondre à son état d'esprit. Et le léger sourire que j'avais vu se dessiner sur ses lèvres en ces instants était venu me prouver que je ne m'étais pas trompé. Ces morceaux dédiés étaient comme un clin d'œil entre nous, une façon d'entamer une conversation. Je me sentais alors moins seul, et j'osais croire qu'il en allait de même pour elle.

Maintenant, je jouais pour qui ?

Sûrement pas pour le genre de type qui venait d'entrer dans le restaurant alors que je plaquais les derniers accords d'*Adieu et à demain*. Grosse masse musculaire, trogne ineffable... il s'est planté à côté du piano et m'a fait une remarque du genre :

– Hey, Monky, c'est avec des merdes pareilles que tu comptes te faire du pognon ?

Ça devait arriver un jour ou l'autre. Je le savais. Mais six mois s'étaient écoulés depuis ma sortie de prison sans que j'entende parler de Kamel, et je commençais à me faire à l'idée que j'étais peut-être passé au travers. Je l'aurais mérité : j'avais payé cher le silence qui les avait protégés, lui et sa clique. En même temps, en vérité, parler, c'était mourir. Si Kamel considérait que c'était par peur que je m'étais tu, il n'avait aucune raison d'estimer que mes cinq ans de prison avaient racheté mes dettes. Et apparemment, on était dans ce cas de figure. La preuve : Carlos était là, il connaissait le surnom que je portais dans ma vie précédente – Monky –, et il allait me demander quelque chose que je n'aurais sans doute pas le courage de lui refuser. Carlos ou Marco ou La Chique ou n'importe quel autre malabar, j'ignorais son véritable nom : je ne le connaissais pas. Mais je savais, rien qu'à le voir marcher, que c'était un homme de Kamel.

Je n'ai rien répondu et j'ai enchaîné sur un blues, n'importe quel blues, tous les blues. Je n'ai jamais eu la mémoire de rien. Je connais plein de types très doués pour vous citer tous les musiciens qui jouent sur un titre, et les années d'enregistrement, et le studio où la session s'est déroulée, mais qui ne mouillent pas un poil de leurs bras quand du bon son leur entre dans les oreilles. Moi, je ne sais rien, hormis la musique. Mais la musique ne plaît pas à grand monde.

Jean-Marc s'est approché à son tour et m'a de nouveau flatté l'épaule :

– Eh, on s'endort, là…

Puis il s'est tourné, tout sourire, vers Carlos. Il a désigné la table de Magalie.

– Bonsoir monsieur, vous voulez vous asseoir près du piano ?

Carlos a posé sur mon épaule un des boudins qui lui servaient d'index.

– Je peux boire un coup au bar, en attendant Monky ?

Le visage de Jean-Marc s'est illuminé :

– Monky ? Mais c'est mignon, ça… d'où ça sort ?

Carlos se dirigeait déjà vers le bar, Jean-Marc l'a arrêté :

– Pardon, monsieur, c'est un restaurant, ici, et…

– J'peux aussi le péter, le bar.

L'élégance des Carlos… Jean-Marc a laissé tomber ; la violence était une chose qui le dépassait complètement, sauf dans le domaine sexuel. Non pas qu'il fût pour les coups, « mais quand même, faut y aller », aimait-il à répéter. « Et que ça gueule ! Tant que tu gueules pas, c'est que t'as pas joui ! »

N'empêche, il devait « y aller » un peu fort ; je ne l'avais jamais vu plus d'un mois avec le même mec, et presque à chaque fois qu'il en changeait, il me demandait :

– Franchement, dis-moi, elles ont le cul fragile comme ça aussi, les filles ?

Je n'en savais rien. Ça faisait un moment que je ne baisais plus qu'avec mon piano.

Pythecanthropus Erectus.

4

Carlos m'a fait monter dans un fourgon Chevrolet. Un monstre noir aux vitres teintées. Banal. Cliché, même. À part l'objet même de ma convocation – encore que je craignais d'en avoir une idée –, je pouvais prévoir tout ce qui se passerait. En bientôt cent ans, quelles qu'aient été l'époque et la mode, les Carlos n'avaient pas changé. Sauf en ce qui concernait le tabac.

– Ça pue trop après, avait dit le monstre en envoyant valdinguer d'une pichenette la cigarette que je m'apprêtais à allumer au moment de grimper dans son tank.

Je n'ai pas protesté et, comprenant que j'avais affaire à un type pointilleux, j'ai mis ma ceinture en tentant un stupide :

– Il me veut quoi, Kamel ?

Carlos m'a regardé comme une morve, et si je m'étais jamais demandé pourquoi je l'avais suivi si facilement, quelle force impérieuse m'avait poussé à ne même pas résister, alors que je n'avais pas vu Kamel depuis bientôt six ans, années de cabane comprises, j'avais la réponse. Un Carlos n'est pas un individu avec qui on discute. Il n'est pas payé pour négocier, tergiverser, arranger le coup ou comprendre. Surtout pas comprendre. Il est payé pour exécuter. Dans tous les sens du terme. Et un Carlos n'est pas une baudruche de cité gonflée à la rap attitude. La force est une chose qu'il manie avec un infini savoir-faire. Pour s'y mesurer, il faut un entraînement solide, or il y avait longtemps que je n'avais même pas participé à un malheureux bras de fer.

Pour toute réponse, il m'a tendu un bandeau noir et m'a demandé de l'appliquer sur mes yeux. J'ai soupiré. Kamel était toujours aussi parano. Depuis qu'il avait quitté les cités pavillonnaires de Drancy, où des gangs comme le sien et des familles de gitans sédentaires se partageaient des rues entières, pour venir se la couler douce à la campagne, personne, excepté sa garde rapprochée, ne savait où il avait élu domicile. Et c'était chaque fois le même cinéma...

J'ai soupiré mais je me suis exécuté. Discuter, ce serait avec Kamel. Quoique pour discuter avec lui, il fallait avoir de solides arguments, des arguments d'acier, de chair ou d'or, je veux dire, et je n'en avais aucun. Je n'avais même pas en poche le premier des deux cent mille francs que je lui devais (dix-huit mille euros, maintenant). Et il ne s'agissait là que de la somme de base ; indubitablement, les intérêts exigibles auraient sérieusement fait monter la note... Quel taux d'intérêt ? Applicable à partir de quelle date ? Je l'ignorais. C'était le problème avec un type comme Kamel : on n'avait jamais fini de payer ses dettes, vu qu'on ne savait pas à combien elles s'élevaient. Simplement, il vous réclamait une somme et c'était cette somme que vous deviez lui remettre dans les quarante-huit heures, sans même savoir s'il s'agissait de la totalité ou d'une partie seulement de votre ardoise. Et si vous n'étiez pas d'accord, vous pouviez toujours préférer mourir après vous être fait exploser les rotules ou avoir été énucléé à la petite cuiller. Parce qu'en plus d'être paranoïaque et injuste, Kamel était un pervers. En ce sens, eu égard à ses activités, lui aussi était banal. Tous ces truands élevés à la dure étaient les mêmes. La seule chose qui le distinguait, c'est qu'il était pire que les autres. Sans doute était-ce pour ça qu'il les avait matés.

Cinquante en ville, quatre-vingt-dix à la campagne, cent trente sur l'autoroute, un vrai pro, Carlos ; de ceux qui savent qu'il est indispensable de respecter les lois les plus anodines si l'on souhaite enfreindre les plus importantes. Pas un milliardaire, pas un truand de haut vol ne déroge à cette règle… Au bout de trois quarts d'heure, le 4 x 4 s'est engagé dans une allée en gravier. Carlos a ouvert sa fenêtre. La résonance du moteur prouvait qu'on se glissait entre de hauts murs, que je n'avais pas de mal à imaginer hérissés de tessons de bouteilles, et sur lesquels se dressaient sans doute des caméras de surveillance. Le musicien est celui qui sait voir avec les oreilles et entendre avec les yeux. Je regardais donc, en quelque sorte, et avec lassitude, se dérouler le cérémonial d'accueil. L'arrêt devant une grille large de sept mètres et haute de quatre, Carlos qui dit trois mots dans son portable, les caméras juchées sur les murs qui font le point sur nos visages, une loupiote orange qui se met à clignoter, indiquant par là que le mécanisme d'ouverture des portes est actionné, les lourds vantaux qui se mettent en branle, s'ouvrent, se referment derrière nous, d'autres Carlos qui me fouillent dès que j'entre dans le manoir, le bandeau qu'on me retire enfin des yeux – et je peux constater que je ne me suis pas trompé sur le genre de lieu où on se trouve –, les silences et les regards lourds de sous-entendus de tous ces hommes qui se croient au-dessus des lois alors qu'ils sont aveuglément soumis à une seule : celle édictée par leur chef... Je me suis tourné vers mon chauffeur. Une question me brûlait les lèvres. De quoi serait-il fier, à soixante-dix ans, cet âge où on commence à se retourner sur sa vie pour tenter d'en extraire les deux ou trois graines qu'on a péniblement semées et qui ont peut-être réussi à germer ? Question stupide : un Carlos n'atteint pas cet âge-là.

Un pianiste embringué dans une sale histoire non plus.

Kamel n'avait guère vieilli. Moins que moi, en tout cas, mais nous n'avions pas traversé ces six dernières années dans les mêmes conditions – de vie pour lui, de survie pour moi. Son sourire, encadré de fines rides verticales que le temps avait dessinées aux commissures de ses lèvres, était encore plus désarçonnant que la dernière fois où j'en avais été gratifié. À ce train-là, le jeune homme qui, de ses propres mains, avait égorgé ses ennemis et certains de ses amis, afficherait à soixante ans la mine d'un homme sage, doux et compréhensif ; celle d'un type qu'on aurait rêvé d'avoir pour grand-père et à qui on confierait sans hésitation sa jeune femme et ses enfants... pour découvrir un peu plus tard qu'ils avaient tous fini sur le trottoir ou dans des « chambres de détente », comme Kamel aimait nommer ses bordels clandestins.

Je lui ai néanmoins su gré de ne pas faire durer le suspense trop longtemps. Cette nouvelle génération de truands, même s'ils commençaient à s'empâter et à se fondre dans leurs décors de nouveaux riches, ne s'encombraient pas de politesses. C'étaient des voyous et ils le resteraient toujours. Comme Tony Montana, leur indéboulonnable modèle, ils ne connaissaient qu'une règle, « buter ou être buté », et sa déclinaison, « baiser ou être baisé ». Il m'a offert un verre préparé par ses soins, tout en pointant du doigt un fauteuil pour que je m'y assoie. Et il a attaqué :

– Putain Monky, à chaque fois que je te vois, j'en reviens pas. Si j'avais le bras aussi long dans les affaires que les tiens dans la réalité, aujourd'hui, je serais le roi du monde !

– Ah, ça vient de là, Monky ?

À la surprise générale, Carlos était intervenu sans y avoir été invité. Son chef n'a pas apprécié.

– Ta gueule, toi, on t'a pas sonné ! Monky, c'est pas « monkey »… Paraît que ça vient surtout d'un pianiste moine, ou j'ai pas bien compris, et on s'en fout. Bon, Monky, je t'ai fait venir parce que j'ai besoin d'un homme du monde.

– Je n'en ai plus vraiment le pedigree.

– Oh, écrase. T'as toujours su te tenir dans la haute, et puis t'as toute ta putain de musique. Ça, ça m'intéresse... tu connais toujours tes classiques ?

– Je ne m'en tiens plus qu'à l'essentiel. Les dernières sonates de Beethoven, les partitas de Bach, les deux derniers concertos de Bartók…

– Eh ! L'alphabet des musiciens dépasse pas le B ?

– Si… Stravinsky, Scriabine, Szymanovski…

– Ça va, fais pas chier avec tes Russes.

– Szymanovski était d'origine polonaise.

Kamel m'a regardé d'un air plus noir que le vague magma qui lui servait d'âme. J'avais poussé le bouchon un peu loin mais manifestement, il avait vraiment besoin de moi. Il a poussé un long soupir et a repris d'une voix calme :

– Et les tubes, Monky ? Mendelssohn, la *Marche nuptiale*, les valses de Chopin ou de Strauss, *La Truite* de Schubert, la *Marche turque*, tu sais pas jouer tout ça ? Sur une croisière cinq étoiles, va pourtant falloir… Merde, même moi, je connais !

– Je pars en croisière ?

– Pianiste, mon vieux.

– Et c'est tout ?

– Presque. En fait, t'accompagnes le piano. C'est ça qu'est bien avec les pianistes d'ambiance. C'est comme les secrétaires Louis XVI ou les Rollex. Sans eux, tu te sens plus pauvre, et pourtant, tout le monde oublie qu'ils sont dans le décor. Même leur propriétaire. Tu vois, entre le pianiste et le piano, c'est même pas sûr que ça soit le piano le meuble. Après tout, c'est le piano qui fait du bruit ; le pianiste, il fait que remuer les doigts. Pas vrai ?

– Il y a de ça.

– Donc tu fais le meuble, et quand on t'aura bien oublié, tu pourras entrer en action… ou pas.

– Quel genre d'action ?

– Pas mon problème. Moi, je fournis la came et le bonhomme.

– Quelle came ?

– T'as pas à le savoir. Tu montes sur le bateau, tu joues du Mozart et t'attends.

– Vraiment, t'as pas plus d'infos que ça ?

– Non. Il y aura un contact sur place.

– Et pourquoi sur place ?

– Parce que c'est pas sûr que ça se fasse. Putain, Monky, tu fais chier, maintenant, avec tes questions ! À quoi bon donner des infos sur un coup si on n'est pas sûr qu'il va avoir lieu ?

Je me suis soudainement senti très fatigué.

– J'ai arrêté tout ça, Kamel. Cinq ans de prison, cinq ans que j'ai morflés pour toi, sans moufter… ça suffit pas pour rembourser ma dette ?

– T'aurais dû arrêter le piano. Des porte-flingues, j'en connais des centaines. Mais des types capables de dégainer des gammes, j'en connais qu'un. Et c'est toi. Et on va pas en causer pendant des plombes. Tu connais la chanson, si je puis dire… Ah, elle est bonne, celle-là. Tu connais la chanson… à un pianiste... Hein, qu'elle est bonne ?

Il s'est tourné vers Carlos et s'est esclaffé. Carlos a suivi, obéissant. Et moi aussi. C'était la plus mauvaise que j'avais jamais entendue, mais j'étais bien obligé d'acquiescer. Et quand il a eu fini de rire, il s'est mis à la pousser, sa chanson. Sur un ton las. De fait, je la connaissais très bien, mais Kamel ne pouvait pas se retenir. À sa manière, c'était un cabotin.

– Si tu refuses, Armand va te casser tous les os, surtout ceux des doigts. Et peut-être même te les couper. Tu sais, à la tenaille…

Armand… je n'y aurais pas pensé. Le colosse souriait déjà. J'ai murmuré :

– Oui, je sais.

Kamel avait raison. À quoi bon perdre du temps ?

– On peut se dire que c'est le dernier truc que tu me demandes ? Que je ne te devrai plus rien ?

– Je sais pas encore, Monky. Tu me dois dans les… dans les quoi ? Trente ? Trente-cinq mille ? Oui, disons ça : je ne vais pas te compter les années de trou. C'est pas rien, trente-cinq mille… On verra comment tu te tires de cette histoire. Ensuite, ça dépend de toi, Monky… Dis-moi : t'as arrêté de jouer ? Aux cartes, je veux dire, ou aux dés, ou à la roulette… tu te piquais à tout, si je me rappelle bien… Et si j'efface ton ardoise pour que tu m'en réempruntes autant, ça servira à quoi ?

J'ai ravalé ma salive. De ce côté-là, ça allait mieux, mais rien n'était encore gagné. J'avais arrêté de jouer, mais je n'avais pas arrêté d'en avoir envie.

– Je pars quand ?

Il a cligné de l'œil, satisfait.

– Tu vas aimer. Y aura plein de Russes.

5

Une fois rentré chez moi, raccompagné par un Carlos – ou un Armand – plus muet encore que l'autre, et à qui je n'ai même pas eu besoin d'indiquer mon adresse, j'ai écrit un mot à Anna, histoire de l'informer que je m'absentais pour une dizaine de jours, qu'elle ne s'inquiète pas d'un éventuel départ à la cloche de bois, et je l'ai glissé dans une enveloppe, avec les trois cent cinquante euros de loyer du mois suivant. Je n'étais pas amoureux fou de ce logement, mais il offrait un toit à mon piano et à un réfrigérateur que j'arrivais à remplir à peu près toutes les semaines. C'était plus que je ne pouvais espérer il y a six mois.

Six mois… Tout à coup, j'ai réalisé que quelque chose clochait dans cette histoire. Une demi-année, c'était énorme pour quelqu'un comme Kamel… d'un autre côté, il n'avait aucune raison de savoir où j'étais : j'avais coupé les ponts avec tous les gens que je fréquentais avant de me faire prendre. Mais je m'en faisais sans doute pour rien. Il avait fait des recherches, il m'avait retrouvé, et maintenant qu'il avait besoin de moi, il s'était manifesté… ce n'était pas plus compliqué que ça.

Une fois mon mot rédigé, j'ai marché jusqu'à une cabine téléphonique, d'où j'ai appelé Jean-Marc. Il était dans tous ses états.

– Décidément, tout le monde me lâche !

– Comment ça, tout le monde te lâche ?

– Tu sais pas ? Magalie est venue, finalement. Juste après ton départ.

– Merde !

J'étais content de savoir qu'elle n'avait rien, mais j'étais quand même passé à côté de trente ou quarante euros.

– Tu crois pas si bien dire : elle est passée nous dire adieu.

– Comment ça, adieu ?

– Je sais pas, elle a rien expliqué. Elle a seulement dit qu'elle partait loin et qu'elle ne reviendrait plus. Et toi, tu reviendras ?

– Bien sûr que je reviendrai. Je pars en croisière. C'est un gros contrat mais ça ne suffira pas pour m'assurer une fin d'existence paisible.

Je n'ai pas dit que je reviendrais même peut-être avec rien du tout... si je revenais.

– Tu as trente-cinq ans et tu parles déjà de retraite !

– T'as mieux à vivre ?

– Bon, je mettrai des disques. Mais dans quinze jours, si t'es pas là, je cherche quelqu'un d'autre. Un pédé, cette fois.

Drôle de soirée. Plutôt éprouvante, au total. Mais je n'avais aucune envie de dormir. Je suis remonté chez moi, ai libéré ma bouteille de whisky du placard où je la tenais enfermée, et me suis installé sur ma terrasse. L'air était doux. J'ai levé mon premier verre à la santé de Magalie, en l'honneur de qui j'ai aussi allumé une cigarette. C'est la seule fois de ma vie où j'ai vraiment eu envie de fumer une Dunhill, et je me suis abandonné longuement à cette pensée.

Vers trois heures du matin, Anna est apparue. Fatiguée, apparemment défaite par les deux premiers tiers de la nuit qu'elle venait de passer, ce qui n'entamait en rien son charme, bien au contraire. C'était d'ailleurs la première fois que je le remarquais, ce charme. Oh, Anna était une belle femme, on voyait ça tout de suite : cheveux très clairs, presque blancs, courts mais ornés de mèches en pointes, impeccablement en pagaille et coiffées sur le côté pour laisser voir ses yeux bleus cernés de noir ; une robe vert émeraude serrée à la taille, qu'elle avait fine et savait mettre en valeur ; un gilet noir ajouré ras du cou mais dont un bouton était ouvert... Tout ça m'avait toujours paru d'une esthétique très fabriquée, mais la lassitude qu'Anna affichait en cet instant rangeait toutes ces choses au rang d'accessoires, dévoilant pour le coup sa vraie beauté. Ou bien j'étais soûl. Mais ça, de toute façon, je devais l'être, puisque je n'ai même pas été surpris de la voir rompre le mur qu'on avait patiemment érigé entre nous deux.

Elle a tendu un doigt vers la bouteille.

– Vous auriez un verre pour moi ?

Sa voix était un peu rauque, ses gestes très simples. Je me suis levé et j'ai pris un verre dans l'évier, que j'ai lavé et essuyé avant de le poser devant elle. Puis je suis allé lui chercher une chaise. Elle s'y est laissée tomber en soupirant.

– J'ai vraiment passé une nuit de merde. Et vous ?

J'ai désigné la bouteille et mes cigarettes.

– Avec elles, ça se passe toujours bien.

– Vous êtes un alcoolique ?

– Je ne pense pas. Cinq ans sans boire, c'est pas mal, non ?

J'ai rempli son verre. Elle a exprimé ses doutes par un charmant petit mouvement de tête et un très léger haussement d'épaules.

– Ça prouve rien : vous n'aviez pas le choix.

– C'est vrai... au fond, je ne sais pas répondre à votre question.

On a bu en silence.

– Je vous ai écrit une lettre.

Elle a eu un petit sourire amusé.

– Ah oui ?

– Je vais partir une dizaine de jours. Mais rassurez-vous, j'ai mis dans l'enveloppe l'argent du prochain loyer.

Elle a semblé surprise.

– Ça veut dire que vous allez revenir ?

– Et pourquoi non ?

– Je ne sais pas... tout est étrange, ce soir.

Elle s'est laissée aller contre le dossier de sa chaise et a poussé un long soupir.

– Vous avez un don spécial ?

– Franchement, je ne crois pas… pourquoi vous demandez ça ?

– Ça fait longtemps que je ne me suis pas sentie aussi bien qu'à cet instant précis. En un quart d'heure, je suis passée d'une vie nauséabonde et peuplée de gens sales à un coin tranquille, habité par un philosophe.

– Un philosophe?

– Il faut être un peu philosophe pour boire tout seul, ou avoir un goût particulier pour la nostalgie... et vous ne me semblez pas nostalgique... C'est vrai que vous allez revenir ?

J'ai hésité. Trois heures, était-ce vraiment une bonne heure pour dire la vérité ?

– Disons que je l'espère, mais rien n'est moins sûr. Vous pourrez relouer votre logement dans un mois et une semai...

– Il ne s'agit pas de ça. C'est juste que j'avais envie de baiser mais que j'aurais voulu être sûre que c'était une histoire sans lendemain.

Heureusement que les journées n'ont que vingt-quatre heures. Je pensais celle-ci achevée et voilà qu'une nouvelle aventure se présentait à moi. Je pouvais aussi considérer qu'on était passé au lendemain… Je me suis demandé si j'avais vraiment envie de me lancer dans quelque chose qui serait forcément décevant. J'ai choisi d'être franc.

– Vous risquez d'être déçue : je n'ai pas baisé depuis cinq ans et quelques semaines...

– Même pas une pute ?

– Ce n'est pas dans mes mœurs.

Elle a réfléchi.

– Et une pute qui baise sans se faire payer, au moment où elle s'offre ce plaisir, vous considérez que c'est encore une pute ?

– Bien sûr que non. Quand je joue sur mon piano, je ne suis plus pianiste de bar.

Elle a encore laissé passer quelques secondes.

– Cinq ans et quelques semaines... disons qu'on peut se faire un cadeau mutuel, alors. Je me sens d'humeur rapide.

– Je ne sais pas si c'est une bonne idée.

– Ah, c'est sûr, si on se met à réfléchir...

Elle s'est levée pour s'approcher et m'embrasser. J'ai décidé de répondre à son baiser. Mais elle a retenu mon geste en s'agrippant doucement à mes cheveux et a dit en plongeant ses yeux d'un bleu à pleurer dans mes bêtes yeux marron :

– Surtout : pas de question.

J'ai approché mes lèvres des siennes. Elle a tiré plus fermement sur mon scalp.

– Promets-moi.

J'ai souri, un sourcil légèrement relevé. Qu'importait ? Je pouvais aussi bien disparaître dans les trois jours. J'ai battu des cils en guise d'acquiescement.

Et comme promis, je n'ai pas posé de question sur les bleus qu'elle avait autour des biceps, comme si on l'avait fortement maintenue par là ; je n'ai pas posé de question sur l'hématome qu'un coup de poing donné dans le bas-ventre avait dû provoquer, tout près de la cicatrice qu'avait laissée une césarienne, et je n'ai pas non plus posé de question sur cette cicatrice, alors qu'Anna n'avait pas d'enfant – pas chez elle, en tout cas – ; je n'ai pas posé de question sur le secret de son odeur, naturellement enivrante ; je n'ai pas posé de question sur la capacité qu'elle avait de faire jouir trois fois un homme et de le faire se sentir mieux à chaque fois, même s'il était désolé d'avoir éjaculé trop vite les deux premières, et qu'il aurait voulu que la troisième ne s'achevât jamais.

Je n'ai posé qu'une question, mais c'est à moi qu'elle s'adressait : pourquoi faut-il qu'au moment de quitter un lieu – même le pire, même une prison –, toujours, quelque chose survienne, qui veut vous retenir et vous déchire le cœur ?

Munich, le 27 janvier 1933

Cher Arno,

Je ne me souviens pas d'avoir vécu un moment de bonheur aussi intense que cette soirée d'hier. D'abord, évidemment, ce concerto pour piano de Bela Bartók, son second : quelle merveille, et quelle chance d'avoir pu assister à la création mondiale de ce chef-d'œuvre ! De voir le compositeur l'interpréter lui-même était encore plus extraordinaire. Ce diable d'homme crée des difficultés insurmontables et s'en joue comme s'il ne s'était agi que de parcourir quelques mètres à vélocipède, poser l'engin contre un mur et s'asseoir avec ses amis autour d'un verre. Le dialogue de l'orchestre et du piano, dans le second mouvement, était tout simplement miraculeux... mais nous en avons assez parlé comme ça le soir même et je sais que vous comme moi ne souhaitons qu'une chose : l'entendre encore et encore.

Je voulais surtout vous dire la joie immense que j'avais eue de vous rencontrer. Je connais de très bons musiciens, je connais de très bons compositeurs, quelques critiques ont l'oreille assez sûre, mais je ne connais pas de mélomane aussi attentif et heureux de son sort que vous.

Comment ? Vous pouvez vous asseoir dans une salle et goûter la musique sans vous dire un instant que vous auriez préféré être à la place de l'interprète ; que vous auriez aimé avoir écrit vous-même cette symphonie, ce quatuor, cette sonate ? Vous êtes capable, à vingt-cinq ans à peine - je ne vous en donne pas plus - de savoir que vous ne souhaitez rien d'autre que découvrir encore et toujours de nouvelles œuvres, et faire tout ce qui est en votre pouvoir pour les promouvoir ?

Tous les directeurs de conservatoires, de festivals ou de salles de concert que je connais sont avant tout des gens frustrés. Non pas d'avoir échoué - cela peut se comprendre, et l'échec est une douleur que je respecterai toujours -, mais de n'avoir pas même essayé ! Leur frustration naît de leur lâcheté. Ils se cherchent mille excuses pour n'avoir pas suivi « leur voie », mais c'est surtout qu'ils ont préféré leur confort ! Or c'est à nous, artistes, qu'ils font payer cette lâcheté ! L'Allemand trouve toujours le moyen de faire payer à d'autres ses erreurs. Regardez comment cette pitoyable histoire de peuple affaibli et au final trahi par ses intellectuels - communistes et juifs, bien sûr, selon la détestable théorie du coup de poignard dans le dos - devient la version officielle de notre défaite de 18. Tout le monde y trouve son compte ! Alors que nous avons perdu parce que nous avions tort. C'est ainsi, quand on a tort. Tôt ou tard, on perd toujours.

Mais je vous connais à peine et je m'énerve déjà. J'espère ne pas trop vous effrayer.

Parlons plutôt de notre probable collaboration, et de cette virée que vous m'avez proposé de faire à Leipzig, le 18 février prochain, pour assister à la création du dernier opéra de Kurt Weill (...)

Hambourg, le 29 janvier 1933

Cher ami,

Comme vous vous enflammez, en effet !

Ne jugez pas si mal nos concitoyens. Je vous concède que nous ne sommes pas un peuple aussi brillant que nous voudrions le paraître, mais nous avons peine à sortir d'une période très difficile, où survivre à sa vie est déjà en soi un effort de chaque instant. Vous venez d'un milieu aisé, moi aussi ; reconnaissez que pour vous comme pour moi, les choses n'ont pas été si difficiles !

Pour ma part, je vous aime et aime votre musique totalement. Vous n'êtes pas le seul. Héritière de Debussy, de Mahler, de Stravinsky, de Bartók - y compris son travail sur les airs folkloriques - et de cette si excitante et déroutante École de Vienne, dirigée par le si austère Schoenberg, toute une génération de compositeurs est en train d'éclore, par ailleurs capables d'intégrer dans leurs recherches cet apport essentiel à la musique contemporaine qu'est le jazz, et de jouer des codes de la chanson populaire dans un « melting-pot », comme disent nos amis américains, qui nous vaudra sans doute les feux d'artifice les plus innovants qu'on ait jamais vus. Ah, ils nous promettent de vifs débats, d'intenses émotions, ces jeunes musiciens, et je ne sais pas où tout cela nous conduira, mais je sais d'ores et déjà que j'aurai l'immense chance de grandir avec ; d'en être un spectateur privilégié.

Comment ne pas m'en réjouir ?

Non, ça ne me pose pas de problème de vous admirer, et eux avec vous, loin de là ! Et je n'ai aucun mérite à cela. Bien sûr, les études que je poursuis en droit et en économie, utiles à la reprise de l'entreprise familiale, m'ennuient profondément. Mais tel est mon sort et je l'accepte. Mon père m'a autorisé à prendre des leçons de piano et quand j'en ai eu le désir, il s'est fermement opposé à ce que j'emprunte cette voie. La place des de Winter dans la société allemande est depuis toujours très précisément définie : gagner de l'argent et utiliser cet argent à des fins progressistes, en se faisant mécènes des sciences et des arts. Mais ce n'est pas à eux qu'il revient de créer. Et somme toute, quand j'entends des pianistes tels que Bela Bartók, je préfère en être resté là : la frustration naît de la médiocrité. Et médiocre, sur ce plan, je l'eusse été en tout point.

Pour en venir à ce voyage que j'entreprends d'effectuer pour découvrir *Le Lac d'argent*, de Kurt Weill, je crains, pour des raisons familiales, de devoir le reporter à la seconde représentation, qui aura lieu à Magdeburg le 22 février qui suit (...)

Munich, le 5 février 1933

Cher Arno,

(...) Ah, ça, me direz-vous que ce n'est pas le peuple qui a voté pour ce malfaisant ? Oui, oui, j'entends bien : il y a eu calculs, compromissions, tripatouillages démocratiques... Mais de fait, nous en sommes bien où nous en sommes, et il n'est pas besoin d'être anarchiste ou communiste pour comprendre que le peuple allemand vient de commettre la plus grande erreur de son histoire. (...)

Déjà, la mainmise de la *Kampfbund für deutsche Kultur (Ligue de combat pour la culture allemande... J'aurais pu traduire directement, cher Julien, mais je voulais vous faire goûter un peu à la terminologie allemande de l'époque)* s'étend sur tout ce qui se fait ici – ou aurait pu se faire, devrais-je dire, nombre d'événements culturels ayant purement et simplement été annulés. Eva Chamberlain, Winifred Wagner, Adolf Bartels, Hans Severus Ziegler... que du beau monde, comme vous voyez, ont créé cette ligue en 1929 ici, à Munich, et croyez-moi, nous n'avons pas fini d'entendre parler d'eux. N'ont-ils pas traité Alban Berg d'« empoisonneur des fontaines de la musique allemande » ? Et c'était en 1925, à la création de *Wozzek*, quand ils n'étaient pas encore au pouvoir !

J'ai appris que les barbons de l'Académie d'État de Bavière étaient tous inscrits à cette ligue. Ça ne m'étonne pas. Je suis entré dans cette institution en 1924 pour suivre l'enseignement de Joseph Haas. Vraiment, j'avais soif d'apprendre et désirais tout connaître du métier de compositeur, mais quand vint le moment de présenter mes travaux à mes professeurs, je me suis rendu compte que jamais ils ne pourraient recevoir un bon accueil. Je vénérais Stravinsky et Bartók, eux les abhorraient. Vous me croirez si vous voulez, mais j'ai à tel point renié cet enseignement que j'ai de moi-même détruit la plupart des œuvres que j'avais composées jusque-là. Je me suis alors tourné vers d'autres maîtres. J'avais de sérieux problèmes - esthétiques et théoriques - avec le sérialisme de l'École de Vienne - que voulez-vous, en tout, je suis un libertaire - mais désirais néanmoins maitriser cette technique pour voir ce que j'en ferais. Et puis là, au moins, je ne risquais pas de croiser des adeptes des inepties hitlériennes…

Grosse erreur ! On voudrait que modernisme soit synonyme de socialisme, mais les choses ne sont pas si simples, loin de là. Schoenberg ne souhaitant pas prendre de nouveaux élèves, je me suis présenté à Webern. Hélas, j'ai vite découvert que le génial compositeur est en fait très séduit par le nationalisme de Hitler et son idée de la grande Allemagne. Le Saint-Esprit du sérialisme affirme même que le dodécaphonisme, par son système parfait, assurera la suprématie de la musique allemande « pour mille ans »… triste écho aux promesses des idéologues nazis sur la pérennité millénaire du troisième Reich, vous en conviendrez…

Bon, aujourd'hui, on me joue, mais pour combien de temps encore ? Et j'ai tout de même une qualité (bien malgré moi) aux yeux des Wagner et de leur clique : je ne suis pas juif. Quelle déplorable consolation que celle d'être épargné pour ce qu'on n'est pas (…)

Hambourg, 24 février 1933

Cher ami,

Hélas, mille fois hélas, force m'est de constater que vous aviez raison. Cette soirée dont je me faisais une fête s'est avérée être l'une des plus tristes que j'aie jamais vécue.

D'abord, pour les raisons que vous m'avez expliquées, vous n'avez pas pu venir. Egoïstement, j'en ai été peiné, mais au moins cette raison était-elle joyeuse. La naissance de votre fils est la seule bonne chose qui soit arrivée en ce jour de triste mémoire. J'espère, à ce propos, que votre charmante Hilda se remet de cette épreuve. J'avoue, pour ma part, avoir du mal à me remettre de la mienne.

Plus que déçu, j'ai été meurtri, violenté, insulté… Voir la représentation d'un opéra interrompue par une manifestation de nationaux-socialiste puis, dans l'heure qui suit, voir cet opéra définitivement retiré de l'affiche, quel choc ! Quand je pense que les amis de Kurt Weill, Eisler et Brecht, raillaient en décembre dernier les sinistres pantins en pastichant *It's a long way to Tipperary…* Mais vous ne connaissez peut-être pas. Ils chantaient : « *Le chemin est long jusqu'au troisième Reich. C'est à ne pas croire combien il s'étire.* » Aïe, aïe, aïe… tout va si vite maintenant. Et c'est bien ce *Kampfbund* dont vous m'avez parlé qui était à l'initiative de cette action.

Qu'allons-nous faire ? Hans Eisler m'écrit déjà qu'il ne rentrera plus en Allemagne. Aux dernières nouvelles, il en va de même pour Ernst Toch et Rudolph Nelson. Schoenberg attend de voir ce qu'il en sera de la prochaine exécution de son *Pelléas et Mélisande*, qui doit avoir lieu le 2 mars prochain à Berlin, mais il se demande déjà s'il ne serait pas plus sage de partir.

Je suis très inquiet : Eisler, Toch et Schoenberg sont programmés au festival que je mets sur pied pour ce printemps. D'autres artistes que je pressentais, des interprètes pour la plupart, sont déjà frappés d'interdiction de jouer. Mon père me lâche la bride et me pressent pour diriger à l'avenir la branche mécénat de la famille - c'est bien la seule chose qui me mette du baume au cœur -, mais s'il n'y a plus de musiciens pour assurer les concerts, à quoi cela me sert-il ? Et il faut là-dessus que j'apprenne que de votre côté, les concerts de musique contemporaine que vous organisiez avec les plasticiens d'avant-garde de Juryfrein sont eux aussi frappés d'interdiction…

Oui, tout va très vite. Et nous restons là, tétanisés de stupeur (…)

Opus 111

6

Vous avez déjà vu voler un piano ?

J'ignore pourquoi mais au moment d'embarquer, c'est le premier mouvement de la symphonie en *la* majeur de Beethoven qui s'est imposé à moi – à mon humble avis, son seul véritable hymne à la joie, l'ode de la neuvième étant avant tout un poème dédié à l'infini possible de la création.

De la passerelle où j'attendais mon tour, chaque membre du personnel étant soigneusement fouillé avant de monter à bord, j'ai pu voir le grand-queue tournoyer dans les airs, jusqu'au moment où il a masqué le filin de la grue et où, comme il se découpait en contre-jour dans le ciel uniformément bleu, on ne distinguait plus les sangles qui l'enserraient. Alors, vraiment, j'ai eu l'impression qu'il volait. Majestueux. Et j'ai entendu en même temps ces montées de gammes de l'introduction de la septième, si simples et si extraordinairement agencées sous les arpèges descendants du thème, si simples eux aussi, et pourtant si impénétrables… Beethoven avait cet art inégalé, et sans doute inégalable, de partir du matériau le plus brut et de le façonner sous nos yeux jusqu'à ce qu'il devienne un pur joyau, d'une portée émotionnelle, philosophique et spirituelle sans égale. Oui, le plomb en or, il savait faire, et le plus fou, c'est qu'on était invité dans l'atelier. « Voyez ces sept notes de la gamme? Ajoutez-y les cinq qui restent, ça fait douze. Et c'est tout ce que j'ai ! » Tout ce qu'il avait, oui. Et c'est comme ça que d'une gamme, il a fait une symphonie ; que d'un bête accord parfait de do majeur, déployé dans le plus simple des chorals, il a tiré une des œuvres les plus transgenres et intemporelles jamais composées : le final de sa dernière sonate pour piano. Donnez-lui une tierce, l'un des intervalles fondateurs de la musique occidentale, et il vous l'assènera de telle manière que vous aurez l'impression de ne l'avoir jamais entendue, imaginant au passage le thème musical le plus célèbre et le plus universel de tous les temps (la *Cinquième symphonie*) ; un simple arpège renversé, comme on en trouve tant dans les cahiers d'études, et c'est la sonate *Au clair de lune* (une marche funèbre, en fait, mais je suppose que déjà, à l'époque, il ne fallait pas faire fuir le client) ; un arpège ascendant, autre figure fondamentale du long et incessant travail du pianiste, et vous obtenez l'*Appassionata* ; un accord parfait répété, exigeant du poignet fermeté et souplesse, et c'est l'*Aurore*… et je ne parle pas des derniers quatuors, une musique dont on est loin, encore aujourd'hui, d'atteindre la vision et la modernité.

De m'être replongé dans ces extases immatérielles, et pourtant si réelles tant elles me retournaient les entrailles, je me suis surpris à penser que cette croisière ne serait pas forcément désagréable. Mais allez savoir pourquoi, je me suis mis à penser à Stockhausen. Lui, il aurait cisaillé le filin et aurait enregistré le bruit du piano percutant le sol avant de se désagréger sur les pavés. Une longue agonie, jusqu'au silence total, après que la dernière corde aurait eu fini de zinguer. Il aurait appelé ça Alexandroúpolis, grue et piano tombant sur le quai, comme il avait titré une de ses œuvres, réalisée suivant le même principe – en allant jusqu'à enregistrer la montée du piano dans les étages par des déménageurs, leurs mouvements, leurs rétablissements, leurs souffles, les petits chocs dans les angles qui faisaient vibrer l'instrument –, Piano, 5e étage, ou un nom approchant.

Et bientôt, j'ai craint que ma croisière ne prenne plutôt cette tournure-là.

Au juste, ce n'était pas vraiment une croisière, mais un genre de fête post-mariage, qui s'étendait sur une bonne semaine. Une balade en mer Égée. Samothrace, Gökçeada, les Dardanelles… Anne Beaupré d'Enghein, la fille d'un grand « capitaine d'industrie » français, comme on aimait encore les nommer, venait d'épouser Svjatoslav Kaniliev, un pacha sibérien, issu d'une famille de Russes nobles qui avaient su se faire oublier en 17 et avaient patiemment attendu un retour de l'Histoire pour prendre leur revanche. Surfant sur les décombres de l'URSS, sans oublier d'être assez malins pour en faire profiter Vladimir Poutine, ils avaient vite fait fortune et avaient renoué du même coup avec leurs vieilles habitudes oligarchiques. Les méthodes qu'ils avaient employées pour cela ne différaient pas beaucoup de celles utilisées sous le régime précédent. « Agent du KGB un jour, agent du KGB toujours », comme me dit Kaniliev un soir, dans un état d'ébriété qui ne l'avait pas empêché, même en pleine mer et entouré des seuls gens qu'il avait invités, de jeter un œil par-dessus son épaule pour s'assurer que personne d'autre que moi ne l'entendait. Certains ont pu croire qu'avec les frontières s'ouvraient les esprits. C'était oublier qu'ils n'avaient jamais été fermés. Bien au contraire, ce genre d'esprit est toujours en éveil, prêt à toute éventualité et concentré sur un unique point : posséder. Le pouvoir et l'argent, bien sûr, mais aussi les gens, et mieux encore : leur âme.

Les invités commençaient à arriver, déposés par des Rolls Royce, des Bentley, des Jaguar, mais aussi des Porsche, des Lexus, des Lamborghini... Eux n'empruntaient pas la passerelle qui conduisait les membres du personnel à la fouille. Le capitaine du bateau, en grand apparat, les accueillait un par un, ou plutôt deux par deux, la plupart étant en couple. Je n'aurais pas dit que c'était comme si chacun d'eux était un homme d'État parce que les hommes d'État ne pèsent certainement pas aussi lourd et ne se baladent pas avec des *escort-girls* à cinq mille euros la journée. Et en l'occurrence, ce n'était certainement pas à des hommes d'État que le capitaine devait son poste.

Un tel yacht, seules les plus grandes fortunes mondiales pouvaient se le payer : l'*Opus 111*, que tout le monde désignait comme l'*Opus*, mesurait cent treize mètres de long et dix-sept de large. Il était pourvu de vingt-cinq cabines, ce qui suffisait pour loger les cinquante invités, en sus des nouveaux mariés, à qui les quartiers du propriétaire étaient destinés. Si vous comptiez vous l'offrir pour un raout, il fallait compter dans les six cent cinquante mille euros la semaine. Ce prix comportait aussi la location de l'équipage au complet, soit vingt personnes, et la possibilité de loger – voire d'entasser – dix employés supplémentaires, les très riches ayant un mal fou à se séparer de leurs serviteurs habituels, comme vous de votre paire de chaussettes préférée. Il y avait bien sûr un hors-bord de secours et il était prévu de pouvoir en arrimer d'autres. Ainsi des visiteurs pouvaient-ils rejoindre la fête en cours de route. Il y avait un héliport, aussi, mais pas d'hélicoptère. Vous pouviez cependant en louer un. C'était dans les suppléments.

Je savais tout cela car lorsque, la veille, je m'étais présenté à mon employeur, ou plutôt au chef du personnel, Yannos Akariakis, il n'avait pu s'empêcher, tout empreint de cette fierté toujours surprenante chez les serviteurs des riches (comme si la gloire de leurs patrons rejaillissait sur eux), d'aligner des chiffres, rien d'autre, sans doute, ne pouvant permettre de mesurer de façon plus concrète l'ampleur d'une fortune. Yannos parlait plusieurs langues, dont le français, celui-ci restant, malgré la Révolution française et ce déplorable tic de la décapitation dont elle avait été saisie, la langue des castes nobles et, par extension, supérieures. Mais ce raffinement s'exerçait de toute évidence vis-à-vis de ceux qui en valaient la peine. J'avais croisé Yannos Akariakis dans le couloir alors qu'il rabrouait un cuisinier pakistanais – probablement un plongeur – et à ce moment-là, il m'avait paru plutôt brutal. Avec un pianiste d'ambiance, l'attitude à adopter était plus complexe et exigeait de savoir jouer sur plusieurs tableaux. Le pianiste est aux ordres, certes, mais il évolue au plus près des maîtres, et pas seulement pour les servir : il leur apporte la quintessence du raffinement, à savoir l'art. Lui seul peut satisfaire à certaines demandes, faisant ainsi fi des hiérarchies. D'ailleurs, le maître des lieux, Svjatoslav Kaniliev, tenait à m'exposer lui-même ce qu'il attendait de moi. Yannos m'avait dit ça sur le ton pincé de l'homme vexé qui vous fait bien comprendre que c'est à vous qu'il doit cette humiliation et qu'il saura vous la faire payer le moment venu. J'arrivais à peine, je n'avais pas ouvert la bouche et je m'étais déjà fait un ennemi. Comment auriez-vous voulu que je ne pense pas à Stockhausen ?

Le piano a atterri sur un des ponts arrière et mon tour est venu d'être fouillé. Une fouille sévère, très pointue, qui m'a laissé perplexe quant à la possibilité de faire entrer la came à bord. Quelle came, d'ailleurs ? Sûrement pas de la cocaïne ou quoi que ce soit de ce genre ; ça faisait partie du service au client et il suffisait que le capitaine en ait dans sa cabine. L'autre question était : comment sortir de là sans se faire remarquer, une fois le « travail » effectué ? J'allais me trouver en pleine mer, sur une sorte d'île flottante, un lieu complètement fermé, donc, au milieu d'environ quatre-vingts personnes. Mon forfait accompli, on établirait que celui-ci n'avait pu être commis que par un des passagers, et le pianiste au casier judiciaire chargé risquait de passer un sale quart d'heure… Alors que la fouille se terminait, Yannos m'a invité à le suivre, sans me laisser le temps de poser mes affaires dans ma cabine, sur un ton empreint de toute son autorité retrouvée, et qui ne souffrait pas de discussion : le Russe voulait me voir de suite.

Svjatoslav Kaniliev m'attendait sur le deuxième pont, un verre à la main, les yeux tournés vers le large. Une brise tiède et légère atténuait idéalement une chaleur qui, à terre, était étouffante. Preuve imparable qu'on avait changé de monde : à quelques dizaines de mètres de distance, tout ce qui était perçu comme moite et puant sur le quai devenait comme par miracle confortable et rafraîchissant à bord. Seuls désagréments, peut-être, les bruits de certains préparatifs : les caisses d'alcool traînées sur le sol, les entrechoquements de casseroles, les invectives des serviteurs en dialecte hindou, alors que les portes des cuisines étaient encore ouvertes… Au loin, un accordeur tambourinait chaque note du piano plusieurs fois en vissant ou dévissant les chevilles avant de les fixer dans le sommier de ce petit coup de poignet sec et définitif qui fait tout l'art de ce métier.

Fidèle à ses origines, Svjatoslav parlait lui aussi un français impeccable, à peine coloré de quelques intonations slaves :

– Vous avez vu le piano ? N'est-il pas exceptionnel ?

– Je l'ai vu voler, oui… c'est en effet assez rare pour un piano.

Svjatoslav a souri poliment, sans trop montrer les dents, comme savent le faire les grands carnassiers.

– C'est un Steinway & Sons de 1916.

J'ai sifflé. À cette date, les pianos étaient encore fabriqués avec de vrais bois, séchés pendant des décennies. Marque de goût ou marque de luxe ? Allez savoir, dans cet univers où un Van Gogh vaut autant pour sa beauté que pour le placement qu'il représente. Je penchais tout de même pour le mélomane averti ; Svjatoslav ayant exigé que l'accordeur nous accompagne afin que l'instrument soit réglé tous les jours. La thèse du mélomane était aussi étayée par cette volonté qu'il avait eue de charger un nouveau piano. Celui de l'*Opus* – baptiser son yacht l'*Opus 111*… encore une preuve de mélomanie aiguë – était un magnifique Bösendorfer, mais de dix ans d'âge, construit, donc, avec des bois séchés au four. Son fin, ciselé, ample, perlé et précis, terriblement précis… mais moderne, donc identique à celui de tous les pianos modernes, et c'était bien là le défaut des pianos modernes.

Svjatoslav a poursuivi :

– Je pense que vous passerez un bon moment parmi nous. J'espère que de mon côté, j'aurai le temps de venir vous écouter. Je dois m'occuper de ma femme et de mes invités, vous comprenez… et puis vous imaginez bien que les affaires n'attendent pas la fin des lunes de miel pour se remettre en branle. Il y aura sur ce bateau quelques invités… utiles. Dont un, particulièrement raffiné, et qui devrait souvent vous rendre visite. Heinrich Meinz.

– L'industriel ? J'ai lu partout qu'il ne sortait jamais de sa tour d'ivoire.

– Les Meinz sont des Von quelque chose. Dans les années trente, la particule est devenue aussi difficile à porter que l'étoile jaune. Comme chez nous. Bref, Heinrich est de la famille de mon épouse… Cela dit, il n'est pas encore certain qu'il viendra. Mais qu'est-ce que ça peut vous faire ?

Svjatoslav s'était soudainement raidi. Il était allé trop loin ; le Maître peut condescendre à discuter avec un employé, il peut même lui être agréable, mais il n'a rien à lui expliquer.

– Vous « tiendrez » le piano tous les jours de 11 heures à 15 heures, autant dire de l'apéritif au pousse-café, et de 18 h 30 à 1 heure du matin. Le reste du temps, il sera verrouillé. Seuls vous et l'accordeur en détiendrez les clés.

J'ai levé un sourcil.

– *Les* clés ?

Il a balayé la question d'un revers de main.

– Vous verrez ça avec l'accordeur… Vous n'ignorez sans doute pas que mon prénom était celui d'un fameux pianiste !

Il s'est approché de moi et a jeté un œil par-dessus son épaule, comme s'il avait un secret à me confier, mais je comprendrais plus tard que ça faisait partie de ces réflexes qu'il avait acquis sous la gouvernance soviétique.

– On dira ce qu'on voudra de l'URSS, mais elle a su former, soutenir et donner au monde des talents hors pair. Svjatoslav Richter, le violoncelliste Mstislav Rostropovitch, le violoniste David Oïstrakh… Ah, les entendre tous les trois dans le *Triple concerto*… pour l'occasion, on a même « oublié » que certains d'entre eux étaient juifs ou homosexuels. Même un paysan comme Emil Guilels, on savait le transformer en pianiste hors pair ! Ce sont des interprètes de cette trempe qui ont joué sur des pianos tels que celui-ci, et je ne voudrais pas que n'importe qui pose ses sales pattes dessus. Un Steinway, c'est comme une Rolls, et une Rolls, c'est un chauffeur qui la conduit et en prend soin… Vous me suivez ?

– Très bien… Et c'est tout ?

– Oui… évidemment, vous pouvez répondre à certaines demandes, mais je compte sur vous pour que tout ce qui sera joué dans le salon – je ne parle pas de l'horrible musique qui sera diffusée dans la discothèque – reste du meilleur goût.

J'ai hésité un instant mais j'ai fini par reposer ma question.

– Et quoi d'autre ?

Il m'a observé étrangement, peut-être un peu fâché, mais sans le montrer.

– J'ai cru comprendre que vous étiez un homme qui avait traversé beaucoup de choses et qui ne s'effarouchait de rien… Tenez-vous-en à ça…

Kaniliev a tendu l'oreille. On n'entendait plus que l'incessant remue-ménage que faisaient les hôtes en arpentant les coursives avec leurs serviteurs chargés de bagages. Le maître de céans m'a congédié d'un geste, disant avec un grand sourire :

– Ah, l'accordeur a fini. Je vous laisse prendre le volant de votre Rolls !

Et quelle Rolls ! En égrenant les premières notes d'un impromptu de Schubert, j'ai cru entendre cette sonorité particulière qu'avaient mes vieux disques d'Alfred Brendel, ce pianiste autrichien qui savait comme personne faire chanter le bois du piano, et pas seulement ses cordes. Tout ça fleurait bon la fin du XIXe siècle et bientôt, je me suis pris à rêver d'une croisière gréco-viennoise, sifflant quelques verres d'ouzo au bar avec Stefan Zweig et Gustav Mahler, avant que tout – l'humanité, sa culture, la tendre folie de l'une, la violence raffinée de l'autre – ait basculé dans Le Monde d'hier, un des rares livres que j'avais lus en prison, et qui m'avait durablement marqué. Mais l'accordeur, plus pragmatique, m'a ramené à la réalité en invectivant un do dièse et un mi bémol.

– C'est bien beau, ces vieux pianos, mais qu'est-ce qu'ils bougent ! Et avec la houle, l'air marin et les variations d'hygrométrie, ça ne risque pas de s'arranger… Julien Cantrell, je suppose ? Max Blaustein. On a déjà travaillé ensemble mais évidemment, vous ne pouvez pas vous en souvenir. Quand vous arriviez, j'étais déjà parti… sauf une fois. Vous ne vous souvenez pas ? Chez des médecins, les Desombières... Votre premier contrat, je crois. Vous étiez très en avance mais vous aviez tellement le trac que vous ne sembliez pas voir grand-chose.

– Oui, peut-être…

En fait, je me souvenais très bien des Desombières, pour une raison que je ne souhaitais pas dévoiler à l'accordeur, mais pas d'avoir croisé ce dernier chez eux.

C'était un homme d'un certain âge, comme on dit pour ne pas froisser les septuagénaires ; efficace et plutôt distant. Grand, massif mais pas gros, la masse musculaire encore assez ferme pour son âge, des cheveux d'un beau blanc, des yeux noirs et perçants, pétillants d'une jeunesse qui avait déserté toutes les autres parties de son corps, des mains fortes et épaisses, qu'on aurait plus aisément vues manier la truelle du maçon que la clé d'accordeur… Il portait à ravir le costard-cravate et parlait un français tout jute mâtiné d'un accent allemand, deux choses qui laissaient à penser qu'il était issu d'un milieu élevé. J'ai serré la main qu'il me tendait. Poignée ferme, mais brève, sans chaleur.

Patrons d'un côté, serviteurs de l'autre… comme moi, il avait pris l'habitude de se tenir à égale distance de ces deux pôles dont les représentants, selon l'humeur du jour, le respectaient ou le méprisaient.

– Bon, je vais en rester là, mais je pense qu'on reparlera de ce mi bémol. À ce propos, à la moindre faiblesse d'une note, tenez-moi informé. Je n'aurai pas grand-chose d'autre à faire sur ce rafiot, à part remettre des notes à niveau, et j'ai peur de m'ennuyer très vite. J'ai emporté du travail, des manuscrits à étudier, mais je crains que la houle ne gâte ma concentration.

– Quels manuscrits ?

– Des choses oubliées… Nous aurons un jour l'occasion d'en parler.

Il a rangé ses outils et m'a tendu deux clés.

– Je sais, ce n'est pas banal, mais dès que vous cessez de vous servir du piano, ayez l'amabilité de verrouiller le couvercle du clavier et le capot. Si on n'y prend garde, ces pianos sont vite transformés en cendriers. Et vous n'imaginez pas, en dehors de ça, le nombre de choses que je peux retrouver dans les cordes… enfin si, vous imaginez sûrement, vous n'êtes pas un novice.

– En effet. Mais c'est la première fois que je vois cette partie-là du piano être verrouillée.

– Je n'ai pas trouvé d'autre solution. Ce piano, c'est moi qui en suis responsable, et même si j'en avais les moyens, je ne pourrais pas le racheter : il est unique. C'est une responsabilité que je partage avec vous, d'ailleurs, ne l'oubliez pas.

Je n'ai pas trop aimé le ton qu'il avait employé mais j'ai saisi l'occasion qu'il m'offrait pour essayer d'en savoir un peu plus. Exagérant la blessure infligée à mon amour-propre, j'ai demandé d'un ton aigre :

– Vous avez d'autres instructions ?

– Oh, là ! Ne prenez pas la mouche comme ça. Je vous signalais juste que nous étions tous les deux dans la même galère et qu'on était accrochés à la même rame.

Après l'heureux mari – le commanditaire idéal –, l'accordeur aurait pu faire un bon contact. Mais alors que nous étions seuls, aucun des deux ne m'avait entretenu d'autre chose que de piano. Tout ça m'angoissait. Sitôt à bord de l'*Opus*, j'avais espéré connaître l'objet de ma mission afin de pouvoir étudier mon plan d'action. Cette idée de me trouver dans un lieu clos avec du sang sur les mains, ou n'importe quoi d'autre du même genre, sans qu'aucune fuite ne soit possible – et il faudrait donc se défendre de l'intérieur –, m'obsédait. J'en ai déduit, un peu amusé, que manifestement, j'avais envie de vivre, et j'ai mis ça sur le compte de ma nuit avec Anna. Mais je ne savais pas encore si c'était à inscrire sur la ligne des débits ou sur celle des crédits.

7

Je ne m'attardais pas trop à essayer de comprendre le monde qui m'entourait ; je l'avais côtoyé pendant quelques années avant de me retrouver en taule, et je n'y étais pas parvenu. Une des premières choses qui nous séduit dans la richesse, c'est l'idée qu'on peut tout se permettre, tout s'offrir. Mais ce n'est pas du tout ce qui se passe. Le très riche se doit de fréquenter certains cercles, de s'habiller chez un tel ou un tel, d'afficher sa fortune sans se préoccuper de ses goûts personnels… ou plutôt il ne doit pas : il s'oblige. Et c'est ça qui est incompréhensible. Vous, vous rêvez de pouvoir vous prélasser dans une somptueuse villa sur la côte d'Esterel, eux, ils se doivent de la posséder ; vous, vous rêvez d'occuper quelque temps une suite dans un cinq étoiles, eux, ils se doivent d'y descendre ; vous, vous rêvez d'un autre monde, de lui inventer de nouvelles formes, eux surtout pas : l'ordre hiérarchique est l'alpha et l'oméga de leur horizon ; que rien ne bouge, que chacun reste à sa place.

Ainsi, malgré toutes les possibilités qui s'offraient à eux, l'ensemble des passagers formait-il un tout homogène et monotone : les couleurs des tenues changeaient, certes, mais les tissus étaient de même qualité et les coupes toutes plus sages les unes que les autres, ou, chez les femmes, trop volontairement excentriques – c'était jours de fête. Il en allait de même pour les sujets de conversation : comme dans toute assemblée où nul ne peut se permettre de se laisser aller à des débordements intimes, mis à part quelques envolées verbales, soutenues par divers psychotropes, ils ne variaient guère. Toutes ces raisons, plus sans doute le fait qu'une belle salle de jeux n'attendait que ma visite pour me dévorer tout cru, ont fait que dans les premiers jours, je n'ai guère bougé du salon où j'opérais.

C'était une pièce relativement intime, tendance salon de thé. Mais on pouvait y apporter son verre, bien entendu. Et fumer à l'envi. Ici, on était dans un territoire où, paradoxalement, s'appliquait le plus effrayant des slogans soixante-huitards : l'interdiction d'interdire. Ça donnait lieu à quelques amusantes altercations car, dès lors qu'on est au-dessus des lois, qu'est-ce qui fait loi ? Sur quoi se baser pour déterminer les torts et les raisons de chacun ?

Le plus souvent, cependant, tout se passait très bien. Les invités venaient se reposer des agapes, goûter un peu de paix ou discuter dans une ambiance feutrée, propice aux confidences. Quelques hommes d'affaires venaient échanger des fortunes ; les milliards tourbillonnaient autour de moi, se mêlant aux volutes de notes, à la fumée des cigares et à leurs conversations tournant invariablement autour du même sujet, à savoir : comment s'y prendre pour éviter l'impôt. C'était troublant, cette obsession qu'ils avaient. Peu importait qu'ils n'eussent pas assez de cent vies pour profiter de leurs richesses ; ce qui comptait par-dessus tout, c'était que l'État ne s'empare en aucune façon du moindre de leurs centimes.

J'avais pour ma part des préoccupations beaucoup plus graves, et qui concernaient ma survie. Quatre questions me taraudaient, auxquelles je n'avais pas encore apporté un début de réponse : quoi, qui, quand, comment.

Mon dernier espoir était que les réponses tombent du ciel avec une salve de nouveaux arrivants, parmi lesquels Heinrich Meinz, qui devait bientôt apponter. Enfin, « espoir » n'était peut-être pas le bon terme. Personne ne s'étant manifesté jusque-là, et Kamel ayant dit qu'il n'était pas sûr que les choses se feraient, j'aurais préféré qu'on en reste là. Même si dans ce cas, il n'y avait aucune chance pour que Kamel considère que ma dette était payée.

En attendant, je n'avais rien d'autre à faire que jouer mon rôle. Le Steinway m'y aidait bien. C'était de la vraie grande drogue, et dès que je posais mes mains dessus, j'oubliais tout. Après quelques rappels à l'ordre, j'ai laissé de côté Bartók et Prokofiev, mais j'ai pu pousser plus loin que la *Marche turque*, et je n'oublierai pas de sitôt la sensation que m'ont laissée les graves du piano quand j'ai entamé la Fantaisie en ut mineur de « l'autre Mozart », comme j'aimais à dire. Et puis des œuvres comme les *Impromptus* de Schubert, par exemple, trouvent toujours leur place, dans tous les milieux. Les génies sont rares, les génies capables de combiner l'intelligence, la profondeur, la finesse, mais aussi le doute, le questionnement philosophique et même une certaine noirceur, à une sensibilité d'écoute immédiatement perceptible à toute personne ayant quelques poils érectiles sur les bras, le sont encore plus. Schubert, même du plus profond de son désespoir – et il rejoint en cela Beethoven –, donne irrésistiblement envie de vivre. Ce doit être un truc de Viennois, tous arts confondus – Beethoven n'était viennois que d'adoption, mais ce qui compte, c'est qui nous adopte, pas qui nous a vus naître. Encore que la grande différence entre Beethoven et Schubert, c'est que si le premier donne envie de se surpasser, de transcender sa propre conscience et d'atteindre à l'inconnu, le second donne tout simplement envie de s'exposer nu au soleil du printemps.

C'est d'ailleurs à ce brave Franz que j'ai dû mon premier rayon de soleil depuis le départ d'Alexandroúpolis. Alors que j'achevais son dernier impromptu de l'opus 142, le *fortissimo* final faisant se lever quelques sourcils, j'ai entendu ce léger bruit que fait un fumeur quand il exhale sa fumée par les narines.

Puis une main gantée de dentelle s'est posée sur mon épaule, et une voix familière a dit dans mon dos :

– Mon cher Julien, j'ignorais que vous aviez tous ces talents ! Comment se fait-il que vous perdiez votre temps au Saint-Jacques ?

8

Il y a plusieurs façons de rater sa vie, la pire étant sans doute d'être le second.

Vous avez travaillé d'arrache-pied ; au moins autant que le premier. Ça a même été plus dur pour vous, parce que votre milieu n'était pas porteur, comme on dit. Vos parents aimaient la musique, oui, mais comme on aime un film vite oublié, et ils ne pensaient pas vraiment qu'on pût en faire un métier. Vous leur devez tout de même cet amour. Un jour, vous aviez quoi, sept ou huit ans, votre mère vous a fait asseoir dans le canapé du salon et vous a dit : « Reste assis là, tranquillement, et écoute. Tu vas voir, c'est très beau. » Et elle a mis un disque. Le premier concerto pour piano de Tchaïkovski, interprété par un Svjatoslav, justement – Richter de son nom, et peut-être est-ce à cause de ce prénom prononcé sur le yacht que toutes ces choses me sont revenues en mémoire. On pourra toujours dire tout ce qu'on voudra de la musique de Tchaïkovski, de sa sincérité pataude, de ses mélodies trop évidentes, de son irrésistible tendance à verser dans le pathétique le plus sirupeux, elle restera la clé qui vous a ouvert les portes du paradis. Votre mère a renouvelé l'expérience avec un compositeur un peu plus fin, Rachmaninov (le deuxième concerto pour piano, toujours par le même interprète) et vous avez été définitivement ferré. Certes, avoir accès au paradis vous isole du commun des mortels et vous vous sentez bien seul dans la cour de récréation, mais quel délicieux virus vous avez contracté là ! Et puis vos bras, trop grands pour votre corps lui-même trop maigre, et les mains encore plus disproportionnées qui les terminent, font l'objet de nombreux quolibets ; autant qu'ils servent à quelque chose. Très vite, vous vous mettez au piano et il n'y a plus que cela qui compte pour vous. Dès votre sortie de l'école, une fois votre tartine beurrée et votre barre de chocolat ingurgitées, vous vous ruez sur votre instrument quand d'autres se retrouvent dans la rue. Pourquoi vos parents n'ont-ils pas sauté sur l'occasion pour vous faire suivre dès le plus jeune âge un cycle d'apprentissage ? Vous l'ignorez. Sans doute la peur de ne pas vous donner toutes les armes nécessaires pour vous défendre dans ce monde dont votre père ne cesse de répéter qu'il est une jungle où votre seul ami, c'est vous-même.

Vos parents sont de braves gens. Ils se sont hissés jusqu'à la classe moyenne à la force de leurs poignets. Pianiste de concert ne leur semble pas être le débouché le plus évident et ils préfèrent vous préparer à une école d'ingénieurs. Peut-être auraient-ils dû camper fermement sur leur position… Car arrivé à l'adolescence, quand enfin, face à votre obstination, on consent à vous laisser tenter votre chance dans le domaine de la musique, vous devez mettre les bouchées doubles pour rattraper le retard accumulé. Et vous le faites. Vous ne rechignez pas à la tâche. Parce que vous aimez profondément la musique que vous avez décidé de servir. Oui, vous avez même su dépasser les questions d'ambition personnelle. Dans un monde qui coule, vous voulez que résonne encore et encore l'ut majeur parfait du dernier accord du dernier mouvement de la dernière sonate de Beethoven ; vous avez le sentiment que seule cette résonnance pourra encore sauver quelque chose.

Armé de votre travail, de vos convictions et de votre abnégation, vous vous présentez aux grands concours nationaux. Et vous arrivez deuxième. Derrière un gommeux. Un blondinet idéalement romantique, qui échange des coups d'œil complices avec le directeur de la salle où se déroule le concours et avec le président du jury, vieille connaissance de la famille, hôte régulier de la table de ses parents, premiers violons d'orchestres prestigieux ; un blondinet qui est né pour être où il est, en somme, et qui tient merveilleusement sa place, parce que le pire, c'est qu'il joue injustement, extraordinairement et prodigieusement bien. Et vous ne comprenez plus rien. Mais vous n'êtes pas assez bête pour fustiger la consanguinité qui lie le jury et le gommeux. Non. Ce que vous vous demandez, c'est comment, alors qu'il n'a rien vécu, le gommeux a-t-il pu exprimer toute la souffrance, toutes les émotions contenues dans les œuvres qu'il a interprétées ? C'est une question vaine, nourrie de votre profond athéisme et de votre refus de croire qu'il existe des talents innés, mais vous ne pouvez pas vous empêcher de vous la poser en boucle.

Alors que vous avez encore les doigts en feu et le cœur en écharpe, deux ou trois personnes sympathiques viennent vous complimenter chaleureusement ; le jury est injuste, votre interprétation de la huitième sonate de Prokofiev était vraiment meilleure… Mais ce n'est pas vous que viennent voir les agents, c'est le gommeux.

Sauf un. Albert Mauduis.

Un type franchement bizarre, qui présente bien sous certains aspects – soixante-cinq soixante-dix ans, chevelure blanche, poignée de main ferme, costume impeccable, cravate violette –, mais bourré de tics, incapable de dire trois mots sans se gratter le nez, l'épaule ou les flancs. Il vous explique que pour des talents comme vous, injustement écartés de la compétition, il y un autre public. Un public exigeant, mais qui souhaite rester très discret. Et qui paye pour ça. Vous l'écoutez mais vous ne savez pas trop quoi dire. Il a quand même une drôle de gueule, ce type. Pas très franc du collier. En plus de ses tics, il transpire beaucoup et ça vous dégoûte un peu. Lui s'impatiente déjà. Il se tourne vers la foule qui entoure le blondinet, se demande à haute voix combien on peut lui proposer pour des tournées de concerts, et combien on vous proposera à vous. Puis il vous balance un chiffre, comme ça. Vous ne savez pas si c'est par soir ou par semaine mais vous êtes sûr d'une chose : c'est beaucoup plus que ce que vous valez sur le marché de l'échec. Alors vous jetez un vague œil à vos parents, tétanisés dans des fauteuils qu'ils n'ont pas osé quitter, puis sur le siège du piano où vous avez abandonné votre âme, et vous suivez l'agent très spécial.

Mauduis m'a d'abord entraîné dans un circuit d'hôtels de luxe, où il m'accompagnait pour me donner des conseils sur le répertoire à jouer, mes tenues, les limites que je devais prendre garde à ne pas dépasser et tout un tas d'autres choses auxquelles on ne s'attend pas à devoir faire attention quand on est censé s'adresser à l'élite de l'humanité.

– Vous comprenez, mon vieux, vous êtes un serviteur comme un autre, mais vous, vous vous adressez à l'âme de vos maîtres. Vous les sauvez de l'ennui d'une conversation, vous leur donnez envie de renouer avec une certaine nostalgie, vous les éloignez de ce monde de brutes dans lequel ils se débattent pour maintenir leur rang. Au bout d'un moment, vous êtes comme un confident, et certains d'entre eux peuvent être amenés à pousser la confidence un peu loin. Mais ce n'est pas à vous qu'ils parlent. C'est à une partie d'eux-mêmes que vous incarnez. Laquelle ? Vous n'en savez rien. Et si par malheur vous leur répondez quelque chose, vous avez de grandes chances de taper à côté. Alors mettez-vous bien dans le crâne que vous n'entendez rien et qu'ils ont toujours raison. De toute façon, votre avis, ils s'en foutent complètement. Leur femme est une salope ? Oui. Les nègres vivaient mieux quand les Blancs leur montraient dans quel trou il faut chier ? Oui. On dira ce qu'on voudra mais un cul, plus c'est petit, meilleur c'est ? Oui.

Vous verrez, ce genre de propos, sur la Sonate au Clair de lune, ça change votre vision du monde.

J'ai su me taire et de toute évidence, Mauduis a été content de moi. Assez rapidement, il m'a fait entrer dans le circuit des soirées privées. Mais j'avais encore des choses à apprendre.

Une des premières soirées que j'ai accompagnées réunissait des médecins. Elle se déroulait chez Louis et Charline Desombières. Lui était un cancérologue, elle une femme du monde. C'était sans doute à cette soirée que l'accordeur faisait référence quand il avait affirmé qu'on s'était déjà rencontrés – ce dont je ne me souvenais toujours pas. Je devais jouer à l'apéritif et au dessert. Plutôt du jazz, un domaine que j'avais aussi beaucoup étudié et que Mauduis m'avait demandé de développer. À minuit, ils m'ont payé. Mille francs. Oubliez les cent cinquante euros que ça représente aujourd'hui. À l'époque, mille francs, c'était un loyer moyen pour un studio. Vous payez votre loyer avec une seule journée de travail, vous ? Alors que j'allais partir, les convives ont poussé la table où ils avaient dîné et ont apporté une grosse roulette. J'ai demandé si je pouvais jouer. Louis Desombières m'a souri :

– C'est comme vous voulez mais je vous le déconseille fortement : votre paye de ce soir, c'est notre mise minimum.

Je suis resté. Et j'ai attrapé un sale virus. La *chance du débutant* est la pire chose qui puisse vous arriver. C'est le genre de hasard qui vous ferait croire à Dieu, et surtout au Diable et à cette façon si particulière qu'il a de vous faire signer un pacte. J'ai misé mes mille francs de loyer et je suis sorti de la soirée avec dix mille. J'ai évidemment oublié que j'étais monté à vingt-cinq mille et que j'en avais donc perdu plus de la moitié, de même que j'ai feint d'ignorer que si j'étais sorti avec les dix mille, c'était parce que la partie s'achevait, qu'il était neuf heures du matin et que tout le monde voulait rentrer chez soi. Sinon, j'aurais tout reperdu. C'est comme ça que le Diable vous tient. Si vous jouez votre loyer et que vous le perdez dans les cinq minutes, sans même avoir eu le temps de frémir, croyez-moi, vous ne risquez pas de vous remettre à jouer de sitôt…

Là, en plus de m'être perdu pour un bon bout de temps, j'avais commis une erreur. Mauduis m'a rappelé à l'ordre : je faisais ce que je voulais de mon fric mais pour sa clientèle, je devais n'être qu'un pianiste. Rien d'autre. C'est à cette occasion qu'il a utilisé le terme de meuble pour décrire ma fonction. Entre les deux, il avait déjà adopté le tutoiement et son vocabulaire avait évolué. Il était passé de celui destiné à convaincre à celui utilisé pour ordonner. Véritable caméléon social, aussi à l'aise dans un dîner de diplomates que dans une partouze de joueurs de foot, il maîtrisait un éventail impressionnant de variations de langage.

Il m'a dit :

– Rien qu'un putain de meuble qui encaisse et qui ferme sa gueule, tu vas le comprendre, ça ?

Et c'était valable pour tout.

De temps en temps, une femme, convaincue qu'un type qui savait quoi faire de ses dix doigts sur un piano saurait où les fourrer au lit, venait me faire sentir son parfum d'un peu plus près. Au début, je ne me suis pas trop fait prier, mais à ce sujet, Mauduis n'a rien eu à me dire. Très vite, une ou deux corrections bien dosées m'ont fait comprendre que si je souhaitais conserver les dix doigts en question, j'avais intérêt à m'en tenir à ce qu'un meuble savait faire le mieux au monde : rester à sa place.

Au fil du temps, les soirées se sont faites de plus en plus fastueuses. Et de moins en moins avouables. Mauduis, considérant que ma formation était achevée et que je jouais enfin parfaitement mon rôle de meuble, a fini par ouvrir mes tiroirs et mettre des choses dedans, comme de la cocaïne, des amphètes, de la benzédrine, de la meth et un tas de trucs dans le genre, qui apparaissent régulièrement sur le marché. Les clients se servaient et mettaient des billets à la place. Et quand l'agent venait reprendre les billets, il en laissait traîner quelques-uns pour moi, que je filais aussitôt dépenser au casino ou aux tables de poker. Je fréquentais aussi régulièrement la table des Desombières… mais je ne jouais plus de piano pour eux.

Et comme tous les joueurs, j'ai fini par être salement endetté.

Kamel fait partie de ces gens qui remboursent vos dettes. Mais pas pour vos beaux yeux.

Et un jour, Mauduis m'a demandé :

– Ça compte beaucoup, pour toi, la vie humaine ?

9

Évidemment, je n'ai rien raconté de tout ça à Magalie de Winter. Je n'étais d'ailleurs pas certain qu'à l'instar de tous ces gens que j'avais côtoyés dans les soirées privées elle attendait vraiment une réponse. Mais la savoir du voyage m'a revigoré. Au fond, avec ses cigarettes, ses tenues élégantes et ses éternels gants, c'était un bout de mon monde qui débarquait, et je me suis tout à coup senti beaucoup moins seul.

De son côté, elle a expliqué sa présence sur l'*Opus* d'un simple mouvement d'épaules.

– Qu'une *de* Truc soit invitée au mariage d'une *de* Machin, ça vous étonne ?

Elle était arrivée le deuxième jour, par hors-bord, et très vite elle est devenue ma plus fidèle auditrice, passant le plus clair de son temps aux abords du piano, à fumer des cigarettes et boire des coupes de champagne. Sans elle, je ne sais pas combien de temps j'aurais supporté l'angoisse liée au fait que j'ignorais toujours ce qu'on attendait de moi ; angoisse à laquelle je résistais tant bien que mal en buvant de plus en plus. Je savais que seul le jeu m'aurait permis de l'oublier, mais cette drogue-là m'aurait trop vite mis en péril, et je ne connaissais pas d'autre méthode, pour fuir une drogue, que d'en consommer une autre, sauf à faire preuve d'une rectitude comportementale et morale dont j'étais absolument incapable.

Le quatrième jour, alors qu'on naviguait en mer Égée, entre un chapelet d'îlots semés au sud de Gökçeada et les Dardanelles, et que pour ma part, j'errais comme je pouvais d'un whisky à l'autre, sans que cela affecte pour autant mes prestations, Meinz, mon dernier espoir de comprendre ce que je faisais sur ce bateau, a enfin rejoint la croisière. Le soir même, l'homme d'affaires était dans le salon, à discuter avec deux autres types un peu plus âgés que lui. Entre soixante-dix et quatre-vingts. En tout état de cause bien conservés. J'ignorais ce qui avait fait penser à Svjatoslav que c'était un mélomane. Pour l'heure, comme tous les passagers de l'*Opus*, il voyait en moi un meuble. Mais peut-être que ce qui compte, c'est que le meuble soit de qualité supérieure et se fonde avec harmonie dans l'ensemble ? Après tout, ces gens s'entourent d'antiquités hors de prix mais ils ne passent pas leur temps les yeux rivés dessus. Comme tout un chacun, ils aménagent leur environnement à leur manière, et c'est tout.

Magalie aussi était là. Plus sombre que d'habitude, tassée dans un coin de la pièce, elle fumait en silence. Pour la ravigoter un peu, tout en me disant que ça ne devrait pas défriser les Allemands – si j'ose dire –, j'ai égrené les premières notes de l'intro de *Lili Marleen*. Le thème était bien enfoui sous les accords, mais la vieille femme l'a immédiatement reconnu. Elle s'est levée d'un bond, avec toute l'énergie que ses quatre-vingt-sept ans voulaient bien lui laisser, et a sifflé entre ses dents :

– Non, pas maintenant.

J'ai prestement ôté mes doigts du clavier, comme si je m'étais brûlé.

– Comment ça, pas maintenant ?

– Pas ici. Ne jouez cette chanson que lorsque je vous le demanderai expressément.

Elle a doucement posé sa main sur mon épaule.

– S'il vous plaît, Julien.

Et elle s'est retirée, me laissant seul avec les trois Allemands. L'arrêt soudain de la musique leur ayant fait prendre conscience que j'existais, ils m'ont demandé d'interpréter des airs connus, de la musique de salon, comme on disait autrefois ; des valses de Strauss, de Chopin, mais aussi pas mal d'airs d'opérettes, qu'ils reprenaient en chœur ou qu'ils me chantaient afin que j'improvise un accompagnement. Chaque morceau les renvoyait à des souvenirs graveleux, les pires mettant en scène des dépucelages de princesses, de duchesses ou plus simplement de jeunes futures héritières de royaumes financiers, au cours de ces rallyes organisés par les parents des jeunes filles, pour être certains qu'elles se marieront avec un « homme bien », c'est-à-dire de leur milieu. Enfin, trois jeunes femmes sont apparues – Tania, Sonia et Mélodia, si mon souvenir est bon – et ont invité les vieux libidineux à se joindre à la fête. Je les avais déjà aperçues toutes les trois, et il m'était vite apparu qu'elles n'avaient pas de compagnon. Sans doute avaient-elles été louées à l'avance par Svjatoslav... On dira ce qu'on voudra : les Russes savent recevoir. J'ai fermé le piano, ai fait un tour aux toilettes et me suis rendu au bar, endroit auquel le pianiste, toujours à la frontière entre deux mondes, et contrairement aux autres employés, avait toujours accès – côté consommateurs, je veux dire.

Max était là, accoudé au comptoir. Apparemment, l'accordeur aussi avait droit à quelques privilèges. Il faut dire qu'il présentait bien, et si je ne l'avais pas connu, je l'aurais aisément pris pour un convive. J'étais néanmoins surpris de le trouver là. Jusqu'à présent, il n'avait que rarement quitté sa cabine, voisine de la mienne – c'était de toutes petites cabines mais elles nous offraient ce luxe de la solitude que ne connaissaient pas les autres membres du personnel –, et dans laquelle il annotait pendant des heures des partitions – le plus souvent des fac-similés de manuscrits. Le travail dont il parlait et qu'il avait emporté, sans doute. Un jour où je l'ai surpris alors qu'il était plongé dans la lecture d'un de ces manuscrits, j'ai tenté de lui poser quelques questions à leur sujet, la musique étant le dernier domaine où s'exerçait encore – par intermittence – ma curiosité. Pour toute réponse, il a bougonné quelques noms de compositeurs : Weigl, Karel, Schacht, Hartmann, Brandauer… J'ai avoué que je n'en connaissais aucun mais il n'a pas renchéri. Il s'est contenté d'un « ça m'étonne pas » triste et fataliste… J'ai néanmoins appris à cette occasion que Blaustein n'était pas seulement accordeur : il était aussi chef d'orchestre – et bon pianiste, j'avais pu m'en rendre compte. Il avait eu l'occasion de diriger les exécutions de nombre d'œuvres symphoniques, quand il vivait en RDA, avant la chute du mur de Berlin. Il habitait alors une petite ville qui, d'un côté, subissait le joug de la dictature érigée au nom du communisme et, de l'autre, profitait de ses bienfaits en matière culturelle. En effet, un orchestre communal avait été mis sur pied. Chaque musicien ne percevait qu'une modeste paye, mais une fois passé la corvée des musiques militaires, jouées lors de diverses commémorations, Blaustein avait la possibilité de ne plus se consacrer qu'à son art. Hélas pour lui, en 1989, à la chute du mur, la RDA avait dû s'adapter à l'économie de marché et renoncer à sa direction étatique avant de disparaître complètement un an plus tard. Beaucoup d'institutions publiques avaient sauté, comme le petit orchestre de la ville, et son chef avait dû lâcher la baguette pour se consacrer à nouveau à son premier métier : accordeur.

Pour l'heure, ce rôle n'avait pas l'air de lui plaire. J'ai voulu lui parler d'un problème avec un la bémol, mais la conversation a subitement pris un tour beaucoup plus sérieux. Tout en secouant la tête, les yeux plongés dans son verre, son imposante masse arrimée au comptoir, il a soufflé entre ses dents, avec une expression identique à celle de Magalie :

– Je me demande comment vous faites pour les supporter.

– De qui parlez-vous ?

– De ces types pour qui vous avez joué toute la soirée.

– On me paye. Ça aide à supporter beaucoup de choses.

– C'est ça, jouez les cyniques… Hermann Schleyer, Heinrich

Meinz, Rodolph Bauer sont issus de ces lignées d'industriels qui ont fait fortune sous Hitler, grâce à sa politique d'extermination et de guerre totale, et que les « libérateurs » ont maintenus à leur place sous prétexte qu'ils étaient indispensables à la reconstruction de leur pays…

Manifestement, Blaustein avait besoin de parler. Théoriquement, je n'avais pas grand-chose d'autre à faire qu'écouter. Mais au lieu de me taire et de tirer sur ma cigarette, j'ai posé une question en forme d'invitation à poursuivre.

– Les enfants des bourreaux sont-ils comptables des saloperies commises par leurs pères ?

– S'ils en acceptent les bénéfices, oui. Je n'ai aucun doute sur cette question. Inclure la notion de responsabilité morale dans les héritages reçus me semblerait assez juste.

– Vous voyez ça comment ?

– L'attitude qui consiste à dire : « je prends l'argent mais je refuse d'assumer les actes qui ont conduit à cet enrichissement » est un peu facile, non ? Il suffisait à tous ces « héritiers » de rendre ce que leurs pères avaient volé, déjà, puis de restituer aux survivants la place qu'ils occupaient dans la société avant d'être excommuniés, pour ne pas dire plus, et enfin d'être les premiers à raconter inlassablement cette histoire, plutôt que d'essayer de l'enfouir dans les tréfonds les plus sordides de la mémoire et de s'acharner à sauver l'honneur de leurs pères.

J'ai hélé le serveur, commandé un whisky et pointé du doigt le verre de Max d'un air interrogateur. Il a vigoureusement secoué la tête, mais je n'étais pas sûr que c'était pour refuser le verre. Il a continué de s'énerver.

– Cette attitude a coûté à l'Allemagne d'après-guerre ses années de plomb. Les anciens nazis se sont drapés dans une supposée immuable vertu allemande pour donner des leçons de morale à ceux de leurs enfants qui osaient remettre en cause l'ordre bourgeois, celui-là même qui avait couvé, accueilli, encouragé et fait fructifier l'antisémitisme le plus abject…

vous voyez le tableau ?... Allez vous étonner, après ça, que des allumés comme les mômes de la bande à Baader aient voulu foutre le feu à leur pays. Eux, c'est de honte, qu'ils brûlaient.

– Je ne connais pas grand-chose à tout ça…

– Ben voyons ! Personne ne connaît « grand-chose à tout ça », comme vous dites… c'est bien pratique ! Les pères des joyeux lurons que vous avez égayés faisaient partie des *Einsatzgruppen*, ces milices créées par Reinhard Heydrich, soi-disant pour protéger les arrières des troupes allemandes d'occupation en éliminant tous les opposants – comme par hasard juifs ou communistes –, en réalité pour mettre en œuvre la première Shoah… vous savez, celle par balles. On dit qu'au moment de commettre leurs crimes, les membres des *Einsatzgruppen* chantaient *Lili Marleen…*

– Ce n'était pas une chanson commune aux militaires de toutes les armées occidentales ?

– L'un n'empêche pas l'autre… Au fait, oui, je veux bien un autre verre.

J'ai à nouveau fait un signe au garçon. Il a resservi Blaustein. L'accordeur a avalé une gorgée de whisky et a recommencé à parler, mais j'avais l'impression, maintenant, qu'il ne s'adressait plus qu'à lui-même, comme le font souvent les hommes qui vivent seuls.

– *Lili Marleen*, une musique de Norbert Schultze… un homme qui figurait sur la *Gottbegnadeten-Liste*, la « liste des bénis de Dieu » – celle des artistes indispensables – établie par le gang de Hitler…

Il s'est tourné vers moi et m'a dévisagé, comme surpris de me voir là.

– Karajan figurait sur cette liste, soit dit en passant. Quand on pense à cette blague qu'il aimait faire sur Dieu…

J'ai froncé les sourcils.

– Vous ne la connaissez pas ?

J'ai secoué la tête.

– Toscanini, Bernstein et Karajan boivent un coup ensemble. Toscanini, toujours très volubile, pousse un grand soupir et dit : « Bon, les gars, vous faites un boulot formidable, il n'y a pas à dire… mais je suis le plus génial de tous les chefs d'orchestre, c'est comme ça. » Bernstein sourit en coin et lui dit : « Cher Arturo, je reconnais bien là votre légendaire modestie. Pour ma part, je ne me permettrais pas un tel jugement sur moi-même. Mais c'est moi le meilleur. Je n'y peux rien, c'est Dieu qui me l'a dit. » Et là, Karajan, qui jusqu'à présent est resté bien silencieux derrière ses sourcils froncés, sursaute et s'exclame : « Moi ? Je n'ai rien dit ! »

C'était peut-être drôle, mais je commençais à en avoir ma claque de cette conversation. Et je ne comprenais pas pourquoi on parlait de ça. Blaustein a poursuivi sur son ton lugubre :

– Furtwängler aussi figurait sur cette liste, mais lui, Hitler a fait rayer son nom. Fin 44, je crois. Le Führer le soupçonnait d'avoir fomenté un attentat contre lui… Évidemment, vous ne connaissez « pas grand-chose à tout ça » non plus, j'imagine ? Notez que c'est presque drôle : *Lili Marleen* est le seul véritable tube qu'ait produit l'Allemagne nazie, et c'est un hymne à la paix, ou plus exactement au retour à la paix… ironique, non ?

Non, ce n'était pas drôle. J'avais fini de rire pour de bon. Liste, rayé, attentat… Ces mots me ramenaient – égoïstement, je veux bien l'admettre – à la réalité de ma situation. Y avait-il un rapport avec ce que j'étais censé faire aujourd'hui ? Agacé, j'ai demandé un peu fort :

– Pourquoi me racontez-vous tout ça ? Vous avez quelque chose de particulier à me demander ?

Blaustein a levé vers moi ses yeux noirs et pétillants.

– Vous sembliez étonné de la réaction de Madame de Winter quand vous avez égrené les premières notes de *Lili Marleen...*

J'ai presque sursauté.

– Vous étiez là ?

Feignant de ne pas avoir entendu ma question, il a enchaîné :

– À votre avis, quelle version de *Lili Marleen* Madame de Winter a-t-elle adoptée ? L'hymne au meurtre ou l'hymne à la paix ? Par ailleurs, que voient défiler des fils d'exterminateurs qui n'ont rien trouvé à redire aux actes de leurs pères, quand on joue cette musique devant eux ? Ce n'est pas parce qu'on siffle le même air qu'on chante la même chanson.

– Qu'est-ce que vous foutiez là, Blaustein ? Vous connaissez Magalie ?

– Ça fait trente ans que j'accorde des pianos dans ces milieux… Comment pourrais-je ne pas la connaître ? Contentez-vous de respecter ses souhaits, c'est fondamental. C'est même plus que fondamental : c'est notre clé des champs.

Ses paroles ont eu sur moi l'effet d'un électrochoc.

– Quoi ? Qu'est-ce que vous dites ? Qu'est-ce que j'aurai à faire d'autre ?

– Vous connaissez l'antienne : moins vous en saurez… Jouez *Lili Marleen* du mieux que vous pouvez. Et surtout, jouez-le au moment opportun. Croyez-le ou non, c'est tout ce qu'on vous demande.

– C'est vous qui…

– Maintenant, j'ai sommeil. Excusez-moi.

Alors qu'il allait disparaitre dans la coursive, je l'ai rappelé à l'ordre :

– N'oubliez pas mon la bémol !

– Je m'en occupe demain matin à la première heure… Promis !

Ebranlé, j'ai fait signe au serveur de remplir mon verre une quatrième fois. Je commençais à vaciller, mais pas tant qu'on aurait pu le croire. Sur ce yacht, il n'y avait rien à boire en dessous de 16 ans d'âge. Les très riches ingèrent des produits d'une qualité exceptionnelle, toujours exempts de pesticides. On peut leur faire confiance : d'une part, ils savent tout de la came qu'ils refourguent au peuple et d'autre part, la qualité de leur sang, porteur de la lignée, est une chose avec laquelle ils ne transigent pas. Aussi le whisky était-il non seulement excellent, mais en plus très digeste.

Mon verre à la main, je me suis rendu sur le pont arrière pour essayer de réfléchir à la bombe que Blaustein venait de déposer entre mes mains, le jour même où Meinz avait débarqué. Un Meinz que Blaustein voulait de toute évidence me faire détester. Pourquoi ?

Est-ce que ça compte beaucoup pour toi, la vie humaine ?

Je n'avais pas répondu à la question, mais peut-être l'avait-on fait pour moi... Mon rôle consisterait-il à assassiner quelqu'un ? Meinz ? La came serait alors une arme. Mais à ma connaissance, il n'y en avait pas à bord. Pour autant, j'avais du mal à croire que tout ce que j'aurais à faire, c'était jouer correctement *Lili Marleen*, à supposer que j'aie enfin compris ce que signifiait « jouer correctement » ce morceau... J'ai regardé le fond de mon verre. Excellent et digeste, mais pas du meilleur effet sur les neurones, passé une certaine quantité. Et au... au quoi ? Dixième ? Douzième verre de la journée, on peut considérer que la limite a été franchie. J'ai fini ma cigarette et je suis allé me coucher.

La nuit ne porte pas conseil. Elle fait mieux : elle repose.

10

… sauf quand on fait des cauchemars.

Celui-ci était étrange. Littéraire, presque. Il avait comme pris la forme d'une courte nouvelle.

Antonio Mario de la Riviera, un lointain cousin fruit d'une subtile et séculaire alliance entre la noblesse française et la bourgeoisie monégasque, devait embarquer à bord du *Néron*, navire « sublime » en partance pour une croisière touristique « luxueuse et bucolique » selon ses dires. Hélas, quelque nouveau décès survenu dans sa proche famille le contraignait à rester à terre et le hasard voulut que lui et moi nous rencontrions alors qu'il s'apprêtait à annuler sa réservation. Grand seigneur, il m'offrit son billet. Et c'est ainsi que je me retrouvai à bord du *Néron*.

Mais ce navire, avec ses frasques et ses coutumes ; ce navire, flamboyant sous le soleil d'invisibles mais séduisants tropiques ; ce navire imputrescible mais qui pourtant puait ; ce navire ne voguait pas : il crissait, déchirait l'océan. Et lorsque dans une ultime tentative de fuite je me réfugiai sur le pont arrière de l'immense bateau, il me sembla voir, dans son sillon, gicler une écume de sang. Alors, dégoûté, je m'enfermai dans ma chambre et décidai de n'en plus sortir jusqu'au prochain port.

Dans un premier temps, on m'y apporta mes repas et des bouteilles d'alcool. Puis, un jour, alors que manifestement le garçon était passé devant ma porte sans prendre la peine de s'y arrêter, il me fallut sortir de ma cabine pour commander mon dîner et plus personne ne vint me demander si je désirais réserver une table à l'un des services du soir. Peu à peu, excepté les femmes de ménage, le bateau m'oubliait.

Satisfait de cette évolution imprévue, je me rendis au magasin du bord et y achetai sandwichs, cigarettes et bouteilles de whisky en quantités confortables, puis je me retirai dans ma cabine avec la ferme intention de n'en plus sortir. Bientôt, arguant que mon lit n'avait pas besoin d'être fait puisque je n'en bougeais pas, j'obtins que les agents du service d'entretien ne me dérangent pas. Et pendant quelques jours, ce fut le paradis.

Je lus tous les livres que j'avais emportés – moi qui, en réalité, lisais si peu – ; lectures entrecoupées de quelques siestes et de cigarettes fumées en observant l'horizon, un verre de whisky à la main. Par moments, je me laissais aller à quelques rêves érotiques ou me perdais dans la contemplation de l'invariable ligne de mer qui coupait mon hublot en deux. Mais le cri, poussé comme dans un rêve par un homme débraillé hurlant au faîte d'un grand mat, ce seul cri qui pût sortir un naufragé de sa torpeur et lui apporter la délivrance, ce cri de « Terre ! » que j'attendais comme une réalité tangible alors qu'il ne pouvait en être ainsi, ce cri ne venait pas. Dès lors, je vécus ma retraite comme une incarcération. Je ne me lavai ni ne me rasai plus ; je vidai mes bouteilles au goulot et recrachai mes sandwichs qui commençaient à sentir le rance ; et bientôt, mes nuits se peuplèrent de cauchemars.

De grosses lèvres rouges déversaient un flot de paroles si abrutissantes que j'en restais paralysé, comme englué. Des types surgissaient alors, menaçant de me tuer et, pour me protéger, je me mettais à parler sans cesse, d'une voix rose et bête, proférant les mêmes insanités que tous ces gens dont j'avais fui le verbe creux et poseur. Tant que mon débit conservait une rapidité suffisante – cette rapidité si nécessaire à l'annihilation de toute pensée –, les hommes s'éloignaient ; dès qu'il faiblissait, ils se rapprochaient. Mais de nuit en nuit, je m'épuisais presque autant que je me dégoûtais et, pour finir, je n'émis plus qu'un murmure hésitant. Les tueurs sortirent de grands couteaux de leurs poches et découpèrent mon corps en petits cubes qu'ils disposèrent délicatement dans des assiettes en plastique. Deux petites filles grossièrement maquillées vinrent chercher les assiettes et s'installèrent avec leurs poupées autour d'un guéridon. Puis elles commencèrent à jouer à la dînette, faisant ingurgiter les morceaux de chair fraîche à leurs poupées tandis que de leurs grosses lèvres rouges surgissaient à nouveau tous ces mots, ces mots, ces mots... Je hurlai.

De retour à la réalité – à mon cauchemar, en fait, parce que comble du comble, il s'agissait bien d'un cauchemar dans le cauchemar –, je constatai que ma cabine était pleine de gens qui, effectivement, parlaient, parlaient, parlaient. Le commandant était là, lui aussi, et de fort mauvaise humeur. Des serviteurs pakistanais tentaient de lui expliquer que rien de tout cela n'était de leur faute, qu'aussi impossible que cela pût paraître, cette cabine n'avait pas été vérifiée. L'enseigne secouait la tête de droite à gauche, l'air contrit, bien que la faute n'ait pu venir de lui.

Alors le commandant, seul maître à bord, calma ses ouailles et, satisfait de sa magnanimité, me fit savoir que pour se faire pardonner de m'avoir fait manquer le débarquement à A..., je devais me considérer comme étant son invité au cours de cette nouvelle croisière d'une durée exceptionnelle de trois semaines.

Si je voulais bien passer un vêtement plus seyant et me faire un peu plus présentable, il serait ravi de me voir assis à sa table...

Je me suis réveillé en gémissant. Ma première envie a été de me ruer sur le pont arrière, de passer par-dessus le bastingage et de nager dans la nuit, jusqu'à me noyer peut-être, ça m'était égal ; la seule chose que je souhaitais était ne plus être là. Puis je me suis ressaisi. Bon, même les whiskies de bonne qualité ne sont pas garants de jolis rêves. Il était par ailleurs évident que la pression était à son comble. Il était trois heures et demie, j'en avais dormi à peine deux. À côté, Blaustein ronflait – comme quoi même les voyages dans des bateaux de milliardaires ne vous mettent pas à l'abri de certains désagréments. Je me suis levé, ai pris une douche glacée, me suis lavé les dents et, hublot ouvert, ai allumé une cigarette. Je n'avais pas beaucoup dormi, mais c'était suffisant pour éliminer l'effet anesthésiant de l'alcool. Et il y avait plus urgent à faire que dormir ! Maintenant que j'avais quelques éléments en main, il était temps de réfléchir. Je ne me suis pas lancé dans de complexes circonvolutions. Le hasard existe, les coïncidences aussi, mais si les flics ne les prennent pas en compte, c'est tout simplement parce que ce sont des données trop aléatoires pour qu'elles trouvent place dans un raisonnement. « Jamais un coup de dé n'abolira le hasard », et sauf à être suicidaire, on ne joue pas sa vie sur un coup de dé, j'en savais quelque chose. Ou plutôt si, on la joue, et c'est justement ce qui est excitant. Comme de sauter à l'élastique à l'aveugle, c'est-à-dire sans savoir si la longueur de l'élastique a bien été testée. Mais je n'étais pas là pour jouer. Ce que je voulais, c'était sauver ma peau. Donc, une fois le hasard et les coïncidences mis de côté, il ne me restait plus qu'à appliquer une bête loi des probabilités. Kamel avait laissé entendre qu'il n'était pas sûr que les choses se fassent. Or, Blaustein s'était dévoilé le jour de l'arrivée de Meinz, dont de son côté Kaniliev avait dit qu'il n'était pas certain qu'il embarquerait. Il en résultait une évidence : Blaustein était le contact, Meinz la cible – ou tout au moins une des cibles –, Svjatoslav très probablement le commanditaire, et moi…

Je suis sorti de ma cabine et me suis rendu sur le pont arrière.

Est-ce que ça compte beaucoup, pour toi, la vie humaine ?

Quand il m'avait posé cette question, l'agent spécial Albert Mauduis voulait peut-être simplement savoir jusqu'où je serais capable d'aller ? À vrai dire, je ne le savais pas moi-même, et je n'ai pas eu l'occasion de le savoir. Quelques jours après cet entretien, j'étais embauché pour meubler une de ces monstrueuses fêtes que donnent régulièrement les producteurs de cinéma pendant le Festival de Cannes.

Je suis arrivé là-bas avec un piano aux flancs gorgés de cocaïne. Il y avait aussi des filles, pas toutes majeures, ou suffisamment juvéniles pour ne pas le paraître. Déjà, elles s'appelaient Katia, Dounia, Kaminka… enfin n'importe quel prénom finissant par un « a ». C'était leur « nom de chambre », évidemment. Kamel avait monté une combine qui, depuis, a fait florès. Les filles – toutes de l'Est – venaient en France pour une quinzaine de jours, avec un visa touristique. Entrées en toute légalité, elles se mêlaient à la foule des starlettes. Albert Mauduis – agent tout terrain – n'avait plus qu'à les pointer du doigt à la sortie des salles de cinéma, en murmurant à l'oreille des étalons : « Celle-là, vingt mille francs, celle-ci, trente mille… » Il pouvait dire le contraire à un autre. Elles n'avaient au fond aucune valeur intrinsèque. Mais il s'adressait à une clientèle qui ne pouvait pas concevoir que les choses aient une valeur autre que marchande, et nous étions tous là, moi, les filles, Mauduis, pour leur vendre quelque chose. Les filles repartaient invariablement avec la même somme – 10 000 la soirée, et si elles se démerdaient bien, elles pouvaient en faire deux par nuit, sans compter que les journées n'étaient pas faites que pour se dorer au soleil –, Mauduis conservait la différence, en prélevait dix pour cent et remettait le reste à Kamel, qui empochait donc entre quarante et soixante pour cent du deal.

Dans un sens, ces filles étaient des veinardes. Moi, dans mon biz, je n'avais pas de fixe. Je touchais cinq pour cent de la coke écoulée. Un mot de passe était fourni par Albert à ceux qu'il reconnaissait comme des consommateurs potentiels – et là-dessus, il ne se trompait jamais. C'était toujours le titre d'un morceau. « Vous ne pourriez pas me jouer *Strange Fruit* ? Disons dans dix minutes, le temps que j'emballe la petite, là-bas »… le type posait un billet de cent francs sur le piano, à peine la valeur d'un pourboire ; je plongeais la main dans le piano et en ressortais un sachet de dix grammes. Nos doigts se croisaient, j'empochais le billet, lui la coke. Mauduis, à qui le type avait remis la totalité de l'argent, complétait ma part en fin de nuit. Quand il était bien luné, il pouvait considérer que l'argent posé sur le piano était effectivement un pourboire. *Strange Fruit…* Mauduis avait un humour particulier. Connaissait-il seulement le vrai sujet de cette chanson de Billie Holiday ?

Et un meurtre, c'est combien ? La question n'a cessé de me tarauder tout au long de cette soirée. Et je me suis rendu compte que plus le temps passait, plus elle prenait la place de l'autre question, plus fondamentale, à savoir : quel prix j'accordais à la vie humaine. Ou alors, au fond, c'était la même question. À partir du moment où j'ai été capable de formuler les choses de cette façon, je me suis senti assez mal, mais j'étais de toute façon depuis un bon bout de temps sur cette pente, non ? Nos rêves ne sont-ils pas nos vraies valeurs ? Et lorsqu'on y a renoncé, quelles valeurs peut-il nous rester ? J'en étais là de mes réflexions quand un drôle de remue-ménage a secoué la fête. Une fille complètement nue fendait la foule en hurlant, le bas-ventre blanc de poudre. Le mec avait dû se servir de son sexe comme piste de décollage. C'était une pratique courante. Un bon snif, plein de l'énergie de la poudre et de l'odeur d'une fleur de femme, suivi d'un léchage soigné, pour ne rien perdre de l'une et de l'autre… Mais là, quelque chose avait dû mal tourner. Le type courait après la fille, le sexe en sang. Peut-être était-elle devenue dingue. On ne s'en rend pas compte mais la coke se faufile par les muqueuses et au bout d'un moment, il peut y avoir surcharge involontaire… Je n'ai jamais connu la fin de cette histoire. Elle a été interrompue par des flics en civil qui avaient infiltré les lieux. Pourquoi ce soir-là ? Allez savoir. Vous voyez des gosses le long des boulevards Montmartre et

Clignancourt pendant des mois et un jour, elles ont disparu. Les flics ont fait une descente. Qu'est-ce qu'ils ont de plus sur elles, ce jour-là ? Ce n'est pas d'hier qu'elles parlent à peine le français et que leurs papiers sont bidons – quand elles en ont... Enfin là, on n'avait pas affaire à des gamines frigorifiées qui attendaient d'avoir fait leurs mille ou deux mille passes pour rembourser leur ticket d'entrée en enfer. La fête rassemblait des producteurs de cinéma, des réalisateurs, des écrivains célèbres, des acteurs nationaux, internationaux... les flics ne se sont pas acharnés sur eux. En 1997, il y avait eu une embrouille autour d'une affaire de prostitution de luxe, entre Robert de Niro, un producteur de cinéma et un juge un peu trop zélé. Ça s'était terminé par un dessaisissement du juge et un non-lieu pour tout le monde mais tout de même, ça avait fait un drôle de pataquès.

En revanche, ce soir-là, le pianiste qu'on avait vu empocher à plusieurs reprises des billets de cent, comme par hasard presque toujours avant que les hommes partent s'enfermer avec de prétendues starlettes dans des chambres d'où ils ressortaient en se labourant les narines, ça les a beaucoup intéressés. Pour les filles, la justice a fermé les yeux – manque de preuves, comme d'habitude, et elles se sont toutes présentées comme des touristes consentantes –, mais la drogue, c'était le jackpot : les preuves étaient là, solidement accrochées aux flancs du piano... j'ai pris sept ans – en ai tiré cinq. C'était énorme mais je n'ai dénoncé personne. Le trafic commençait et s'arrêtait à moi. Interdiction à mon avocat d'évoquer quelque complicité que ce soit. Kamel s'était arrangé pour que je voie ce qui arrivait aux doigts des traîtres, ainsi qu'au reste de leurs membres, et ça m'avait suffi.

Ce qui m'angoissait le plus, aujourd'hui, c'était l'idée que peut-être Kamel pensait que j'étais capable de tuer quelqu'un. Je n'avais pas répondu à la question de l'agent spécial, mais il avait pu interpréter positivement mon silence, et ma résistance à la prison avait peut-être fait pencher la balance en faveur de cette interprétation. Mais moi, j'ignorais toujours jusqu'où j'étais capable d'aller. Déjà, à aucun moment, je ne m'étais considéré comme un dealer. Après tout, comme pour la musique, c'était le piano le coupable. C'était lui qui transportait la…

J'ai sursauté. C'était là, sous mes yeux. La mer Égée, les Dardanelles, Gökçeada… Les lumières qui brillaient au loin sur la côte noire, en bordure de la mer scintillante d'éclats de lune argentés, auraient pu être celles de Troie. La ville du cheval. Ce truc qui marchait depuis la nuit des temps et qui marcherait jusqu'à la fin. Comme toutes les légendes, au fond.

Si quelque chose était entré dans ce yacht, il y était entré par les airs, dans un écrin de bois, au vu et au su de tout le monde. J'ai bondi dans la coursive et j'ai foncé jusqu'au petit salon, où j'ai entrepris d'ausculter le piano sous toutes les coutures. Et je l'ai trouvé, dans un boitier savamment dissimulé. C'était bien une arme. Je l'ai prise dans ma main. Elle était lourde.

Est-ce que…

– Mustang Arms Whisper. Balles de calibre 22 subsoniques, réducteur de son intégré.

J'ai sursauté. L'accordeur se tenait debout à l'autre extrémité du piano. Les mains dans les poches, dressé de toute sa hauteur, on aurait dit la statue du commandeur.

– Je vous conseille de le remettre à sa place.

Je continuais de soupeser le revolver.

– Il me semble en avoir déjà entendu parler… Une arme de tueur.

– C'est exactement ce que j'ai commandé.

– Et c'est vous qui l'avez mise là ?

– Qui d'autre, sinon un accordeur, prépare un Steinway & Sons de 1916 et fait en sorte qu'aucune vibration parasite ne vienne salir le son ? Les pianos et les accordeurs ne sont pas catalogués comme des dangers potentiels… Cette bonne vieille technique du cheval de Troie… elle a toujours marché et elle marchera toujours. L'essentiel, c'est que le vernis des choses, leur beauté extérieure, fasse oublier qu'elles ont suffisamment d'épaisseur pour receler tout et n'importe quoi. De la cocaïne, par exemple… ne soyez pas surpris et rappelez-vous plutôt : je vous ai déjà dit que nous avions travaillé pour le même agent.

J'ai remisé le Mustang dans son logement et ai refermé le piano à clé.

– Et maintenant ?

– Maintenant, vous allez arrêter de faire votre tête de mule et retourner vous coucher. Je vous l'ai dit, que vous le croyiez ou non, tout ce qu'on vous demande, c'est de veiller sur le piano et d'en jouer.

– Je ne comprends pas.

– Un bon conseil : ne cherchez pas. Et ne changez rien à vos habitudes. Absolument rien.

Sur le chemin de ma cabine, j'ai fait un détour par le pont arrière. C'était la deuxième fois, cette nuit, que j'hésitais à me jeter à l'eau. Sauter, nager, m'échouer sur une plage turque ou chypriote et recommencer une vie. Qu'est-ce qui m'en empêchait ?

Oh, c'était tout bête : je ne savais pas nager.

11

Le lendemain, après une fin de nuit sans sommeil – je ne m'étais même pas recouché –, j'ai, comme tous les matins, pris mon petit déjeuner sur la terrasse du premier pont. C'était là que donnait la porte-fenêtre de « mon » salon. À sept heures, les derniers fêtards étaient partis se coucher et les premiers n'étaient pas encore levés. Je pouvais profiter tout mon soûl de l'horizon méditerranéen. Un café, le bleu du ciel, le soleil, la mer, la brise légère… OK, la richesse a du bon ; encore faut-il, pour profiter vraiment des privilèges qu'elle offre, ne pas avoir à se demander si on vit ses dernières heures de liberté ou non.

J'étais de très mauvaise humeur. Les jours avaient passé et rien n'était venu éclaircir mon rôle sur ce bateau. Certes, maintenant j'en étais sûr, il y avait une arme et elle servirait à tuer. Je savais également que je n'étais pas la cible. Si je devais être assassiné un jour, ce serait au fond d'une impasse débordante de poubelles, battu à mort à coups de barre de fer – on ne dépenserait certainement pas une balle pour moi –, et pas sur un yacht à six cent cinquante mille euros la semaine, dont je commençais à me demander si on ne l'avait pas affrété spécialement pour l'occasion. Je n'étais pas non plus l'assassin. Pour les mêmes raisons : on ne monterait pas une telle opération pour demander au final à un amateur, dont on n'était pas sûr qu'il ait les dispositions morales nécessaires pour tuer n'importe qui de sang-froid, d'appuyer sur la détente…

Ne me restait plus qu'à attendre et désobéir : ne pas être là où on m'avait demandé d'être, ne pas jouer de piano, ne pas rester « absolument » fidèle à mes habitudes… prétexter une grippe carabinée, peut-être ? Si au moins j'avais eu le mal de mer… mais désobéir, c'était désobéir à Kamel. Il n'existait sans doute pas de bonnes façons de mourir, mais assurément, finir entre les mains des exécuteurs de Kamel constituait une des pires.

Une odeur de tabac est venue me chatouiller les narines. J'ai levé les yeux. Tout à ma triste réflexion, je n'avais pas vu Magalie de Winter traverser le pont. Affublée d'un chapeau melon, semblable en tout point à celui de la photo qu'elle m'avait montrée au Saint-Jacques le soir de son anniversaire, les mains encore et toujours gantées agrippées au bastingage, sa silhouette se découpait sur le ciel. Une découpe parfaite, soulignée par l'ombre que le soleil jetait impeccablement sur les rayures noires et grises du pont en tek. Pour un peu, on aurait cru une photo de Lartigue.

Elle s'est tournée vers moi :

– C'était vraiment une bénédiction de tomber sur vous… et en même temps, je le regrette un peu.

– Vous savez… ?

– Oh, je ne sais rien. C'est Blaustein qui a manigancé tout ça pour moi… J'ai mes raisons, mais vous, je reste convaincue que vous valez beaucoup mieux… Maintenant, dès que vous vous sentirez prêt, je veux bien que vous le jouiez.

J'ai enfin compris ce qui allait arriver. Blaustein ne m'avait pas menti. Une fois de plus, on me demandait de n'être qu'un meuble. Je suis entré dans le salon, j'ai ouvert le piano et j'ai entamé *Lili Marleen.* La vieille dame, les yeux rivés sur l'océan, avait détaché ses cheveux. Le chapeau melon entre ses mains, elle s'est mise à se balancer doucement, au rythme de la musique, comme si elle dansait avec lui. Enfin, je dis la vieille dame… éclairée comme ça, de dos, sa longue chevelure venant presque couvrir ses reins, sous une taille encore assez fine pour aiguillonner la jalousie de nombre de femmes, elle retrouvait une certaine jeunesse disparue. Il y avait là-dedans quelque chose d'infiniment triste. Est-ce pour cela qu'enfin, pour la première fois de ma vie, j'ai eu la sensation qu'en effet je « jouais bien » *Lili Marleen* ?

Au bout de quelques mesures, sa voix s'est élevée. Pas de chant. Un poème murmuré :

De sa caverne sombre
le larron part rôder ;
il veut voler de l'or
et trouve mieux encore :
une vaine querelle,
des théories de fou,
des drapeaux déchirés
un peuple à la dérive…

Partout sur son chemin
c'est famine et disette.
Il peut marcher sans honte,
il se sacre prophète ;
le voici qui avance
dans l'ordure et la fange
et salue à voix basse
un monde abasourdi

Vautré dans la bassesse
comme dans un nuage,
mentant devant le peuple
il conquiert le pouvoir.
Des complices nombreux
placés à tous les postes,
guettent les occasions
et s'offrent à son choix.

Ils sèment sa parole
tels les anciens apôtres
les grains miraculeux ;
leurs discours se répandent.
L'exemple du mensonge
par tous est bien suivi.
En tempête s'élève
la puissance du mal.

La mauvaise herbe couvre
les terres désolées.
Le peuple est dans la honte
le criminel triomphe.
On reconnaît trop tard
la vérité perdue :
les bons ont disparu
les méchants sont légion.

Quand enfin les criminels
seront chassés du pays,
on en parlera longtemps
ainsi que de la mort noire.
Sur la lande, nos enfants
brûleront un mannequin :
joie s'élève des souffrances,
le jour a vaincu la nuit.

Bien entendu, je n'ai pas retenu ce poème sur le coup. J'en ai retrouvé la trace plus tard et je ne me sépare plus du livre où il figure… L'accordeur a surgi dans le salon. Il avait déjà le Mustang dans la main. Tout en s'approchant de Magalie, il faisait de légers moulinets avec le canon du revolver, pour m'enjoindre de continuer à jouer. Qu'est-ce que je pouvais faire d'autre ? Que nous le voulions ou non, nous étions tous aux ordres de la vieille femme.

Arrivé près d'elle, l'accordeur lui a collé son arme sur la tempe. Pour tirer, il a attendu ces derniers mots : « le jour a vaincu la nuit ». Le chapeau melon s'est envolé. Le corps est tombé à l'eau. Blaustein a jeté le Mustang à sa suite. Il est resté immobile pendant quelques secondes, les mains agrippées à la lisse, à fixer l'endroit où la mer avait englouti Magalie. Puis il s'est tourné vers moi d'un bloc :

– C'est vrai qu'il sonne faux, ce la bémol… Laissez-moi votre place, que je m'en occupe.

Mais il n'en a pas eu le temps. À la seconde où il s'asseyait sur le siège, des hurlements ont retenti dans l'une des coursives. Puis dans une autre. Blaustein a doucement refermé le couvercle du piano et a dit :

– Je n'arriverai à rien. Il y a trop de bruit.

Abasourdi, j'en étais encore à me demander pourquoi il avait l'arme en main en entrant dans le salon, alors que, après m'avoir demandé de la remettre à sa place il y avait à peine trois heures, il aurait pu se contenter de la récupérer pendant que j'égrenais le thème de *Lili Marleen*. Je me suis aussi demandé pourquoi tous ces passagers qui n'avaient pas assisté au drame qui venait de se dérouler s'étaient mis à hurler…

Comme s'il répondait à mes questions, les yeux dans le vague, l'accordeur a murmuré :

– À présent, vous n'avez qu'une chose à dire : vous étiez là, à jouer du piano, et j'étais avec vous pour soigner ce la bémol, quand nous avons vu Magalie de Winter passer par-dessus bord. C'est clair ?

Puis il s'est ébroué, a déplié sa grande carcasse et m'a enjoint de le suivre.

– Maintenant, faisons comme tout le monde, mettons-nous à crier. Après tout, on vient de voir une femme se suicider.

Munich, 26 janvier 1934

Cher Arno,

Il y a un an, nous nous rencontrions et nous prenions à rêver d'un monde extraordinaire, pétri de musiques nouvelles, d'art, de littérature… Nous ne savions pas que nous vivions les dernières heures d'une parenthèse qui, malgré la difficile construction de l'Europe d'après-guerre et la terrible crise de 1929 – ou bien grâce à elles ? –, a vu pendant quinze ans tous les modes d'expression artistiques, politiques et citoyens exploser, se mêler, s'influencer… Cette parenthèse se referme aujourd'hui dans une atmosphère de désolation pire encore que celle qu'ont pu connaître nos parents en 18, car ce n'est plus tant notre État qui est en ruines, que notre âme.

J'ignore si le *Kampfbund* avait imaginé un tel scénario. Il n'a pas fallu plus d'un an à Goebbels pour mettre en place sa *Reichsmusikkammer (Chambre de la musique du Reich, là encore, cher Julien, je voulais vous faire goûter à la terminologie allemande… Quelques précisions : la Reichsmusikkammer était un mastodonte constitué d'une direction centrale (Richard Strauss), d'une vice-présidence (Wilhelm Furtwängler), de cinq départements (information, affaires financières, affaires économiques, affaires juridiques, culture), sept groupements professionnels, trente et une délégations régionales, et organisé suivant un modèle pyramidal unique en son genre en Allemagne – un pays qui chérissait tant le pouvoir de ses Länder)…*

Œuvres interdites, éditions interdites, concerts interdits, manuscrits brûlés…

À ce jour, pour n'en citer que quelques-unes,

Ernst Toch, Hans Eisler - qui vous avait lui-même informé par lettre -, Rudolf Nelson, Erich Iktor Kahn, Karol Rathaus, Arnold Schoenberg, Kurt Weill, Norbert Glanzberg, Wilhelm Grosz, Hans Walter David, Wilhelm Rettich, Marc Lavry, James Klein, James Simon, Federico Heinlein, Rodolfo Holzmann, Paul Franckenburger, Paul Kletzki, Nikolaï Lopatnikoff, Ernst Mehlich, Jan Meyerowitz, Matyas Seiber, Imre Weisshaus, Wolf Simoni, Stefan Wolpe, Joseph Kosma, Ernst Hermann Meyer, Paul Dessau, Erwin Lendvaï, Karl Rankle, Alexander Von Zemlinsky, Hans Gàl, Artur Rebner, Hans May, Max Brand, et tant d'autres encore, ont quitté le pays. Chassés, réduits à la misère puisqu'ils n'avaient plus le droit de pratiquer et que leur musique était frappée d'interdiction.

Face à une telle hécatombe, m'est-il encore possible de composer ? À qui vais-je proposer mes œuvres - à part vous, bien sûr, en espérant que votre festival puisse se maintenir ? Et pour qui ? Que signifie créer dans un monde qui se voue à la destruction ? - et encore ne s'agit-il là que de prémices qui, je le crains, annoncent des temps bien plus terrifiants encore... Je me souviens du second mouvement du deuxième concerto pour piano de Bartók. Il y a un thème aux cordes, une suite de quintes très apaisée, jouée pianissimo, comme des voix d'anges ; ce thème est entrecoupé d'une mélodie hésitante, douce mais tourmentée, égrenée au piano, et sous laquelle ronflent les graves prémonitoires d'un roulement de timbale. Soudain, des coups de boutoir d'une violence inouïe viennent écraser les sanglots des violons... Ah, mon ami, ces violons sont pour moi les voix de tous ces amis disparus. Et je pense à ceux qui sont partis, bien sûr, mais aussi à ceux qu'on a conduits vers des destinations inconnues, d'où ne nous revient qu'un écrasant silence (...)

Hambourg, mars 1934

Cher ami,

Désolé pour ma réponse tardive, mais je vais finir par trouver imprudent de vous écrire. Vous me parlez en termes peu élogieux d'une organisation dont vous devriez vous douter que dans ma position je connais les moindres artifices, mais tout à votre naïve colère – trait de caractère que je suis malgré tout heureux de retrouver : il me prouve que vous êtes en bonne santé –, vous m'envoyez un courrier qui pourrait être intercepté cent fois par ladite organisation… réfléchissez un peu, mon ami !

J'ai eu l'immense plaisir de croiser Stefan Zweig à Salzbourg, où j'étudiais la possibilité de donner une tournure plus contemporaine au festival. Depuis votre lettre, vous n'êtes pas sans savoir que Richard Strauss a démissionné de la présidence de la *Reichsmusikkammer*. Tout le monde a cru que c'était suite à la représentation de *La Femme silencieuse*, dont le livret était signé Zweig, et que Richard Strauss a défendu jusqu'au bout. Mais Stefan m'a appris qu'il n'en était rien ; Hitler lui-même avait autorisé cette représentation à titre exceptionnel, et après avoir lu en personne le livret de l'écrivain juif (imaginer le dictateur obligé de le lire arrachait tout de même un sourire à Zweig). Ce qui a déclenché les foudres de notre Führer, c'est que la Gestapo a intercepté une lettre de Richard Strauss par laquelle le vénéré compositeur, bien décidé, donc, à ne pas obéir aux préceptes antisémites du parti qu'il soutenait, et refusant de considérer le caractère dérogatoire de la décision qui avait été prise, passait commande à Stefan Zweig d'un nouvel opéra !

Pour vous dire que si le président de la *Reichsmusikkammer* est ainsi surveillé, imaginez ce qu'il en est pour nous !

Vous oubliez dans votre sombre tableau qu'il y a tous ces directeurs de conservatoire, aussi, ces professeurs, ces chefs d'orchestre, remplacés par de tristes incompétents, encore plus frustrés et désolants que les précédents, et qui n'auraient jamais pu obtenir, au titre de leurs seules qualités, les postes qu'ils occupent aujourd'hui. Car de qualités, ils n'en ont qu'une : être aryen. Que vous soyez assassin ou directeur d'un département pédagogique, voilà tout ce qu'on vous demande : être aryen. Et c'est là toute la qualité de Friedrich Bauer, qui s'est empressé de dénoncer son prédécesseur pour prendre sa place chez vous, à Munich - voyez comme je suis au courant de ces choses !

Chez moi, c'est un Thomas Schleyer qui officie à la tête de la *Reichsmusikkammer*, et il doit être à peu près une copie conforme de votre maître des lieux. Il est si zélé qu'il pourchasse presque lui-même les indésirables (les contours sont encore flous, mais la *Reichsmusikkammer* semblent considérer que tous ceux qui composent une musique qui s'éloigne de celle de Bruckner ou de Wagner, en un mot une musique qui appartient au XXe siècle - Malher compris, cela va de soi -, sont communistes, anarchistes, homosexuels, juifs… ou même qu'ils ont du sang nègre - ah, jazz, le maudit !), et quand il met la main dessus, il se fait un plaisir de les jeter de ses propres mains dans ces sinistres trains que vous évoquez…

C'est pourquoi cette lettre vous parvient par l'intermédiaire d'un violoniste qui, avec son orchestre de bons aryens *(ah, cher Julien, que j'ai de la chance de devoir vous traduire ces missives en français, et que voilà une plaisante tournure !)*, devrait jouer chez vous. Je vous demanderai si possible d'en faire autant - de lui remettre vos missives, donc - pour les simples raisons de prudence que je vous expliquais au début de ce courrier.

Maintenant, je voudrais vous adresser une prière : au silence qu'on veut nous imposer, il n'y a que le bruit qui peut répondre. Et la musique, vous le savez, n'est que du bruit organisé. Alors composez, je me chargerai de faire jouer votre musique, ainsi que celles de nos amis, y compris les disparus, dans l'espoir de leur retour.

En attendant, je compte toujours sur votre présence cet été, et j'attends avec impatience la partition de votre nouveau quatuor (votre dernière sonate, que j'ai eu l'occasion d'entendre jouer, est une petite merveille - pour ma part, je la déchiffre en cachette, pour que personne n'entende comme je la massacre) (...)

Munich, 3 juin 1938

Cher Arno,

Si, sib, mi, mib, ré, lab, sol, réb, do, solb, fa, la. Voilà la série d'après laquelle j'ai composé ma dernière œuvre, cette Symphonie de l'anniversaire que je dédie à mon fils, car j'en ai posé les jalons le jour de ses quatre ans... Bien triste anniversaire, à vrai dire, puisqu'il est aussi celui du premier acte de censure auquel vous avez assisté. Mais ce qui vous rendra plus triste encore, je le sais, et j'en suis désolé, c'est qu'en ce jour où j'achève cette symphonie, je déclare solennellement faire vœu de silence.

Je sais que, n'étant pas juif et étant maître de vos propres activités, vous êtes encore des nôtres, et que même si votre marge de manœuvre est réduite, vous arrivez tant bien que mal à organiser des concerts. Hélas, par respect envers mon vœu de silence, je suis obligé de décliner cette invitation, que vous m'avez fait parvenir par voie officielle, à venir diriger mes symphonies dans le cadre de votre prochain festival d'automne, (...)

Je suis allé jusqu'à Düsseldorf pour assister à cette détestable exposition sur les musiciens dégénérés : *Entartete Musik*. Quelle horreur ! Même si, ironiquement, y était présenté tout ce qui s'est fait de mieux en musique ces derniers temps... Et j'admire Bartók, qui a diligemment demandé à être exposé. Il estime qu'être considéré comme dégénéré par cette engeance est plutôt un compliment !

L'affiche montre un noir aux grosses lèvres qui joue du saxophone, une étoile de David agrafée à sa veste. Cette fois encore, tout est dit. L'exposition est le pendant de celle sur l'art, ouverte l'an passé à la Maison des beaux arts de Munich - *Entartete Kunst*, occasion unique de voir des œuvres inoubliables, et que je n'ai donc pas ratée. À la différence qu'une exposition sur la musique sans musique manque singulièrement d'intérêt. Et cette fois, contrairement à ce qu'on peut soupçonner à propos des œuvres des peintres confisquées, aucune intention de constituer un trésor de guerre ni aucune tentative d'enrichissement personnel n'entrent en jeu. La musique n'est pas matériellement saisissable. Elle n'a de valeur que si elle est jouée. Il n'existe pas de modèle unique, original, d'une œuvre. J'en conclus que la pureté de la démarche idéologique des nazis n'est pas à mettre en doute. Elle ne vise qu'un but : la néantisation totale, le silence absolu.

Et ce n'est pas ce silence que je m'impose, mais un silence solidaire, par lequel je veux témoigner pour ceux qu'on oblige à se taire, et par lequel je me refuse à toute compromission vis-à-vis de ce régime.

Je connais votre argumentation mais je vous serais obligé de ne pas insister. Je pourrais, comme d'autres de mes confrères non juifs, essayer de me faire une place au soleil. Cependant, regardez les efforts lamentables fournis par Hindemith ! Et tout ça pour entrer au bout du compte dans la catégorie des dégénérés ! (...)

Hambourg, 7 juin 1938

Cher ami,

Je ne sais quand notre courrier entreprendra à nouveau son voyage, mais je ne peux m'empêcher de répondre dès réception de cette lettre.

Pour tout vous dire, bien qu'il m'affecte profondément - mais je ne me laisserai pas aller à cette émotion, trop de choses nous accablent -, je respecte votre vœu de silence. Je comprends aussi cette crainte que vous avez de vous compromettre.

C'est hélas un terrain sur lequel je ne peux pas vous suivre : je ne suis que le haut-parleur, et le haut-parleur n'émet pas le son, il l'amplifie. Tant que des gens voudront faire entendre leur voix, il est de mon devoir de rendre cela possible. C'est très difficile et m'oblige à de dangereuses circonvolutions, d'autant que les activités portuaires de la famille sont soumises à l'effort de guerre et que nous avons sans cesse des contrôleurs sur le dos.

Mein Gott, quel est ce pays où je vis ? Était-ce bien le mien ?

Par courrier ordinaire, et sans rien laisser transparaître de vos désaccords (prétextez une maladie, par exemple), donnez-moi quelques précisions, que je puisse m'organiser - votre annonce de retrait du festival arrive un peu tard - : souhaitez-vous rester physiquement absent et ne pas jouer ou bien frappez-vous votre musique elle-même de silence (prétextez en ce cas que sans vous au pupitre il n'y a pas d'exécution possible) ? En d'autres termes, puis-je faire jouer votre Symphonie de l'anniversaire par d'autres (et avoir le bonheur de l'entendre) ou dois-je tout simplement envisager une autre programmation ?

Je pose la question mais je sens la réponse me venir, terrible et définitive (...)

B, Bb, E, Eb, D, Ab, G, Db, C, Gb, F, A

12

– Je ne sais pas… Je l'ai vue tout à coup, appuyée au bastingage. Elle a levé son arme, elle a tiré et elle est tombée. J'ai à peine eu le temps de lever mon cul du siège.

Un témoin. Voilà, au final, tout ce qu'on me demandait d'être. Kamel aurait pu m'en informer, au lieu de laisser planer un suspense inutile.

– Et tu l'as pas remarquée avant ?

– Avant ? Avant, eh bien… j'étais au piano. Je jouais. Quand je joue du piano, j'ai quand même vaguement le nez dedans… Blaustein voulait…

– Et pourquoi elle se serait tiré une balle dans la tête avant de se jeter à l'eau ?

– Je n'en sais rien… la noyade, c'est douloureux, comme mort.

– Faut en avoir, pour se tirer une balle…

– Apparemment, elle en avait, comme vous dites.

– Au fond, ton témoin, c'est le piano.

– Et l'accordeur.

– C'est ça, oui… l'accordeur.

Le Grec qui m'avait interrogé était grand et maigre. Il se grattait régulièrement le nez. À chaque fois qu'il cessait de parler, pour être précis. Le Français, lui, se caressait les cheveux, mais ce n'était pas son seul tic. Il avait aussi contracté ceux de sa profession, comme celui de me tutoyer dès l'instant où il avait appris que j'étais un ancien taulard, ou bien celui de vouloir me coller sur le dos, dans la foulée, tous les meurtres commis sur le bateau. À sa décharge, je n'étais sans doute pas le plus grand criminel présent sur le yacht, mais j'étais probablement le seul à avoir payé pour mes méfaits – plus ceux des autres. Or la prison ne vous donne pas une virginité : elle vous frappe d'indignité à vie. Comme si ce qu'on vous reprochait, ce n'était pas votre crime, mais la connaissance et la reconnaissance de ce crime. Il n'y a pas de fumée sans feu ? Peut-être, mais on oublie trop souvent qu'il n'y a pas de feu sans fumée. Et c'est la fumée qui pique les yeux de ceux qui sont restés loin les flammes. C'est la fumée qui les dérange.

Sur l'*Opus*, le feu avait tourné à l'incendie. Les cris que Max et moi avions poussés n'avaient pas ému grand monde. Au moment où nous nous étions manifestés, l'horreur s'était déjà emparée des passagers : on avait découvert Hermann Schleyer, Heinrich Meinz et Rodolph Bauer assassinés dans leur lit. Des balles de 22 avaient traversé leurs tempes, l'oreiller sur lequel reposait leur tête, le matelas et pour certaines d'entre elles, mais pas toutes, le sommier. Passé un certain nombre d'obstacles, les trajectoires des balles sont incertaines. Le revolver utilisé était le Mustang Arms Whisper qu'on avait retrouvé au fond de la mer, non loin du corps de Magalie de Winter. La comtesse s'était servie de cette même arme pour se réserver un sort identique à celui de ses victimes. C'était du moins là les conclusions qui émanaient des premières constatations. Pas d'empreinte sur l'arme : normal, la supposée criminelle portait des gants.

Restait trois questions.

Comment l'arme était-elle entrée sur le bateau ? Yannis jurait haut et fort que d'une manière ou d'une autre, tous les membres de l'équipage, ceux du personnel ainsi que l'intégralité des passagers avaient été fouillés (ces derniers beaucoup plus discrètement). Son patron avait même demandé aux divers gardes du corps de ne se munir que d'armes blanches.

Autre question : qu'est-ce qu'un pianiste dealer de coke et peut-être même bien proxénète faisait à bord d'un yacht de milliardaire ? À ma grande surprise, Svjatoslav s'est lui-même proposé de répondre. Il a un peu forcé sur son accent slave pour dire : « Parrrce que c'est le meilleurrr », en faisant rouler le r final comme l'avertissement prémonitoire d'une secousse sismique.

Enfin, dernière question : pourquoi Magalie de Winter aurait-elle voulu assassiner trois de ses compatriotes ? Une riche veuve franco-allemande – elle avait la double nationalité – qui évoluait depuis longtemps dans les hautes sphères de la société et qui tenait très certainement beaucoup à sa réputation… comment imaginer qu'elle ait pu passer d'un coup, comme ça, du bridge au crime de sang ? Comment l'imaginer, à quatre-vingt-sept ans, se glisser dans les cabines de ses victimes, tenir à bout de bras une arme de tueur professionnel et, sans trembler, sans rater une seule fois sa cible, loger une balle dans la tête de chacun d'eux, puis ressortir, courir jusqu'au pont arrière et retourner l'arme contre elle ? Comment a-t-elle pu envisager et accepter l'idée de rester dans la mémoire des vivants comme une meurtrière suicidaire ? Pour quelle raison ? Quel « mobile », en termes de flic ?

C'était de loin la question qui les turlupinait le plus, et je pouvais les comprendre. Mais à cette question, je ne pouvais que répondre invariablement : comment voulez-vous que je le sache ?

Heureusement pour moi, le manque de réponses à ces questions n'autorisait pas les pouvoirs grecs à retenir ad vitam aeternam un ressortissant étranger dans leurs bureaux. J'ai donc été rapatrié en France, où la police judiciaire, trop heureuse de rendre service à des collègues européens, s'est empressée de m'interroger à son tour. Mais pareil pour eux. La responsabilité des crimes semblait si clairement établie, malgré le manque apparent de mobile et la difficulté qu'il y avait à accepter cette version défiant le sens commun, qu'ils ne sont pas parvenus à convaincre un juge du parquet de me maintenir en garde à vue. Ma seule crainte était qu'on découvre que je connaissais Magalie, que des choses nous rassemblaient, elle et moi. Mais comment l'auraient-ils su ? J'ai tout de même préféré jouer le jeu et j'ai répondu à toutes leurs questions le plus laconiquement possible. Sauf une :

– Et Max Blaustein, tu sais où il est ?

– Il n'est pas dans le bureau d'à côté ?

– Non, on l'a paumé entre deux frontières… il a tout juste pris le temps de raconter mot pour mot la même version que toi aux Grecs. Mais quand on a voulu lui demander quelques précisions, il avait disparu. Curieux, non ?

– Je ne peux rien vous dire. Je ne l'avais jamais vu avant. Vous comptiez l'arrêter ?

– Pas du tout. Contrairement au tien, son casier est aussi vierge que celui d'un bébé. Un peu trop vierge, même : il n'y a tellement rien à dire sur lui qu'on n'en a trouvé trace dans aucune administration… et l'adresse qu'il a donnée était bidon… il était français ?

– Il le parlait, en tous les cas, mais encore une fois…

– Oui, oui, on sait. Tu l'as croisé pour la première fois sur ce bateau.

– Oui… et on était ensemble, au même endroit, quand tout est arrivé. Pas étonnant qu'il vous ait raconté la même chose. Il devait…

– … réparer ton la bémol, c'est bon, on sait !

– C'est vous, qui me demandez de répéter cinquante fois la même chose…

Ce flic, je l'ai d'abord connu sous le nom de capitaine Galant, puis ça s'est précisé. Son prénom, ou tout au moins celui par lequel l'interpellaient ses collègues, était Gilles. C'était lui qui m'avait rapatrié de Grèce et en changeant de pays, il n'avait pas changé de manie : il continuait de tirer sur ses cheveux à tout bout de champ, ou de les entortiller autour de ses doigts. Des cheveux qu'il avait filasse et qui se faisaient plutôt rares, comme ceux d'un rocker attardé, convaincu que leur longueur et leur organisation en bourres mal peignées masqueraient une tonsure de plus en plus grande chaque année. Cela dit, c'était peut-être son blouson de cuir et cette autre manie qu'il avait de mâchouiller un chewing-gum qui m'avaient fait le comparer à un rocker. Ou cette sensation qu'il donnait du type revenu de tant de choses qu'il n'y en avait plus une seule à laquelle il pouvait croire. Toujours est-il qu'il ne m'avait pas complètement déplu. Hélas, quand il m'a relâché, il n'a pas pu s'empêcher de sortir l'éternelle vanne de circonstance : « À la prochaine ! » Ça m'a déçu, mais ça n'aurait pas dû. Il ne faut jamais rien attendre des flics.

L'interrogatoire français s'était déroulé dans les bureaux de la Crim', quai des Orfèvres. Sitôt sorti, j'ai traversé le bras sud de la Seine. Le seul avantage, dans toute cette histoire, c'est que mon billet de retour avait été payé par la Sûreté nationale. Mais je n'avais pas un rond en poche et je ne savais toujours pas si je serais rémunéré pour mon travail… enfin, pour ma présence. Une location de meuble, ça se paye, non ?

J'ai marché jusqu'à la rue Saint-Jacques. Il était 17 h 30, Jean-Marc venait d'arriver. Il s'engueulait avec son chef cuisinier parce que ce dernier refusait de servir des coquilles qui n'avaient pas été pêchées le jour même. Jean-Marc les avait achetées au rabais à Rungis, pensant que le chef n'y verrait que du feu « et puis ça risque rien, elles ne sont que d'hier, pas du mois dernier ! »

Quand il m'a vu apparaître à la porte des cuisines, il est immédiatement venu vers moi et m'a entraîné au bar. Là, il m'a sorti son grand numéro de folle déchiquetée par la souffrance. Toute cette histoire, le suicide de Magalie, ces crimes qu'elle a commis, tu te rends compte ? Comment ça peut arriver, des tucs pareils ? Elle était *là*, Magalie, *là*, à cette table, et toi tu jouais du piano, et tout ça c'est fini… On était si bien. Pourquoi faut-il que tout tourne toujours aussi mal ? Et toi qu'on soupçonne, avec tout ça… Et puis dis donc, tu ne m'as pas dit que tu avais fait de la prison… comment je vais expliquer ça aux clients, moi ? Jamais ils ne vont vouloir manger en compagnie d'un assassin… oui, bon, j'exagère, un dealer, mais tout de même… Tu touches vraiment plus à rien ? T'es sûr ?... Au fait, j'y pense, t'as bien dû te faire tailler quelques pipes là-bas, non ?

Pour finir, il a préféré que je ne revienne pas jouer tout de suite. On avait prévu quinze jours d'arrêt, on n'avait qu'à rester sur cette idée. Durant cette période, il tâterait le terrain, voir comment les clients parlaient de l'affaire, et il me rappellerait. Promis. Gêné, il a sorti deux cents euros de sa caisse et me les a tendus. « De toute façon, si tu avais joué, je te les aurais donnés… »

J'ai beaucoup de respect pour la rigueur morale mais j'avais du mal à envisager l'avenir proche sous d'heureux auspices. Quant à espérer que Kamel crache…

J'ai empoché l'argent.

13

Je n'avais qu'une envie : retrouver ma terrasse. Si Anna était absente – et j'espérais furieusement qu'elle le serait –, je m'avalerais toute la neuvième de Mahler dirigée par Leonard Bernstein ; j'écouterais jusqu'à plus soif la dernière note de l'adagio final se fondre *pianissississimo* dans l'univers et mourir en d'ultimes sursauts espacés, cris déchirants de tendresse et de soif de vivre ; je tenterais alors une fois encore de percevoir cet infime moment où le son devient le silence, et le silence l'infini ; j'échouerais, bien sûr ; et je me demanderais s'il est vraiment nécessaire de survivre à ce silence.

Mais ce n'était pas là ce qui m'attendait.

La première chose qui m'a frappé quand je suis rentré chez moi, c'est l'odeur. Une odeur de neuf, de peinture refaite, de sol récuré. Puis le vide. Je ne possédais qu'une table, deux chaises, un lit et un piano. Aussi la sensation d'un certain dénuement m'avait-elle toujours saisi quand je mettais les pieds dans mon studio. Mais là, il s'agissait d'un vrai vide. Exit la table, les chaises, le lit, et surtout, surtout, coup de poignard dans le cœur, le piano. Une pauvre vieille bête qui sonnait comme elle pouvait mais qui m'avait toujours accompagné. Je l'avais confié à un garde-meuble durant le temps où je purgeais ma peine, et quand j'ai enfin pu le récupérer, j'ai dépensé tout l'argent que j'avais gagné en travaillant comme esclave sous-payé dans les ateliers de la prison pour le faire remettre en état. Les pianos sont comme les bateaux oubliés en cale sèche : inutilisés, ils rouillent, se fanent, perdent de leur éclat… j'avais fait refaire la mécanique et changé les cordes ; le bois avait été nettoyé. Ainsi avais-je retrouvé un piano qui sentait la cire et dont la sonorité était trop étouffée à cause des marteaux neufs ; mais comme moi, il s'était peu à peu fait à sa nouvelle vie et depuis quelque temps, on était plutôt repartis d'un bon pied, tous les deux.

Maintenant, je n'avais plus de logement, plus de piano et plus de travail.

J'ai entrouvert la porte-fenêtre de la cuisine, me suis assis contre un des murs fraîchement repeints et j'ai attendu qu'Anna revienne.

Elle est arrivée alors qu'il faisait déjà bien nuit. Seule. Elle rentrait toujours seule. Même moi, son locataire et voisin, je n'avais jamais mis les pieds dans ses appartements. J'ai entendu la grille s'ouvrir en grinçant, puis le léger frottement de son pas sur les dalles disposées en escalier. J'avais envie de lui faire du mal et je ne savais pas si j'en serais capable. J'avais aussi follement envie de faire l'amour avec elle mais je ne savais pas non plus si j'en étais capable. Les heures d'attente n'avaient pas calmé ma rage, même si à la réflexion, je croyais deviner pourquoi elle avait fait ça.

Quand elle est passée devant ma cuisine, je lui ai laissé quelques mètres d'avance et je me suis glissé derrière elle. Alors qu'elle atteignait sa porte d'entrée et qu'elle fouillait dans son sac, à la recherche de ses clés, j'ai posé fermement ma main sur ses lèvres et lui ai tordu un bras dans le dos. Au cours de notre nuit d'amour, j'avais pu jauger sa force et son habileté : les deux étaient grandes. Si je voulais sortir victorieux de notre entretien, j'avais intérêt à ne pas me laisser attendrir par tout ce qu'elle avait de beau et de doux, ni à me laisser dépasser par sa puissance et sa détermination.

– Sors ton trousseau. Tout doucement… bien. Donne ton sac, ouvre la porte. Allume la lumière. Conduis-nous au salon.

Une série d'ordres pratiques, auxquels elle a obéi sans broncher.

En entrant dans le salon, j'ai marqué un temps d'arrêt. Les murs étaient couverts de livres. Des milliers de livres. Il y en avait posés sur la table, sur des chaises, sur un accoudoir du canapé. Seul étranger : un ordinateur portable et ses excroissances filaires. Le mobilier était sobre. Il aurait pu correspondre à mes goûts si j'avais pris le temps d'en avoir en matière d'aménagement. J'ai visé un fauteuil club, disposé devant une table basse, dans le seul coin de la pièce où les murs étaient nus. Pas de meubles à proximité, pas de tiroir à la table… J'ai poussé du pied le fauteuil dans un angle de la pièce et j'ai soulevé le coussin de son assise : pas d'arme. Anna ne pourrait pas basculer en arrière – les deux murs fermaient les côtés – et moi, je resterais en face.

– Maintenant dis-moi. Je n'ai pas envie de t'attacher ou de rester comme ça, à te tordre le bras. J'aimerais juste qu'on discute. Penses-tu pouvoir rester assise sur ce fauteuil tranquillement ?

Elle a opiné du chef. Je l'ai lâchée, elle s'est assise en se frottant le bras. Elle n'avait même pas gémi.

– Bonsoir Julien.

Pas Monky. Elle était vraiment très forte.

– Tu ne vas pas me croire mais je m'en fous : je suis très heureuse de te revoir.

– En effet, je ne te crois pas… où est la musique ?

Elle a désigné un meuble. Un CD était posé dessus. Chet Baker, *My Funny Valentine*. Ça ressemblait un peu à ce que je cherchais. Quelque chose qui ferait penser à n'importe quel visiteur que tout se passait bien dans la baraque, mais assez doux pour qu'on puisse parler. Sauf que le mélange de virtuosité, de précision, d'intelligence, de génie, de tendresse, de velouté et de fragilité du son de Chet, sans parler de cette manière unique qu'il avait de terminer une improvisation en l'air, sans la conclure, comme pour dire qu'elle aurait pu durer encore et encore, ou qu'à partir du moment où on a tout dit, il n'y a aucune raison de rajouter une seule note, ou que l'important est dans la façon dont on exprime les choses, et non pas ce à quoi elles aboutissent… enfin tout cela serait trop intense pour que je parvienne à ne pas écouter la musique. Et ce serait si bouleversant, si confortablement fatal, que ça me donnerait envie de tout laisser tomber et d'attendre qu'on vienne me flinguer sans bouger. Or l'heure n'était pas venue. Avant que cette échéance arrive, je voulais au minimum comprendre ce qui m'arrivait… je notais tout de même que les goûts d'Anna et les miens connaissaient des points de convergence autres que nos peaux. J'ai cherché quelque chose de plus fade… mais rien n'est plus irritant que la fadeur. J'ai laissé tomber. Puis je me suis ravisé. J'ai repris le boîtier du Chet et l'ai ouvert : les picots centraux étaient cassés en trois points. C'était bien mon disque.

– J'aimais bien quand tu le mettais, celui-là. Je l'ai écouté en buvant un verre à ta mémoire.

– C'était donc bien ça.

– Oui. Et à propos de verre, tu nous en servirais un ?

Dans un sens tout était dit. Elle venait de confirmer les conclusions auxquelles, assis dans ma cuisine à l'attendre, j'avais largement eu le temps d'arriver.

– Dans le petit meuble, à gauche.

À savoir qu'en effet, comme je l'avais pressenti, il n'était pas prévu que je survive à mon passage sur l'*Opus*.

Il y avait une bouteille de Bushmills. Du 16 ans d'âge. J'ai rempli les verres en silence.

– Une chose importante : à tout hasard, j'ai fait mettre ton piano au garde-meuble où tu l'avais déjà laissé. J'ai trouvé l'adresse dans tes factures. J'y ai fait déposer tes affaires, aussi.

Je lui ai donné son verre et j'ai trinqué à son geste. Ça me touchait réellement. Le silence s'est installé. Elle l'a rompu :

– Je ne sais pas ce que tu veux que je te raconte… Je n'ai jamais vu une proie sortir indemne des griffes de Kamel. Pourquoi en es-tu devenu une pour lui ? Je l'ignore. Ce n'est pas le genre de chose qu'on me dit.

Elle a porté le verre à ses lèvres.

– Il m'appelle, je me tiens prête, ses sbires m'emmènent, il me baise, ses sbires me ramènent.

– Et accessoirement, tu fais hôtel pour les petits gars qu'il veut se garder sous la main… En fait, il ne m'a jamais lâché une seconde.

– Ça fait partie des choses que j'ignore. Il m'a dit qu'un libéré viendrait pour trouver à se loger.

Merde, il fallait que je me souvienne comment cette adresse m'était arrivée dans les mains. Quand on sort, on se sent si seul qu'on flaire dans tous les coins pour essayer de rencontrer un type qui « en vient » lui aussi. Jusqu'à ce qu'on comprenne que deux solitudes ne s'annulent pas nécessairement. C'était l'un d'eux qui m'avait filé le plan. Kevin. Il avait travaillé pour Mauduis. Serveur dans des cocktails… particuliers. Femmes et hommes à gogo, tout le monde s'interpénétrant au naturel ou avec god – « God fuck the Queer », Mauduis aimait cette blague. Moi, ce qui me plaisait dans ces soirées, c'est qu'au bout d'une heure, une fois que le décorum était planté et que l'argument esthético-épicurien était envoyé aux oubliettes, tout le monde se fichait complètement de ma présence, et souvent, Mauduis me donnait congé bien avant la fin de mon service. Lui restait. Je le soupçonnais de vouloir éviter que je découvre certains de ses penchants sexuels.

– Et comment as-tu su que je… ne reviendrais pas ?

– Oh, c'est tout bête : Kamel m'a dit que j'aurais bientôt un nouveau locataire. Un ami à lui, très soigneux, qui avait beaucoup souffert de la crasse des prisons – c'est pour ça que je devais faire refaire les peintures.

– Et alors ? J'aurais pu avoir trouvé autre chose.

– D'une part, tu me l'aurais sûrement dit toi-même – la preuve, d'ailleurs : je l'ignorais à ce moment-là, mais tu as jugé bon de m'écrire une lettre. D'autre part, j'ai fait une connerie de débutante : surprise, j'ai tout naturellement demandé où tu allais. C'est sorti comme ça, dans la conversation, mais tu sais ce que c'est : je ne suis pas payée pour poser des questions.

Oh oui, je savais.

– Kamel m'a regardée… tu sais, comme si j'étais un morceau de boucherie posé sur sa commode Louis XVI.

Je savais, et avant même qu'elle me raconte, j'ai eu mal pour elle.

– C'était parti pour la grande inquisition : « Qu'est-ce qu'il y a entre toi et ce type ? », « Qu'est-ce que t'en as à foutre de ce que je fais de mes employés ? », « Tu me diras, entre meubles, vous pouvez vous comprendre »…

– Ah, toi aussi, tu fais partie du mobilier ?

– Oui… mais j'ai la peau moins solide qu'une armoire normande.

– C'était ça, les coups ?

– C'était ça…

– Et la baise ?

Elle a vidé son verre en silence.

– Tu peux être élégant, Julien. Reste-le. C'est rare, dans notre monde.

– OK. Mes excuses. Mais je suis un peu énervé, tu comprends ? Tu savais que j'allais mourir ?

– Je me doutais qu'il allait t'arriver des choses désagréables. Kamel s'imaginait je ne sais quoi entre toi et moi. Il m'a dit que je pouvais te dire adieu parce que tu allais t'absenter au minimum pour vingt ans.

– Vingt ans ?

– Oui… D'ici là, il espérait que je me serais trouvé un blaireau et que je lui aurais fait des gosses pour toucher une pension parce que je commençais à me faire vieille et qu'il n'allait pas m'entretenir une éternité.

– Kamel, quoi. Et puis ?

Sans m'en rendre compte, j'avais parlé sur un ton agressif. J'étais salement secoué. Je pensais n'avoir eu à m'acquitter que d'un rôle de témoin et voilà que j'apprenais que j'aurais dû endosser celui d'assassin – comme je l'avais craint au premier abord.

En réponse, le ton s'est brusquement durci.

– Et puis c'est tout.

– Non ce n'est pas tout. Ce n'est jamais tout, avec Kamel. Il y a eu les coups.

– Ça ne te concerne pas. Tu voulais savoir ce que je savais à propos de toi et lui, je te l'ai dit.

– Sauf pour… pour notre nuit.

– Je n'ai rien à te dire là-dessus non plus… ou plutôt si : que c'était la deuxième plus grosse connerie de ma soirée. Maintenant, je pense qu'il serait prudent que tu dégages.

– Pour aller où ?

– Quand on doit fuir, on se préoccupe de ce qu'il y a derrière soi, pas devant… réfléchis, Julien : Kamel sait que tu n'es pas au fond de la mer, il sait aussi que tu n'es pas chez les flics…

– Il te l'a dit ?

– Non, il ne me l'a pas dit.

– Tu ne reviens pas de chez lui ?

– Je ne suis jamais allée chez lui, je ne sais même pas où il habite. On se retrouve dans des hôtels de luxe parisiens, jamais le même d'une fois sur l'autre ; il y a débarqué dans le plus grand secret, entouré comme si c'était un homme d'État… et de toute façon, je n'étais pas avec lui. Tu fais chier, Julien ! Tu sais très bien ce que je fais. Faut que je te le répète encore ? J'étais chez un client, un riche client parce que c'est le biz de Kamel et parce que je suis une pute. Une pute, tu comprends ? Tu veux que je le dise encore une fois ou ça va comme ça ? Et maintenant, j'aimerais que tu te casses. Et si tu ne le fais pas pour toi, fais-le pour moi. Tu sais pourquoi Kamel ou un de ses porte-flingues n'est pas déjà ici ? Parce qu'il est sûr que je l'appellerai dès que je te verrai. Et il a raison. J'ai trop peur de lui pour ne pas le faire. Je peux encore essayer de lui faire croire que je ne t'ai pas vu mais il peut venir vérifier lui-même. Et alors là... pars, Julien, s'il te plaît.

– Il m'en veut tant que ça ? Qu'est-ce que je lui ai fait ?

– Je te l'ai dit, je n'en sais rien. Mais j'ai trop la trouille pour prendre le risque.

Manifestement, c'était vrai : elle était effrayée, et ce n'était pas par moi. Je lui ai dit, comme on jette une bouteille à la mer :

– Je voudrais te revoir.

– Trouve une autre planète et quand tu y seras installé, téléphone-moi. Je viendrai peut-être... C'est vrai, c'est de ma faute. Il m'en a tellement fait baver tout le reste de la soirée... je me suis dit que c'était pas juste. Puisque j'avais payé pour quelque chose, autant que cette chose se fasse. Et puis j'ai eu comme une tendresse pour toi. Tu allais mourir, ou quelque chose d'approchant, mais je ne pouvais pas te le dire. La seule chose que je pouvais te faire, c'était un cadeau... Voilà, tu voulais savoir, tu sais.

– Le dernier baiser du condamné à mort.

– Prends-le comme tu veux mais sache au moins une chose : comme beaucoup de monde, quand je travaille, je mens, mais contrairement à beaucoup de monde, quand je fais des cadeaux, je suis sincère.

Elle avait les larmes aux yeux, son menton tremblait.

– J'appelle dans une heure.

– Une dernière chose : Max Blaustein, Magalie de Winter... ces noms te disent quelque chose ?

– À part ce qu'en disent les journaux, rien...

– Quels journaux ?

Elle a désigné du menton la table de la salle à manger, où était étalé un exemplaire du *Monde*.

– Prends celui-là…

Nos yeux se sont dit le reste. Je me suis dirigé vers la porte.

– Attends !

Elle est allée dans sa chambre et en est revenue avec une liasse de billets.

– Tiens.

Nouveau regard. Être sincère. Ne pas jouer. Ne pas dire « non » alors que j'en avais terriblement besoin. Ne pas feindre de fausses politesses. Nous n'avions pas grand-chose pour nous, tous les deux, mais Anna venait de m'apprendre que ce pas grand-chose, c'était notre seule richesse.

– Merci.

J'ai filé.

14

La lecture du *Monde* et d'autres journaux achetés à la gare avant de prendre le train pour Paris m'a appris quelques petites choses en plus sur Magalie de Winter.

Née Saullière, du nom d'une famille bourgeoise dont l'arbre généalogique remontait jusqu'au XVIe siècle, Magalie avait épousé Arno de Winter en 1944 (les journaux ne révélaient pas les conditions auxquelles elle avait soumis cette demande de mariage). Lui était issu d'une longue lignée de banquiers et d'industriels allemands qui, depuis toujours, avaient pratiqué un mécénat très actif, notamment tourné vers les musiques les plus progressistes, et ce quel que soit le siècle. La famille de Winter s'était déchirée sous le IIIe Reich. Une fraction estimait que la collaboration avec Hitler, sans adhérer à l'idéologie du Parti national-socialiste, bien entendu, était inévitable ; l'autre considérait que l'idée même de cette alliance était insupportable, l'idéologie nazie, précisément, étant par trop opposée aux principes qui avaient régi la conduite des affaires de la famille au cours des siècles précédents. De plus, amis des arts d'avant-garde, les de Winter étaient très liés à nombre d'homologues juifs qui, au XIXe siècle et au début du XXe, s'étaient toujours montrés très actifs dans ce domaine. Quelle fraction l'avait emporté ? Les journaux ne le disaient pas. Quoiqu'il en fût, une grande partie de la fortune et des capacités de production des de Winter avait été annexée par le nouveau pouvoir et dilapidée dans « l'effort de guerre ». Mais ils n'étaient pas sortis de l'entreprise de mort hitlérienne complètement ruinés. Fidèle à la tradition de mécénat de sa famille, sauf qu'il fallait désormais chercher à rentabiliser les opérations, Arno de Winter était devenu un producteur de festivals et de concerts des plus actifs et des plus réputés, secondé dans toutes ses tâches par sa femme, bientôt co-directrice de nombre de leurs entreprises. Travailleur acharné, il était mort prématurément, d'épuisement, disait-on, lors d'une croisière en mer Méditerranée qu'il avait entreprise pour enfin se reposer, à l'endroit même où Magalie avait trouvé la mort vingt ans plus tard – détails qui permettaient à certains journalistes de pérorer sur la dimension romantique du drame. S'ensuivait la liste des amis célèbres qu'ils avaient eus. Et tous les articles, des plus approfondis aux plus succincts, s'achevaient sur la même question : comment une dame d'aussi noble lignée, et aux activités si honorables, avait-elle pu perpétrer un triple meurtre avant de se suicider ?

Les curriculum vitae de Schleyer, Meinz et Bauer, tels que rapportés par la presse, n'étaient de leur côté pas très brillants, même s'ils étaient présentés sous un jour beaucoup moins défavorable que celui sous lequel Max me les avait décrits. Mais cela suffisait-il ? Magalie de Winter n'était même pas juive, précisaient la plupart des articles – sous-entendant par là qu'on ne voyait pas matière à vengeance dans ce qu'on savait des victimes et de l'assassin … Tout ce que je pouvais tirer de ces lectures, c'était que la mise en scène de Max, malgré les questions qu'elle laissait en suspens, avait fonctionné à la perfection. Et ce que j'avais pressenti à bord du yacht se confirmait : Magalie avait choisi le jour, l'heure, l'endroit, le lieu… et la bande-son de sa mort. Ainsi Blaustein avait-il fait d'une pierre deux coups, chacune des deux missions donnant à l'autre les moyens de son exécution. C'était sans doute du grand art.

Arrivé à Paris, j'ai dégotté une piaule dans le 13e arrondissement. J'avais besoin de me trouver sur un territoire où j'étais sûr de ne croiser personne de ma connaissance. J'ai avalé une soupe rue de Choisy et sitôt rentré à l'hôtel, je me suis couché.

Je me sentais épuisé, mais j'ai vite compris que je ne trouverais pas le sommeil. Trop d'idées contradictoires me traversaient l'esprit, et rien ne disait que les premières conclusions que j'avais tirées de cette histoire étaient les bonnes. Rien ne me permettait d'affirmer qu'au moins pour moi, cette histoire était terminée.

Par exemple, j'étais censé indiquer à la police ma nouvelle adresse, et toutes celles que j'aurais par la suite, jusqu'à ce que l'affaire soit bouclée – ce que les flics considéreraient comme tel le jour où ils auraient découvert le mobile de Magalie, et pas avant.

Plus grave : d'après Anna, j'aurais dû être mort ou croupir en taule pour vingt ans. Ma première impression, à savoir que je devais tenir un rôle de bouc émissaire, était donc la bonne. Mais il se trouve que c'était Magalie qui avait endossé ce rôle, et de telle manière que je ne pouvais que m'en sortir – pour servir de témoin. Au total, j'étais vivant mais ma dette n'était pas remboursée. Un prêteur, quel qu'il soit, ne peut pas permettre cela. Sans compter l'humiliation pour Kamel de voir son plan doublé par un autre…

J'ai rallumé la lumière. Tout ça n'était qu'hypothèses. Des hypothèses qui tenaient debout, hélas, mais qu'il fallait vérifier.

Ma première idée fut d'aller retrouver Kevin. Contrairement à ce dont je me souvenais, c'était peut-être plutôt lui qui était « comme par hasard » tombé sur moi à ma sortie de prison. Mais que m'apprendrait-il de plus ? Son rôle, s'il en avait eu un, s'était sans doute limité à me faire passer le message à propos de la maison d'Anna : quand on indique une piaule possible à un libéré, ce dernier fait rarement la fine bouche. Et puis cette démarche pouvait se retourner contre moi. Sitôt que j'aurais le dos tourné, Kevin appellerait Kamel pour l'avertir que j'étais dans les parages.

Non. Le seul qui pouvait m'éclairer sur cette histoire, c'était l'accordeur.

Lors de notre première rencontre, Blaustein avait affirmé m'avoir croisé chez les Desombières. Je ne m'en souvenais toujours pas, mais c'était une piste à creuser. Lui aussi travaillait avec Mauduis, j'ai donc essayé d'appeler l'agent. Il était en général très difficile à joindre. En théorie, ses « artistes » n'avaient rien à lui demander. Les délais, les dates, les durées de prestations n'étaient pas négociables. Si pour une raison ou pour une autre on se trouvait dans l'incapacité de remplir son contrat, non seulement on était rayé à vie de son répertoire, mais en plus on devait rembourser les sommes qu'on était censé rapporter. L'agent appelait, on convenait d'un rendez-vous pour discuter rapidement de la soirée – lieu, heure, durée – et des demandes particulières (des chansons spécifiques, un répertoire, une époque, un compositeur pour moi, des négresses, des maigres, des petites, des travelos, du LSD, de la benzédrine, de la meth, du crack pour d'autres...), on parlait brièvement fric – la seule chose qu'on parvenait parfois à négocier –, et c'était tout. Le seul moment où on pouvait le joindre sans difficulté, c'était au cours d'une soirée – en cas de pépin seulement, et c'était pourquoi malgré tout, nous connaissions tous son numéro par cœur... Je suis tombé sur une voix de femme préenregistrée m'indiquant que le numéro que je demandais n'était plus attribué. À tous les coups, Mauduis avait un de ces fichus portables, maintenant.

Restait les Desombières. Pourquoi auraient-ils eu le numéro de l'accordeur alors qu'ils passaient par Mauduis ? Allez savoir. Ils avaient bien le mien, autrefois, pour m'inviter à des parties de poker.

Vingt-deux heures trente. Ça restait décent. J'ai tenté ma chance. C'est Charline qui a décroché. Une créature qui aurait pu être superbe si elle n'avait pas eu à ce point conscience de sa beauté et de ce qu'elle pouvait obtenir en en jouant.

– Tiens, un revenant…

Voix d'alto veloutée. Si je n'avais pas eu Anna perpétuellement en tête, j'aurais pu frissonner.

– Vous ne croyez pas si bien dire. Je vous dérange ?

– Louis tente de se faire croire qu'il fait partie du peuple en poussant des cris devant je ne sais quelle coupe d'Europe ou du monde de foot…

– Et il y arrive ?

– Avec son portefeuille ? Vous voulez rire ? Il a tenté la bière avant de se rabattre sur le champagne. Il dit que des bulles sont toujours des bulles… Et vous ?

– Vous n'ignorez sans doute pas que j'ai connu quelques déboires.

– J'ai entendu ça, oui… mais enfin, vous n'avez tué personne…

Charline était une femme d'une grande élégance. Elle ne s'excusait pas de sa situation, et contrairement à la plupart des gens de sa caste, elle ne cherchait pas à faire valoir qu'elle avait mérité sa place dans la société ; qu'elle s'y était élevée par son travail, son abnégation, son respect de la morale ou toute autre connerie de ce genre. Non. Elle avait parfaitement conscience qu'elle avait hérité de sa fortune, aussi s'estimait-elle mal placée pour porter un jugement sur les moyens mis en œuvre par le pékin moyen pour essayer de s'en sortir – dès lors que ces moyens ne ressortissaient pas du meurtre, du vol ou de la spoliation, évidemment.

– Dois-je comprendre que…

– Notre table vous est toujours ouverte… et vous tombez bien, d'ailleurs. Nous avons une défection pour samedi prochain…

Si je devais de l'argent à Kamel, c'était parce que j'avais remboursé toutes mes dettes de jeu. Sinon, évidemment, jamais on ne m'aurait invité à une table.

– À vrai dire, je cherche quelqu'un…

– Ah…

Elégante et consciente des réalités de ce monde, mais très vite encombrée par elles dès lors qu'elles interféraient avec sa vie… Elle a soufflé d'une voix ennuyée :

– Qui ?

– Blaustein. Max Blaustein…

Bâillement.

– Je ne vois pas du tout de qui il peut s'agir.

J'ai réalisé combien j'étais stupide et j'ai repensé à ce que m'avait dit le capitaine Galant. Blaustein avait disparu ? C'était peut-être surtout qu'il avait changé d'identité ; et dans ce cas, il l'aurait fait une fois avant d'entamer sa mission et une autre après l'avoir achevée.

– Laissez tomber, ce n'est pas bien grave. À la réflexion, votre proposition est bien alléchante…

Elle a immédiatement recouvré son enthousiasme.

– Eh bien venez. Apéritif à 19 heures… et je compte sur vous pour être là dès le début. Vous nous raconterez vos histoires de prison…

Raconter mes histoires de prison… Pas si consciente que ça, finalement.

J'ai laissé courir.

Et enfin, je me suis endormi.

Le lendemain matin, j'ai compté ma fortune. Jean-Marc m'avait donné deux cents euros, Anna environ deux mille. La cave minimum, chez le cancérologue, était à mille. J'avais de quoi les montrer en arrivant, ce n'était déjà pas si mal. Il faudrait juste que je fasse tout mon possible pour, au pire, ne pas les perdre.

On était mercredi, j'avais deux jours à tuer. Je suis allé au garde-meuble pour y prendre quelques affaires et dire bonjour à mon piano. De le voir stocké entre un frigidaire et une armoire IKEA en mélaminé blanc, ça m'a troué le cœur. J'ai quitté le garde-meuble avec une valise remplie de vêtements et d'objets de première nécessité, et je suis entré dans le premier bar venu pour m'y soûler. Ça ne m'a rien fait oublier, bien au contraire, mais au moins, j'ai fini par en avoir marre de penser à tout ce que j'avais perdu. J'ai acheté un jeu de cartes et en attendant samedi soir, j'ai essayé de me réhabituer à les avoir dans les pattes. J'ai travaillé ma dextérité (ça ne sert à rien, juste à croire qu'on contrôle les cartes), j'ai étudié les combinaisons qui sortaient, j'ai repensé à des mains que j'avais eues, surtout celles qui m'avaient fait couler...

Et pendant tout ce temps, j'ai rêvé d'Anna.

15

Ils avaient mis le piano sur la terrasse. Elle donnait sur un grand parc, en surplomb de la vallée de la Bièvre, et la vue, encadrée par deux cèdres du Liban, était absolument magnifique. La pianiste présente ce soir-là avait l'intelligence de ne jouer que des choses qui s'intégraient au décor ; des musiques très aériennes, peu fournies, où chaque note brillait dans un écrin, comme les *Gnossiennes* de Satie, *Oiseaux tristes* de Ravel, ou au contraire qui égrenaient des chapelets ininterrompus de notes, de telle manière qu'on ne puisse les distinguer les unes des autres, et qu'alors on ressente, comme le disait le même Ravel de ses *Jeux d'eau*, « l'impression floue des vibrations de l'air ». Les *Préludes* de Debussy, dont les bien nommés *La terrasse des audiences du clair de lune* et *« Les sons et les parfums tournent dans l'air du soir »*, répondaient eux aussi parfaitement à ces critères, et la pianiste, décidément brillante, ne s'est pas privée d'en jouer quelques-uns. Beau programme à la française, en vérité, et bien servi. La note espagnole finale, sur une transcription des *Nuits dans un jardin d'Espagne*, de Manuel De Falla, se révéla tout simplement magique. Je comprenais que Mauduis n'ait plus eu besoin de moi. En cinq ans, il avait largement eu le temps de reconstituer son mobilier.

Je suis allé voir la fille et lui ai adressé tous mes compliments, sans lui dévoiler que je pratiquais moi-même. L'éclat de son talent montrait combien le mien s'était terni et je ne voulais pas me confronter à cette réalité. Elle me donnait parfois envie de m'arracher les mains à coups de dents.

J'étais dans la place et m'y sentais plutôt bien. Mon statut d'ex-taulard n'était pas lourd à porter. Le temps d'une soirée, cette grande bourgeoisie aimait à s'encanailler de diverses manières, et le parfum de la prison était voisin de celui de l'interdit, pour peu que celui qui le diffusait n'ait pas été embastillé pour cause de viol, acte pédophile, meurtre vénal ou autres immoralités absolues de ce genre. Or moi, j'avais été arrêté et condamné pour deal de cocaïne dans des milieux que tout le monde désirait côtoyer. Je n'enfonçais pas des aiguilles dans les bras des adolescents, je fournissais Scarface, je donnais à des artistes le moyen de s'exprimer, j'étais un des maillons indispensables au décorum et à la rutilance de la jet-set. Quelques médecins et chirurgiens se sont tout de même inquiétés de savoir comment j'avais supporté l'enfermement. Qu'est-ce que j'en savais ? J'en étais sorti, et c'était bien suffisant. D'autres m'ont parlé de mon avenir. J'ai esquivé la question en leur coulant un sourire entendu. Incroyable de voir comme le statut de hors-la-loi est voisin, dans la tête des hommes rangés, de celui d'être libre, prêt à toutes les aventures, donc apte à se tirer des situations les plus retorses. Qui irait douter de l'avenir d'un tel homme ? J'étais de plus censé évoluer dans un milieu où les réseaux jouent à plein. Ils ne se rendaient pas compte que je n'étais pas du sérail, et que bien au contraire, même, de par mon statut, j'étais toujours dans la marge. Le fou ne survit que tant qu'il amuse le roi… J'ai néanmoins profité de l'ouverture pour reconnaître que j'avais besoin de trouver de nouveaux contrats, et dans la foulée, j'ai demandé le numéro du téléphone portable de Mauduis. En réponse, il y a eu un silence gêné. Louis a hélé un serviteur pour se faire remplir son verre et Charline a bruyamment soufflé la fumée de sa cigarette. Puis elle a pris un air désolé :

– Nous lui avons dit que nous aurions le plaisir de vous voir ce soir et… et il nous a dit de garder ce plaisir pour nous.

– À ce point-là ?

– Il ne veut plus vous voir et nous a instamment recommandé de ne pas vous donner son nouveau numéro, sous peine de devoir nous passer de ses services… ce qui serait ennuyeux. Vous avez entendu la nouvelle pianiste ?

– Admirable. Le piano aussi, d'ailleurs. Qui est venu l'accorder ?

– Un nouveau… Pas mal. Mais il ne vaut pas celui qu'on avait autrefois. De votre temps, si j'ose dire. Comment s'appelait-il, déjà ? Louis, tu te souviens ? Un type pas tout jeune.

– Comment veux-tu que je m'en souvienne, ma chérie ? Tout ça, c'est Mauduis qui s'en occupe. Je connais ce cher Julien parce que c'est un joueur de poker. Mais les autres…

C'était mal parti. Ils ne me donneraient pas de bon cœur le numéro de Mauduis et je n'avais pas eu le temps de poser ma seconde question que déjà, j'avais la réponse : le vieil accordeur ? Oublié…

La pianiste, assise à côté de moi, a remué sur sa chaise. J'avais malgré tout fini par m'asseoir à côté d'elle et nous avons parlé musique. J'ai perçu chez elle cette faille profonde que creuse l'échec. Comme moi, si elle était là, c'était qu'une partie de ses rêves s'était effondrée. Mais nous n'avions pas les mêmes aspirations : elle voulait du Mozart, des belles robes et de l'argent, je voulais du bruit, de la fureur et de l'extase. Nous avions malgré tout l'un comme l'autre achoppé sur le même obstacle : celui de la sélection par les concours. Le dîner touchait à sa fin. Le soleil était couché depuis maintenant une bonne heure, la vallée en contrebas était plongée dans l'obscurité et les imposantes silhouettes des cèdres du Liban s'étaient totalement fondues dans la nuit.

La pianiste est retournée jouer le temps du dessert, puis elle a accompagné d'un blues étrange et lent – un morceau que je ne connaissais pas ou une improvisation – une sorte de danse érotique, interprétée par un couple bigarré. La prestation était sans doute de qualité, mais je dois dire que je n'avais pas la tête à ça. Enfin, l'heure du poker est arrivée et j'ai dû m'asseoir à la table de jeu. Adieu plaisirs, cajoleries, délices de la musique française et autres fruits sucrés de l'existence. Il allait falloir me battre maintenant. Contre les cartes, contre les autres, contre moi… J'aurais pu les décevoir et partir, mais n'ayant toujours pas obtenu ce que j'étais venu chercher, j'avais commencé à échafauder un plan. Dix contre un qu'il foirerait, mais je n'avais pas beaucoup d'autres cartes en main.

Au poker, les plus grandes parties ne se jouent pas entre des carrés et des quintes flush. Ces combinaisons sont si rares qu'il est quasiment impossible de les voir apparaître sur une même donne. Mais la science de la statistique est là pour nous dire que tout ce qui est « quasiment impossible » peut arriver n'importe quand. Les gagnants du Loto, et tous ceux qui espèrent partager leur sort, en savent quelque chose. Nombre de joueurs espèrent donc avoir un jour en main une telle donne. Hélas, peu préparés à cet événement, le jour où un carré de valets se dévoile, ils ont la main un peu lourde. La paire de sept qui a résisté au premier tour de mise se couche très vite et celui qui pensait avoir de l'or en main ramasse, franchement dépité, les quelques euros qui traînent sur la table. Globalement, plus on a gros, plus il faut miser petit.

Les mises importantes se font sur des doubles paires ou des brelans, la difficulté étant de savoir à quelle hauteur sont ces mains. Et quand on veut jouer en pro, c'est-à-dire comme un type qui a pour seul but de ramener un salaire décent chez lui, sans jamais espérer décrocher la lune, on ne compte pas sur la place que la statistique laisse aux miracles ; on s'appuie sur ses règles plus générales. Et si on laisse passer un gros coup ? Qu'importe. L'essentiel, c'est de ressortir de là avec plus d'argent que lorsqu'on est entré ; faire une marge de dix à vingt pour cent, comme n'importe quelle entreprise qui se targue d'afficher un bon rendement. J'ai compris ça en prison, alors que j'avais plus de temps qu'il ne m'en fallait pour réfléchir, et j'y ai repensé ces deux derniers jours. Je me suis remémoré quelques parties : je les ai décortiquées et je me suis concentré sur les joueurs qui gagnaient petitement, mais systématiquement. Des joueurs sans passion, assez falots, mais à la main et au regard solides. Impénétrables non parce qu'ils étaient les rois du bluff, mais parce que le but qu'ils poursuivaient allait largement au-delà de la partie qu'ils jouaient. Ce qu'ils visaient, c'était la fin du mois, le crédit à rembourser, les études de leurs gosses à payer et les prochaines vacances à provisionner – périodes toujours difficiles : un joueur ne peut gagner de l'argent qu'en jouant.

Je ne pouvais pas me permettre d'avoir un but à aussi longue échéance, mais je pouvais au moins me dire que je ne jouais pas pour ramasser un jackpot.

Je jouais pour durer.

Réduisant la part de risque au plus infime pourcentage, j'ai systématiquement misé petit. Un full aux valets par les huit m'a bien donné quelques sueurs froides mais j'ai réussi à trouver je ne sais où la force de résister à la tentation de faire monter la mise jusqu'au tapis. Au second tour, je me suis couché. J'ai bien fait. Deux joueurs ont été rétamés. Ils avaient de belles doubles paires, une aux rois et une aux as, mais le plus fort avait un carré de trois… le genre de partie où vous pouvez laisser votre chemise, et avec, votre peau. « L'orage statistique » de la soirée, ce moment où tous les possibles sont incroyablement réunis dans une même donne, était passé, et j'avais su rester à l'abri. Après ça, je ne craignais plus grand-chose. Un joueur professionnel m'a dit un jour qu'au fond, il s'ennuyait beaucoup. Je commençais à comprendre pourquoi.

Vers cinq heures du matin, il n'y avait plus qu'une table de jeu et les employés avaient fini leur travail. Nous étions cinq dans la maison. J'ai attendu une main à peu près potable pour faire mon esclandre. Elle est arrivée. Double paire, neuf et quatre. Il y avait suffisamment de combinaisons au-dessus pour que je risque de perdre – que j'aie des chances de perdre, en fait, dans le cas présent –, mais bien assez en dessous pour qu'on suppose que j'aie voulu, en fin de parcours, tenter le tout pour le tout.

Desombières était toujours en lice. Quoi qu'il arrive de toute façon, il jouait jusqu'au bout. Ça lui coûtait cher, parfois, mais assez rarement. Il prenait peu de risques. Ce qu'il aimait, dans ce jeu, c'était le spectacle de la déchéance, voir les autres s'effondrer. Il pouvait perdre gros parce qu'il avait poussé quelqu'un à se dépoiler complètement, juste dans le but de le voir chuter ; pas parce qu'il s'était imaginé réaliser un gain important. J'en suis venu à me demander s'il n'aimait pas son métier de médecin spécialisé dans les traitements du cancer uniquement parce qu'à l'occasion, il lui permettait de voir des humains se rabougrir jusqu'à perdre toute dignité.

Ce soir-là, à ce moment-là, il a senti qu'il pouvait s'offrir un spectacle de première avec moi. Il avait bien compris que si je perdais tout ce que j'avais en main – environ deux mille trois cent cinquante euros –, je ressortirais de chez lui sans jamais pouvoir y entrer à nouveau, parce que dans ce microcosme bien à l'image de notre monde, on n'a le droit de jouer que si on en a les moyens. Et comment réunir ces moyens si on ne peut pas jouer ? Ma défaite serait totale. Il me regarderait choir avec un peu de compassion dans le regard, mais en restant fier de n'avoir pas dérogé à l'impitoyable règle du poker, à savoir que le perdant doit payer ; et pour cause : c'était cette règle qui lui permettait de jouir en toute impunité de la faiblesse d'autrui.

Après avoir découvert ma double paire de neuf et de quatre, j'ai affiché un léger sourire. Desombières s'est imaginé de marbre, mais j'ai vu passer dans ses yeux l'éclat du plaisir à venir. On peut feindre la jouissance, mais il est plus difficile de la masquer. J'ai ouvert à deux cents. Une de ces entrées sur lesquelles je m'écrasais systématiquement en ce soir de retrouvailles avec les cartes – et sur lesquelles je bondissais tout aussi systématiquement auparavant. Desombières a suivi. J'ai changé une carte en priant pour que ne rentre ni un neuf, ni un quatre. Un full mettrait tous mes plans par terre. Mais un neuf est rentré. Bordel ! Au poker, on ne peut miser avec certitude que sur la défaite. Je comptais donc sur elle pour me faire plumer et provoquer un esclandre tel que Charline et son mari n'auraient pas pu faire autrement qu'appeler Mauduis. Pour la suite, j'envisageais d'improviser : récupérer le carnet sur lequel était noté le numéro, attendre Mauduis, peut-être même compter sur le fait qu'il savait que c'était moi le trouble-fête pour demander de m'avoir au téléphone… mais maintenant, je pouvais jeter ce scénario à la poubelle. Avec ce full, j'avais de grandes chances de l'emporter. Le plus extraordinaire, c'est que ma déception était telle qu'elle s'est affichée sur mon visage en toute sincérité. Le mensonge n'a pas plus de force que lorsqu'il est *une* vérité. Desombières a évidemment pensé que je réagissais à la faiblesse de mon jeu. Les autres joueurs ont tiqué : laisser voir de façon si évidente une émotion n'était pas très professionnel. Ce qui en a souligné la véracité, c'est que de surcroît, tant par réaction que par habitude, j'ai immédiatement voulu masquer ce que je ressentais. Au poker, on se concentre plus sur ce qu'on laisse paraître que sur le jeu en lui-même. À tel point que son enseignement devrait être obligatoire dans les écoles de commerce.

L'oncologue aurait eu des babines qu'il se les serait léchées. Quant à moi, il ne me restait plus qu'à libérer mes démons. Dès lors que je ne pouvais plus *forcément* perdre, tel que j'étais engagé, je n'avais pas d'autre choix que de gagner à tout prix. J'ai misé comme un malade, j'ai emprunté autour de moi, j'ai demandé à Desombières lui-même de me faire crédit. Très confiant, il n'a pas hésité une seconde, mais quand j'ai atteint vingt mille euros, tout de même, il a tiqué. On était arrivé à ce moment très précis où il est impossible de lâcher la partie, même si on pressent qu'on est fichu. S'il abandonnait maintenant, il perdait quinze mille euros – sans compter qu'il n'aurait pas la joie de me voir définitivement terrassé et obligé de sombrer à nouveau dans des activités illégales pour rembourser mes dettes. S'il me suivait, la seule chose qu'il ne perdrait pas, c'était la face, à moins que cette toute petite chance sur laquelle on compte toujours ne vienne se mêler de la partie. Son problème, c'était qu'il commençait à douter. Cette expression fugace qu'il avait vue se dessiner sur mon visage, était-elle vraiment due à un mauvais jeu ? Son adversaire n'aurait-il pas simplement été déçu de ne pas avoir rentré la carte qu'il souhaitait ?

Un joueur qui ne change qu'une carte a généralement en main une double paire – ou veut le faire croire. Mais il peut aussi masquer un brelan, tout en comptant sur un carré, ce qui ne l'empêche pas, s'il tombe sur une carte qui fait la paire avec la quatrième, d'avoir touché un full. À moins qu'il n'ait tenté une quinte flush, pour se retrouver avec une suite, la dernière carte étant à la bonne hauteur, mais pas à la bonne couleur. De quoi être déçu, oui, mais pas forcément perdant…

Je venais d'augmenter le pot de cinq mille euros. Louis sentait que j'étais prêt à emprunter le montant de sa maison s'il le fallait, et il ne comprenait pas pourquoi. De mon côté, je n'étais plus en mesure de me contrôler. Totalement pris au jeu, je voulais bouffer le monde, et rien d'autre. J'avais oublié ce que j'étais venu faire ici, les buts que je m'étais fixés… mais heureusement pour moi, Louis avait bien perçu, derrière les questions anodines que j'avais posées de-ci de-là au cours de la soirée, que j'étais aux abois. Il a murmuré d'une voix mouillée :

– Ce numéro, vous y tenez vraiment ?

– Pardon ?

– Le numéro de Mauduis. C'est ce qui vous permettrait de rebondir, non ?

– Oui, bien sûr.

– Je le mets pour voir.

– Cinq mille euros le numéro ?

– Non, plus que ça : la totalité. Vous gagnez, vous avez le numéro, vous perdez, vous me devez vingt mille euros…

– Et si je refuse ?

– Je peux vous garantir que personne ici ne vous le donnera.

Et tout à coup, ça m'est revenu. Je n'étais pas là pour gagner de l'argent, j'étais là pour vivre. Avec vingt mille euros, je pouvais voir venir, soudoyer des gens pour atteindre Blaustein ou Mauduis, même si c'était difficile ; ou rembourser une partie de l'argent que je devais à Kamel. Et pour rembourser la totalité, je pouvais jouer le reste, jouer encore, signer un nouveau pacte avec le diable, reproduire point par point la mécanique qui m'avait conduit jusqu'ici… Mais qu'est-ce que ça aurait changé ? Le cas échéant, Kamel accepterait-il que je ne rembourse qu'une partie de ma dette ? Et l'accordeur ? Quel jeu m'avait-il fait jouer dans tout ça, exactement ? Il y a des moments où sortir de l'ornière dans laquelle on s'est embourbé ne suffit pas.

J'ai repensé aux bleus sur le corps d'Anna et j'ai dit oui.

Desombières avait un full aux huit par les sept.

Il avait perdu.

J'avais gagné le droit de continuer ma partie.

16

Sitôt parti, j'ai cherché une cabine téléphonique et j'ai composé le numéro de Mauduis. Il venait de se coucher et était plongé dans son premier sommeil. Sa voix de canard semi-égorgé était encore plus éraillée que dans mes souvenirs.

– S'passe quoi ? Pour une fois que je me couche tôt… C'est bien la première fois qu'j'ai une soirée qui merde à sept heures du mat'…

Ce matin, j'avais droit au Mauduis version popu. J'ai répondu sur le même ton.

– Elle n'a pas merdé, mais elle aurait pu.

– Monky, putain, c'est toi ?

– Et il pourrait y en avoir d'autres.

– Comment t'as fait pour avoir ce numéro ?

– Dis-toi seulement que je pourrai toujours le trouver.

– Tu veux quoi ? Du boulot ? T'avais qu'à m'appeler à ta sortie. Je t'ai jamais fermé ma porte. Et je vais même te dire un truc : je t'aimais bien. J'ai assez mal pris le fait que tu donnes pas de nouvelles.

– Arrête ton cirque. Si tu avais vraiment voulu que je te contacte, tu te serais arrangé pour que j'aie ton portable… On m'a plutôt dit que tu ne souhaitais pas trop me parler, ces derniers temps.

Il a bougonné :

– Là, c'est pas pareil. Y a en jeu des forces qui nous dépassent. Je te parle d'avant.

– Avant, je voulais rompre avec tout ça. Cinq ans de taule, ça soigne. Mais je viens de comprendre que ça n'a pas suffi à payer ma dette. La loyauté du milieu, sa fidélité... Tu parles !

– T'as cru à toutes ces conneries ? Tu sais, nous, on est capitalistes. Notre credo, c'est le libéralisme. On observe pas les mêmes lois, mais on suit les mêmes règles... bon, tu veux quoi exactement ?

– Blaustein.

– C'est qui, Blaustein ?

– L'accordeur.

– Ah, il se fait appeler comme ça, maintenant...

– Oui, et si tu as le vrai nom, je suis preneur.

– Le vrai nom ? Tu rigoles ? Qui peut le connaître ?

– OK, appelons-le Blaustein et n'en parlons plus.

– Moi, je l'ai toujours appelé « l'accordeur »... qu'est-ce que tu lui veux ?

– Raisons personnelles...

– T'es en train de te mettre dans un sale pétrin.

– J'y suis déjà, de toute façon.

– L'accordeur aussi s'est fourré dans un drôle de merdier... Qu'est-ce qui lui a pris ? Kamel est sûr qu'il l'a doublé, et il le cherche pour lui faire la peau. Quant à toi, il arrête pas de dire que normalement, t'es mort.

– C'est bien pour ça que je dois voir Blaustein. Il y a plusieurs choses que je ne comprends pas dans toute cette histoire de l'*Opus*. Pour le pianiste, je suppose que tu n'as pas eu le choix, mais Blaustein, c'est bien toi qui l'as mis sur le coup, non ?

– Te goure pas, Monky. Moi, je m'occupe des festivités et je me suis toujours occupé que de ça.

– Oui, enfin, les festivités qui se sniffent, il y a un moment où ça concerne aussi la pègre... comme les accordeurs tueurs à gages.

– On dit flingueurs, ou porte-flingues, si on veut vraiment causer correctement… t'auras décidément jamais vraiment été des nôtres. Mais faut reconnaître que t'avais un putain de toucher. Sincèrement, ce prix, c'est à toi que je l'aurais refilé…

Le compliment, venant de sa part, m'a fait plaisir. Sous ses dehors de maquereau, Mauduis était un fin mélomane. Mais on n'était pas là pour s'envoyer des fleurs.

– Écoute, Albert, ne noie pas le poisson. Tu veux aller te recoucher et moi, j'ai ma vie à sauver. On a donc tous les deux une journée bien chargée... Alors, Blaustein ?

Il a grogné, comme en forme d'excuse :

– Tout ce que j'ai fait, là-dedans, c'est donner des adresses. Le casting, c'est Kamel.

– Eh bien justement, c'est une adresse que je veux.

– L'accordeur est un sacré rigolo et un parano de première. Pour le joindre, c'est un jour, une heure par semaine. Il y est ou il y est pas, c'est selon… Tu me jures que tu m'oublies définitivement ?

– Je peux te le jurer, il faut juste espérer que ma parole ne vaille pas celle de Kamel.

– Kamel ne donne jamais sa parole.

– C'est vrai.

– Et tu n'es pas Kamel. Cimetière de Charonne, tombe de Karl Gustav Brandauer.

– Tu parles d'un lieu de rendez-vous.

– Note que si ça tourne mal, t'es direct sur place.

Son rire a grincé comme des clous rouillés enfoncés dans une poutre de chêne récalcitrante.

– Et c'est qui, ce type ?

– Brandauer ? Je sais pas. Tout ce que je peux te dire, c'est que lorsque l'accordeur veut être joignable, il est là-bas le lundi à huit heures du mat'. L'horaire le plus débile de tous les temps, mais qui a une bonne raison d'être : à cette heure-ci, aucun truand n'est debout. Et s'il l'est, il pourra que faire tache parmi tous ces crétins de travailleurs qui vont vendre leur sueur pour une poignée de pognon reversée illico à une société de crédit.

Il a raccroché. J'ai rappelé tout de suite mais il n'a pas décroché. Il ne décrocherait plus.

J'avais un problème : qu'est-ce qui me disait que Mauduis n'avait pas également donné cette adresse et cette heure de rendez-vous à Kamel ? Théoriquement, non. Kamel aurait pu l'exiger, mais c'était peu vraisemblable. Mauduis n'était pas seulement un agent qui plaçait des artistes avec autant de facilité qu'il dealait de la drogue ou arrangeait des meurtres. Il avait su faire en sorte de devenir un maillon indispensable de la chaîne reliant le monde illégal au monde légal. Sans lui, tout un marché tomberait à l'eau, et donc la possibilité de blanchir leur argent sale pour les uns, de l'écouler pour les autres. Cet édifice tenait sur sa seule discrétion, et cette dernière était une garantie pour toutes les parties. Autre facteur à prendre en compte : donner un type comme Blaustein était dangereux. S'il s'en sortait – et il en avait les moyens, je l'avais vu à l'œuvre –, il pouvait vous le faire payer très cher. Cela dit, connaissant la folie et les moyens de persuasion de Kamel…

En somme, j'avais deux chances sur trois de ne pas tomber dans un piège… À part prendre le risque, je ne voyais pas trop ce que je pouvais faire.

C'est ainsi que malgré l'urgence que je ressentais de devoir éclaircir la situation, je me retrouvais avec deux jours à tuer. J'allais en profiter pour essayer de me procurer une arme. Je détestais cette idée mais cette fois, m'en dispenser pouvait se révéler hautement risqué.

On ne dira jamais assez que c'est en prison qu'on se fait les meilleurs réseaux de contrebande. Les prisons françaises ne sont pas les prisons américaines mais vous y recevez tout de même suffisamment de roustes pour apprendre à cesser d'avoir peur. Peur des coups, bien sûr, peur d'avoir mal, d'être défiguré, d'être violé, même, mais aussi peur de ne plus être soi-même ; de se transformer en une sorte de bête qui ne se concentre plus que sur sa survie. C'est la peur la plus diffuse, la plus constante ; elle nous rappelle qu'on s'attache à rester digne en toute circonstance. Et cette peur est mortelle. « Le ridicule ne tue pas » est une expression qu'il faut savoir lire en creux. Elle sous-entend que quelque chose d'autre tue. Et cette chose, c'est tout simplement la peur du ridicule. Être une bête, être bête aussi, se défendre sauvagement, sans dignité, en ne s'attachant qu'à sa survie, c'est exactement ça qu'il faut savoir être de temps à autre. On parle souvent de pyramide des valeurs. En prison, c'est une notion qu'on ne peut pas prendre à la légère.

Quand je suis arrivé là-bas, je me suis évidemment senti supérieur aux autres. J'avais un peu de lettres, je savais jouer du piano, et j'étais convaincu que l'éducation plaçait celui qui en avait bénéficié au-dessus de la violence, celle-ci étant supposée être le dernier moyen d'expression qui nous restait quand on avait épuisé tous les autres... Cette théorie était complètement stupide : la plus immonde et la plus violente des solutions d'extermination a été imaginée par l'un des peuples occidentaux les plus cultivés qui fût. L'esclavage, cet autre très grand crime contre l'humanité, a de tout temps été conçu, imaginé et mis en place par des sociétés dites évoluées, qu'elles soient occidentales, orientales, méridionales ou septentrionales. Aussi, soit il n'y a pas de rapport entre le niveau d'éducation et la violence, soit le rapport n'est pas celui qu'on pense, soit, surtout, les moyens de la violence ne sont pas les mêmes suivant que l'on est cultivé ou non.

En clair, la brute se servira de ses poings quand l'intellectuel se servira de ceux d'un autre.

On m'a vite fait revenir les pieds sur terre, et sans passer par de longs discours ! Un jour que je prenais le soleil dans la cour, comme d'habitude à l'écart des autres, trois Arabes ont fondu sur moi et m'ont méthodiquement roué de coups. Puis ils sont repartis. Sans me donner de raison, sans exiger quoi que ce soit. Ça faisait trois mois que j'étais là et je ne m'étais embrouillé avec personne. J'ai très mal dormi la nuit suivante : d'abord parce que j'avais mal, ensuite parce que je ne voyais pas comment agir pour éviter de me prendre une seconde raclée. Je n'avais pas la moindre idée de ce qu'on attendait de moi. Une semaine a passé. Les trois types se sont à nouveau approchés. J'ai à peine eu le temps d'esquisser une question :

– Qu'est-ce que vous…

Les coups ont fait plus mal encore mais cette fois, j'ai essayé de me défendre. Très maladroitement. Un type est reparti avec un bleu, et j'ai pu en griffer un autre à la joue. Quand ils m'ont abandonné, suant dans la poussière de la cour, je poussais encore des grognements. J'étais saisi d'une rage folle. J'en bavais. Ajoutant le mal au mal, à peine debout, j'ai bourré le grillage d'enceinte de coups de poing. Les autres prisonniers me regardaient. Certains m'ont donné l'impression qu'ils me voyaient pour la première fois. Je me suis laissé choir et, assis par terre, je les ai dévisagés à mon tour. Quand mes yeux tombaient sur eux, les leurs se détournaient. J'étais une bête blessée, et les bêtes blessées sont au-delà de la peur ; c'est ce qui les rend dangereuses : elles mourront, mais elles rendront coup pour coup. Un seul homme n'a pas fui mon regard, et même, quand il s'est arrêté sur lui, cet homme s'est décollé du mur où il était adossé et s'est approché de moi. C'était Idriss. Il est devenu mon meilleur ami dans les murs, et sans doute hors les murs, mais j'attendrais de voir quand il serait sorti. La prison vous transforme, mais le retour aux affaires aussi. Si j'écrivais un livre sur la prison, je l'intitulerais « La parenthèse » ou « L'homme entre parenthèses ».

Idriss s'est présenté et m'a dit :

– C'est bon, Monky. T'es des nôtres, maintenant.

– Je ne comprends pas.

– T'as pas besoin de comprendre. Maintenant, t'as le bon regard. Ça suffit. Dis-toi que t'as échappé à bien pire et que tu risques plus grand-chose. Et te plains pas : t'as rien de cassé, tes couilles sont encore à leur place et ton trou du cul n'a connu que ta merde. À plus.

Et il est parti.

J'ai mis un peu de temps, mais j'ai fini par comprendre que pour être accepté des autres prisonniers, il fallait que je cesse de me considérer comme exempté de leurs craintes ordinaires. Si on s'estime tous dans le même bain, on peut se tendre la main ; si on perçoit que certains s'en sortent mieux que d'autres, ont des privilèges ou sont favorisés, toute solidarité devient impossible. Et si on peut abattre le privilégié, on ne se gênera pas.

J'ignorais pourquoi Idriss s'était entiché de moi. Il semblait avoir une sorte d'admiration pour ces sept ans dont j'avais écopé en lieu et place de gens que j'aurais pu dénoncer. Après tout, je ne venais pas de ce milieu. Qu'est-ce que j'en avais à faire ? Je lui ai répondu que je n'avais bien intégré qu'une seule loi : celle du silence. Si on commence à parler, on met les pieds dans une histoire sans fin, avec des raisons et des torts difficiles à partager. Dénoncer qui ? En regard de quoi ? De la loi ? Quelle loi ? Votée par qui ? On n'en finit pas. Alors que rester recroquevillé dans son silence, au pied d'un mur qu'on a décidé de considérer comme étant infranchissable, est à la longue plus confortable. Idriss comprenait.

Mais ne me donnait pas complètement raison. Pour lui, la fidélité n'avait de valeur que suivant les personnes qui en étaient l'objet. Quelques semaines avant ma sortie, il m'a dit :

– Le problème, Monky, c'est que Kamel est le pire des salauds. C'est comme les dieux, tu vois. Ils considèrent que le monde doit tourner selon leur loi. Et si t'es une mauvaise herbe dans leur champ de pureté, ils t'arrachent et point barre. T'as fermé ta gueule ? Bravo. Le milieu te dresse des lauriers et il a bien raison. Moi, par exemple, je sais que je peux te faire confiance. Mais si je suis un enculé, je sais aussi que je peux m'abriter derrière ce silence et faire n'importe quelle connerie.

Je connais Kamel. On vient exactement du même endroit, lui et moi, mais on ne voyait pas les choses de la même façon et il y a quelques morts entre nous. Tôt ou tard, il voudra te faire la peau. T'as perdu au jeu et tu lui dois du fric. Point barre. Pour un Dieu, y a que les péchés qui comptent. Et tous les péchés se ramènent à un seul : ne pas respecter La Loi. Ce jour-là viendra, crois-moi, et ce jour-là, t'auras intérêt à te rappeler que t'as un ami : Idriss. Et si j'ai le malheur d'être encore dans cette putain de taule, je vais te donner l'adresse de quelques portes où frapper. Pas de téléphone. Tu vas à ces adresses, dans l'ordre où elles sont inscrites. Tu frappes, y a quelqu'un, tant mieux. Y a personne, tant pis. Tu passes à l'adresse suivante. Fais-moi savoir où tu crèches, je te ferai savoir quand je sors. Ici, on peut pas boire une bière avec ses amis. Et boire une bière, c'est la seule chose que j'aime vraiment faire avec mes amis.

– Mes amis m'appellent Julien.

– T'as tort. Monky, c'est devenu un label de fidélité. C'est rare.

17

La première adresse était à Drancy. Drancy, c'est comme Alésia. Parfois, on a l'impression que personne ne sait où ça se trouve. En tous les cas, la croissance francilienne n'a pas dû repérer la ville sur une carte, ou alors elle a fait un détour. Je me suis souvenu que Kamel était originaire du coin. L'inimitié qui régnait entre Idriss et lui venait sans doute de cette époque.

J'ai sonné à la grille d'entrée d'un pavillon. Construit en parpaings, il était recouvert d'un crépi jaunâtre et craquelé, perdu au milieu de dizaines d'autres pavillons identiques. Le jardin n'était quasiment pas entretenu. Un vague coup de tondeuse avait été passé sur deux mètres autour de la maison pour éviter de se mouiller les pieds en sortant accrocher les volets, et c'était tout. Dans l'allée qui conduisait au garage : un ballon crevé, un tricycle en plastique jaune, rouge et bleu, et une BMW aux vitres teintées. Une chose était sûre : si les occupants ne répondaient pas, c'était qu'ils ne le voulaient pas. J'ai insisté. Un homme d'environ trente-cinq ans a ouvert la porte d'entrée. Un bras couvert de tatouages, l'autre amoché par une estafilade recousue de trente bons centimètres.

Sans quitter le seuil de sa maison, il a demandé :

– Vous voulez quoi ?

Tu dis mon prénom, que mon prénom, pas des conneries du genre « je cherche Idriss » ou « Idriss est pas là ? », non, juste mon prénom, et tu t'occupes pas du reste.

– Idriss.

– Entre.

Grésillement de l'ouverture de la gâche. J'ai poussé la grille, traversé le jardin. L'homme a attendu que je m'essuie les pieds sur le paillasson et a refermé la porte d'entrée derrière nous. Puis, alors que j'attendais gauchement dans le couloir pavé de tomettes rouges, il m'a dépassé et a traîné ses savates jusque dans le salon en m'invitant à le suivre. La télé diffusait une série américaine. Sur la table basse, de l'herbe, des feuilles, des filtres et une 1664 à moitié vide.

– Un oinj ?

– Non merci.

– Une bière ?

– Je veux bien.

Il a farfouillé dans la cuisine et en est revenu avec une bouteille décapsulée.

– Faut qu'on fasse vite, le gamin rentre à cinq heures.

Il a attrapé la télécommande, a mis le son à zéro et a balancé le boîtier en plastique noir sur le canapé, où il est allé tenir compagnie à quelques miettes, taches de gras et autres traces de nourriture.

Il te demandera ni qui tu es, ni d'où tu viens. C'est normal. Il aura déjà ta photo dans le ciboulot.

– Il te faut quoi ?

– Une arme.

Il a fait la grimace.

– Kamel ?

– C'est possible. Mais c'est surtout pour me défendre. Pas pour l'attaquer.

Il a haussé les épaules.

– Avec lui, ça reviendra vite au même.

– Tu connais un mec qui s'appelle Blaustein ? Max Blaustein ?

– Je connais personne. Même mon nom, je le connais pas. Finis ta bière et attends-moi là.

Il a traversé le couloir et s'est enfermé dans une chambre, toujours en faisant traîner ses savates. Je n'avais pas tant envie que ça de boire ma bière mais je n'avais pas grand-chose d'autre à faire. La 1664, c'est quand même assez dégueulasse.

Aie confiance. Il te trouvera ce que tu cherches ou te dira où le trouver.

Je lui aurais bien demandé un piano dans un appartement chauffé, moi en train d'en jouer et Anna affalée dans un canapé, plongée dans la lecture d'un livre… Je l'ai entendu passer une série de coups de fil. Il est revenu avec un bout de papier. Une adresse était griffonnée dessus.

– Tu demandes Arletty. C'est un mec mais il veut qu'on l'appelle comme ça. Il aura un paquet pour toi. Et te fais pas avoir : c'est payé. Chut ! Me remercie pas. Je le fais pour Idriss. Mon avis, c'est que tu vas à la mort, mais c'est pas mon problème.

Il s'est laissé tomber dans le canapé, s'est emparé dans le même mouvement de la télécommande et a remis le son. Puis il a lancé, sans détourner les yeux de l'écran :

– Salut !

Un bistro à Château-Rouge. Dangereux pour moi : j'évoluais en plein territoire kamelien. Encore que dans le secteur, la délimitation des différents territoires tenait du tachisme et évoquait plus la géographie des colonies israéliennes en Cisjordanie qu'une séparation franche type Oder-Neisse. Sauf qu'ici, il était impossible de déterminer qui étaient l'occupé et l'occupant. Le bistro était enserré entre un coiffeur afro et une épicerie qui vendait aussi bien du riz de chez Tang en sacs de dix kilos et du nuoc-mâm que du manioc et des patates douces. En marge des étals du magasin, on trouvait également des poissons séchés. Noirs de fumée, roulés en boule sur des cartons retournés, la queue dans la gueule, ils étaient vendus par des Sénégalaises enturbannées, accroupies à même le trottoir ; des femmes qui avaient dû fuir la Langue de Barbarie, leur mari les ayant chassées après leur avoir collé deux ou trois mômes dans le buffet. À Saint-Louis-du-Sénégal, il n'y a pas d'avenir pour les femmes ainsi « salies », considérées comme responsables et coupables de l'excommunication dont elles sont victimes, sinon celui de vendre du poisson à la sauvette ou se prostituer ; alors elles viennent en France, ce pays de rêve où elles échouent après avoir bravé mille morts. L'ironie, c'est qu'arrivées à Paris, tout ce qu'elles trouvent à faire, c'est… vendre du poisson ou se prostituer.

Le bistro n'avait pas été repeint depuis la promulgation de la loi Evin, et il avait cette couleur jaune maronnasse typique de l'entreprise internationale Goudrons & Cie. Unc vaguc odeur de shit planait sur le trottoir, mais pas dans l'établissement. Je n'étais pas revenu dans le quartier depuis longtemps, et c'est avec un certain plaisir, mêlé d'un peu de crainte, que j'ai pris le temps de boire un café avant de demander à parler à mon contact.

En fait d'Arletty, il avait plutôt la tête de son maquereau dans *Hôtel du Nord* ; un Jouvet basané, aux yeux et aux cheveux noirs. Même mot de passe que précédemment : Idriss. Sitôt ce nom prononcé, il est parti dans les cuisines, dont il est ressorti avec un sac en plastique blanc en me gratifiant d'un jovial « Bon appétit ».

Je suis retourné à mon hôtel, où j'ai déballé le couscous d'Arletty. Outre une bouteille de côtes-du-rhône et deux boîtes en plastique jetables remplies de semoule pour l'une et de légumes pour l'autre, il y avait trois feuilles de papier d'aluminium. La première contenait deux merguez et une cuisse de poulet – je préférais le blanc mais je n'allais pas faire le difficile –, la seconde un Smith & Wesson à canon court et la troisième une trentaine de balles de calibre 38. J'ai fourré le Smith & Wesson dans mon sac de voyage – celui que j'avais rapporté de Grèce et dans lequel j'avais entassé les quelques affaires que j'étais allé chercher au garde-meuble –, j'ai sifflé la bouteille de côtes-du-rhône et j'ai mangé le couscous. Les deux étaient très bons.

Je me suis endormi, rassasié et inquiet.

J'ai rêvé d'Anna faisant l'amour, et j'ai su que c'était un rêve parce que son corps était vierge de coups, plaies, bleus et autres bosses. J'ignore si j'étais l'homme. Lui, je ne l'ai pas vu. En quelque sorte, j'étais elle... Il n'y a pas de honte à penser sexuellement à une femme qu'on aime – car je devais bien l'admettre, j'en étais là –, surtout si elle sort plus belle de nos projections intimes. Mais ce rêve m'a tout de même mis mal à l'aise. Comme si j'avais volé quelque chose à Anna. Une image d'elle qu'elle ne pouvait pas maîtriser. Ça ne se présentait pas précisément sous forme de péché, mais j'étais prêt à parier, et avec rage, qu'il y avait de ça. Ravagez des cerveaux à coups de sermons pendant des siècles, il en restera toujours quelque chose…

Conscient et bien éveillé, je rêvais encore d'Anna, mais cette fois, on buvait un café à une terrasse ensoleillée. Je voyais d'elle ce qu'elle ne pouvait pas voir ; une mèche qui se refusait à suivre le sens de sa coiffure, un léger duvet sur le haut de son oreille, une oreille délicate, incroyablement ciselée, l'angle parfaitement poli de sa mâchoire – on aurait voulu y mordre – et tout cela rendait ce moment aussi merveilleux que mes rêves nocturnes. La scène aurait pu se situer avant ou après l'amour, ça n'avait pas d'importance… Non, ce n'est pas vrai, j'aurais dû écrire « c'était égal ». En amour, tout a de l'importance, et si je devais sacrifier une minute de l'avant, une minute de l'après ou une minute du pendant, je serais incapable de choisir, au risque de rester eunuque toute ma vie. L'amour, c'est tout ou rien, on ne le dira jamais assez.

Bref, Anna me manquait. Mon piano aussi. Et lui aussi me manquait physiquement. Le piano, ce n'est pas juste un doigt qu'on pose sur une touche pour y exercer une pression. On n'est vraiment au jeu que lorsqu'on ne sent plus la touche. Et même si le jeu du pianiste est moins démonstratif que celui du violoncelliste, par exemple, il réclame pareillement un concours de tout le corps et de tout l'esprit. Et ce moment trop rare où l'un et l'autre, parfaitement unis, font un avec l'instrument puis en définitive avec le son, pourrait, d'une certaine manière, être décrit comme un orgasme, en ce sens que durant quelques instants, on n'est plus qu'un gaz immatériel, en totale lévitation hors de soi et en soi, en connexion avec l'infiniment petit et l'infiniment grand… J'avais des envies d'amour, de musique, de peur de ce que seraient ces lendemains partagés avec une inconnue – délicieuses, les peurs du lendemain, quand on craint de ne pas voir ses prières exaucées mais que la possibilité qu'elles le soient existe –, et j'allais, flingue à la main, tenter de sauver ma vie.

Ainsi ai-je passé mon dimanche à tourner autour de mes manques. Et tous ces manques macéraient dans la peur, beaucoup plus sordide, de finir dans le sang et la douleur… Est-ce que je ne faisais pas une immense connerie ? Après tout, je pouvais aussi bien disparaître… mais non, j'avais cette sensation ancrée en moi que je devais solder mes comptes ; me laver les mains et les essuyer soigneusement, en quelque sorte. Ça ne s'explique pas. À un moment, on se lève et on dit : « allez, maintenant, il faut en finir ». On sait que si on ne se débarrasse pas du problème en l'affrontant, il nous hantera jusqu'à la fin des temps. Cet homme, Kamel, qui estimait avoir des droits sur moi, c'était insupportable. Je ne voulais pas me souvenir plus tard que je n'aurais fait que ramper. Et cet autre homme, Blaustein ou quel que soit son nom, qui m'avait manipulé… à lui aussi, je voulais demander des comptes. L'un me devait cinq ans de prison, l'autre une garde à vue et la trouille de ma vie, la pire de toutes les trouilles quand on a déjà été enfermé : l'être de nouveau. Il y a deux mois, tout cela m'aurait été complètement égal. Je me serais contenté de demander à Kamel d'en finir vite, de ne pas jouer aux osselets avec mes doigts ou aux billes avec mes yeux. Aujourd'hui, je voulais me présenter sans tache devant Anna la prochaine fois que je la croiserais. Ou ne pas me présenter du tout, mais ce serait indépendant de ma volonté.

18

Je me suis glissé dans le cimetière de Charonne à six heures du matin. D'une part parce que je n'arrivais pas à dormir, d'autre part parce que je voulais être sûr de trouver la tombe de Brandauer avant huit heures et me dégotter un bon poste d'observation à proximité. Ce cimetière, qui dormait à l'ombre de son grand et célèbre frère du Père-Lachaise, était l'un des plus petits de Paris. C'était encore heureux. Je n'ai pas eu trop de mal à trouver ce que je cherchais.

C'était une tombe modeste mais très bien entretenue. Une pierre de granit gris mat avec juste un nom et deux dates : « Karl Gustav Brandauer, 1905 – 1985 », et sous les dates, une portée ornée d'une clé de sol. Des notes y étaient inscrites : si, sib, mi, mib, ré, lab, sol, réb, do, solb, fa, la. Une magnifique série de douze, qui possédait l'étrange parfum des thèmes des fugues de Bach les plus osées mais qui, par sa rigueur et par le respect fondamental de cette règle du dodécaphonisme, à savoir que les douze notes de la gamme tempérée doivent toutes avoir été jouées une fois horizontalement ou verticalement avant d'apparaître à nouveau, aurait aussi bien pu servir de série de référence à une œuvre de l'École de Vienne. C'était la bonne sépulture. J'imaginais Blaustein en train d'arranger les fleurs dans les pots alignés sur les margelles et ratisser soigneusement les cailloux blancs étalés dans une sorte de petit bac terminant le monument tout en discutant de modalités d'assassinats et de paiements… Mais que représentait exactement Karl Gustav Brandauer pour lui ?

Le gardien du cimetière a fait un tour à huit heures moins le quart, avant d'ouvrir les portes. À huit heures trente, toujours pas de Blaustein. Ça faisait maintenant deux heures que je fredonnais l'air de la série gravée dans le granit en me disant qu'à bien des égards, un long chemin avait été parcouru entre la simple mélodie de *Lili Marleen* que je jouais tard le soir pour une vieille dame dans un resto aux allures de lupanar et cette mélopée complexe que je découvrais au petit matin dans un cimetière. Mais je suis vite revenu aux soucis du jour. Blaustein n'arrivait pas. Me faudrait-il attendre encore une semaine entière ? Il était évidemment hors de question que je m'attaque à Kamel si je n'avais pas au moins son soutien et, je l'espérais, celui de certaines de ses connaissances. À neuf heures, j'ai abandonné. Max était quelqu'un qui ne rigolait pas avec l'heure. Même pour un mort, je ne le voyais pas arriver en retard. Je dirais même que c'était sans doute surtout dans ses rendez-vous avec la mort qu'il était le plus ponctuel.

Je suis sorti du jardin déconfit, un peu désespéré, triste d'avoir repensé à Magalie, plongé dans une certaine nostalgie de cette époque encore proche où je jouais du piano, certes dans un bruit de couverts entrechoqués, de succions et de mastications, mais du piano tout de même… en un mot, j'étais totalement désarmé et absolument dépourvu de méfiance, et c'est pourquoi Armand et ses acolytes n'ont eu aucun mal à me cueillir, me ligoter, me bâillonner, me bander les yeux et m'embarquer dans le coffre de leur 4 x 4. J'ai fait la grimace : il y régnait une vague odeur de sang.

Mêmes bruits de roues sur les graviers, de portail automatique qui grésille, de grognements de brutes même pas avinées ; même atmosphère pesante de manoir terré derrière ses hauts murs, de secrets sanglants et de chapes à jamais coulées sur des cadavres démembrés. Retour à la case départ, mais plus dans le salon. Si, sib, mi, mib, ré, lab, sol, réb, do, solb, fa, la. Je m'accrochais à cette mélodie comme un orang-outan de Bornéo à sa liane, avec la même force mais hélas avec la conscience que ça n'empêcherait pas ma forêt d'être lacérée, débitée et engloutie par ces énormes tractopelles jaunes, ces grues, ces scies et tous les nuisibles de cet acabit. Ma forêt : si, sib, mi, mib, ré, lab, sol, réb, do, solb, fa, la. Ou si, la#, mi, ré#, ré, sol#, sol, do#, do, fa#, fa, la. Quelle que soit la nomenclature choisie, il s'agit toujours des douze mêmes notes. On peut les ranger dans l'ordre plus populaire de la gamme chromatique (do, do#, ré, ré#, mi, fa, fa#, sol, sol#, la, la#, si), elles restent les douze mêmes notes et elles ont suffi – suffisent encore et suffiront longtemps, même s'il faudra bien passer à autre chose – à composer, improviser ou interpréter l'intégralité des œuvres musicales écrites suivant des règles occidentales, tous genres et toutes époques confondus, jazz et rock compris. Ma forêt, mon trésor, ces simples douze notes, certes déclinées sur huit ou neuf octaves et suivant de multiples rythmes, tempi, intensités, densités… mais toujours douze, comme les apôtres, les mois de l'année ou les œufs dans une boîte. C'est un nombre bête comme la pluie, douze. Le genre de valeur qui vous classe dans une moyenne tout à fait médiocre. Ni cancre, ni génie, pas même moyen. Juste bon à remplir sa tâche, à obéir aux ordres en apportant ce petit plus qui vous vaudra le clin d'œil au fayot du sous-caporal… C'était ma moyenne. Et mon camouflage. Pour vivre heureux, vivons cachés, et il n'y a pas meilleure planque que le commun. J'ignorais alors que ce nombre, douze, était exactement celui de l'infini. L'infini des possibles. En mourant, j'allais perdre ces douze notes, les douze arbres de ma forêt, une forêt pourtant immense, dont les orées se perdaient aux confins des temps et des espaces, et tout ce qui allait avec. Une poignée de notes jetée dans le sable et ça en serait fini de moi, de tout ce que j'étais. Kamel allait sans doute déployer des trésors d'imagination pour me tuer alors qu'il suffisait de m'arracher ces douze notes. Mais comment pouvait-il s'en rendre compte ? À l'inverse, tant que je m'accrocherais à elles, je resterais vivant. Je savais que je ne pouvais rien donner à Kamel parce qu'il n'attendait rien de moi, sauf que je prenne la place qui m'était dévolue dans l'organisation de son monde : celle d'un mort. Et pas n'importe quelle mort, mais une mort pour l'exemple. Celle d'un type qui n'avait pas remboursé ses dettes en espèces sonnantes et trébuchantes. Et que ça se sache : on ne rembourse pas Kamel par de menus services, comme se prendre cinq ans de taule ou seconder un assassin et s'en faire le complice. Non, payer, ça veut dire verser de l'argent, qu'on se le dise ! Fidèle à son humour douteux, distribuerait-il des morceaux de Monky congelés, enveloppés dans du papier de cellophane, pour montrer ce qu'il advenait de ceux qui osaient le payer en « monnaie de singe » ? Si, sib, mi, mib, ré, lab, sol, réb, do, solb, fa, la. Je fredonnais l'air encore et encore. Et quand on pense qu'il y en a qui disent qu'il n'y a pas de mélodie dans le dodécaphonisme. Pas toujours, c'est vrai, mais ce n'est pas inhérent à la méthode. Tout dépend de l'objectif poursuivi par le compositeur. Ils ont commencé par me tabasser. Armand était de la partie, bien sûr. Si, sib, mi, mib, ré, lab, sol, réb, do, solb, fa, la. Mon œil droit s'est vite fermé et j'ai senti une côte flottante se noyer. Pourvu qu'elle n'aille pas transpercer le foie. Encore que mourir de son propre poison… Je connaissais le principe : il faut toujours attendrir la viande avant de la travailler. Si, sib, mi, mib, ré, lab, sol, réb, do, solb, fa, la. C'était étrange, cette sensation d'interrogatoire sans question auquel j'apportais pourtant invariablement la même réponse. Je suis incapable de dire le temps que ça a duré. Si, sib, mi, mib, ré, lab, sol, réb, do, solb, fa, la. Les bleus et les plaies se sont accumulés sur mes bras, mes jambes. J'étais à terre et mes « attendrisseurs » bourraient de coups à l'aveugle la masse informe que j'étais devenue. Quand ils en ont eu assez, ils m'ont redressé. Kamel n'était toujours pas là et j'ai senti qu'ils commençaient à s'ennuyer. À s'impatienter, aussi. Si, sib, mi, mib, ré, lab, sol, réb, do, solb, fa, la. L'un d'eux m'a crié de fermer ma grande gueule et m'a frappé dans les dents. Mais il était trop énervé et comme il n'a pas pris garde à la façon de donner ses coups (déplorable pour un professionnel), mes dents ont gardé leur place et il s'est ouvert la main. Le goût de son sang s'est mêlé à celui du mien. J'ai poussé ma série suivante dans un hoquet de rire. Si, sib, mi, mib, ré, lab, sol, réb, do, solb, fa, la. Ce que j'avais mal, c'était effrayant.

Enfin, ils m'ont assis. C'est idiot, mais c'est le genre de moment dans lequel on respire. Le temps que vos bourreaux vous assoient, ils ne vous frappent pas. Et même s'ils vous lancent violemment sur la chaise et qu'elle tombe, même si le sol est en larges dalles de pierre, ça fait toujours moins mal qu'un matraquage forcené. Mais je n'ai pas respiré longtemps. Si, sib, mi, mib, ré, lab, sol, réb, do, solb, fa, la. Ils m'ont attaché à la chaise et ont sorti une tenaille. Si, sib, mi, mib, ré, lab, sol, réb, do, solb, fa, la. Merde, c'est déjà si peu, dix doigts, pour jouer douze notes… Je me suis souvenu de ce type, dans *Brazil*, qui parvient à fuir la torture en allant se perdre dans les méandres de la folie et j'ai espéré suivre sa voie. Mais ce n'est pas ce qui s'est passé. Si, sib, mi, mib, ré, lab, sol, réb, do, solb, fa, la ; si, sib, mi, mib, ré, lab, sol, réb, do, solb, fa, la ; si, sib, mi, mib, ré, lab, sol, réb, do, solb, fa, la… j'essayais de me saouler d'absolu. En vain. La tenaille s'est refermée sur le petit doigt de ma main droite. Un bruit de détonation a couvert mon hurlement et j'ai eu le visage arrosé de sang. La surprise a un peu atténué la douleur. Ce bruit, ce sang… c'était beaucoup pour un doigt, celui-ci fût-il une des dix clés qui ouvraient les portes de mes paradis. J'ai levé les yeux vers Armand alors qu'il s'effondrait. En suivant sa trajectoire, j'ai constaté qu'un morceau de son crâne avait disparu. Un reste de cervelle rosâtre s'écoulait par la béance qui s'était formée à sa place. Les sbires survivants ne s'occupaient plus de moi. Ils avaient bien trop à faire pour tenter de sauver leur peau. Tâche difficile dans une pièce dépourvue de meubles, alors même que trois ou quatre hommes ont entrepris de vous prendre pour cible. Après cinq ou six tirs littéralement assourdissants, les murs nus répercutant les détonations dans un espace somme toute assez petit, les sbires n'ont plus bougé et tout s'est arrêté.

Les assaillants m'ont détaché et enfin, je me suis évanoui. Avant de sombrer dans le noir, j'ai reconnu le bras couvert de tatouages du type de Drancy et j'ai eu le temps de me dire que cette fois, j'étais entre des mains amies. N'empêche, j'aurais préféré m'évanouir plus tôt. Mon dernier regard fut pour mon petit doigt. Il gisait dans le sang, à quelques centimètres des morceaux de la cervelle d'Armand. J'ai tendu la main, comme pour le récupérer, et puis plus rien.

Hambourg, 15 mai 1940

Cher Karl,

Que votre silence est pesant… je me permets tout de même de vous écrire parce que je ne sais plus à qui parler. Pour moi, c'est fini. L'entregent familial et le rôle indispensable des de Winter dans l'effort de guerre, notre entreprise portuaire ayant des relations internationales que même Hitler ne peut gérer à sa place, m'ont évité la déportation. Pour combien de temps encore ? Je l'ignore. Mais je dois me faire oublier, et tenter de faire jouer la musique de nos amis m'est devenu impossible. Même cette confiance que j'accorde à notre facteur violoniste est pure folie, en ce monde où tant d'hommes s'arrogent le droit d'en soumettre tant d'autres (…)

J'ai reçu une lettre d'Hans Gàl. Il est furieux. Réfugié en Angleterre pour fuir les nazis, le voilà interné depuis la déclaration de guerre dans le même camp qu'eux, tous les ressortissants allemands ayant été mis à l'écart de la vie civile. Quelle humiliation pour lui et pour tant d'autres… Voici ce qu'il m'écrit : « Chacun d'entre nous craint avec chaque fibre de son cœur l'issue de cette guerre, qui est la nôtre, la guerre contre nos oppresseurs, contre ceux qui ont ruiné notre existence, pillé nos biens et nous ont rendus sans abri, sans patrie ! Et maintenant, l'on nous emprisonne, parce que l'on nous confond avec l'ennemi - notre ennemi ! »

Mais au moins est-il vivant. Je suis beaucoup plus inquiet pour tous ces amis internés dans des camps dont on ne voit revenir personne (…)

Munich, 16 octobre 1940

Cher Arno,

J'ai été long à vous répondre, mais votre lettre a mis du temps à me parvenir. Croyez que ce silence n'était pas dû à une quelconque défection de mon amitié, bien au contraire. Comprenant les dangers auxquels vous étiez exposé et évaluant les risques que je vous faisais prendre avec mes propos pour le moins audacieux, j'ai préféré me taire. Et puis, suite à mon vœu de silence, c'est une attitude assez générale que j'ai adoptée. Le petit Simon, qui grandit plus ou moins dans l'ignorance de ce qui l'entoure, mais qui à ce jour n'a rien connu d'autre qu'un monde gris et sale, m'a demandé hier si j'étais muet. S'il avait un papa muet. Il avait appris ce mot à l'école et semblait rassuré de pouvoir apposer le nom d'une infirmité identifiée sur mon mutisme.

En vérité, je me tais aussi parce que je ne sais pas quoi lui dire. Je devrais lui enseigner quelque chose, lui transmettre un savoir, lui expliquer le monde… mais quel savoir ? Quel monde ? Comment lui décrire son pays, les mœurs qui le régissent, quand ce pays foule aux pieds toutes les valeurs humaines ? Nous avons pu cacher Hilda et une grande partie de sa famille à la campagne, où j'espère que tout se passe bien, même si je dois bien vous avouer que je n'ai pas reçu de nouvelles depuis quatre mois… Matériellement, ça va. En gros, ils ont mis un maximum de choses à mon nom et bien évidemment, je leur restituerai tout quand le temps sera venu de le faire. Gérer leur fortune et suivre malgré tout l'évolution du petit Simon occupe la quasi-totalité de mon temps.

J'aurais bien eu besoin de toutes ces études que vous avez suivies en économie, et même directement de vos conseils. Je fais ce que je peux et, même si je me fais régulièrement rouler - de moins en moins, en vérité -, j'arrive à maintenir le bateau à flot.

Malgré tout, je le confesse, si je parviens à demeurer muet et à ne rien fournir à ce régime qu'il puisse utiliser, en une sorte de résistance passive mais nécessaire, c'est que les moyens de ma femme me le permettent. Oui, bien que ma pensée soit anarchiste, je vis en bourgeois. Mais si tous les bourgeois d'Allemagne se donnaient la main…

Pour ce qui est de nos amis, je suis comme vous. Ces trains qui partent bourrés jusqu'à la gueule pour une destination qui ne peut pas être bonne sont un cauchemar quotidien. Quoique depuis Munich, nous n'en voyons plus partir, tout ayant été « nettoyé », comme ils disent (…)

Hambourg, septembre 1942

Cher Karl,

(J'avoue, cher Julien, que j'ai hésité à vous traduire cette lettre… mais sur quelques lignes, elle raconte la seule belle histoire, liée pourtant à une si terrible tragédie, qui soit arrivée à nos protagonistes durant cette détestable période…)

Enfin j'ai pu venir à Munich et vous voir. Tout est propre, en effet, et tout est d'une incommensurable tristesse. Vous d'abord, et le petit Simon, et votre maison… toujours pas de nouvelles d'Hilda, j'imagine... Vous avez bien fait de vous taire. Marié à une juive, vous auriez fini par être déporté. Et puis si j'avais su… Oh, à quoi bon parler à mots couverts. Si on tombe sur cette lettre, c'est qu'on aura mis la main sur les tracts qui l'accompagnent, et mon cher vieux violoniste n'a jamais failli. Pourquoi le ferait-il maintenant ? Si un jour nous sortons enfin de cette interminable guerre menée contre « l'autre », mais aussi contre nous-mêmes, contre l'humanité et contre l'idée d'humanité, nous devrons penser à lui ériger une stèle.

Vous m'avez bien surpris par votre participation aux actions de ce groupe de gens si merveilleusement jeunes, et parmi lesquels j'ai rencontré celle qui m'a accompagné jusqu'ici. Les plus belles fleurs éclosent sur les pires charniers, et cette guerre m'aura donné l'occasion d'en cueillir une… oui, je sais, j'aurais fait un piètre musicien, et un poète pire encore.

Je préfère vous citer quelques extraits du tract que nous allons, elle et moi, avec l'aide de ceux qui, je l'espère, nous rejoindront, répandre dans Hambourg. La pureté de son discours est égale à celle de l'amour, et de la violence de l'amour, que j'éprouve pour Magalie ; puissent-ils, et cette pureté et cet amour, nous donner la force de vaincre enfin :

« On ne peut pas discuter du nazisme, ni s'opposer à lui par une démarche de l'esprit, car il n'a rien d'une doctrine spirituelle... Depuis la mainmise sur la Pologne, trois cent mille juifs de ce pays ont été abattus comme des bêtes... Chacun rejette sur les autres cette faute commune, chacun s'en affranchit et continue de dormir, la conscience calme. Mais il ne faut pas se désolidariser des autres, chacun est coupable, coupable, coupable. »

(...)

Munich, 23 février 1943

Cher Arno,

Quand vous recevrez cette lettre, vous aurez peut-être appris la terrible nouvelle concernant nos amis Hans et Sophie Scholl… Sachez qu'ils n'ont pas parlé ! Tout le matériel ayant été saisi, nous avons dû interrompre nos activités, mais le réseau n'a pas été entièrement démantelé et nous cherchons un moyen de rebondir. N'en parlons pas trop. Nous sommes fous de nous écrire encore comme ça. L'idée de cette jeunesse décapitée - au sens propre du terme - est tout simplement insupportable. Mais c'est cela, le nazisme. Cela et rien d'autre (…)

En revanche, j'ai des nouvelles moins désastreuses de nos amis compositeurs. Les lettres que je reçois de Theresienstadt confirment ce que nous ont montré ces documentaires réalisés par l'armée sur ce ghetto. C'est surprenant. J'aurais juré que ces films n'étaient que de la propagande. Des délégations étrangères ont également visité le ghetto, et elles arrivent aux mêmes conclusions rassurantes. Admettons. J'ai beaucoup d'amis là-bas, et ils m'ont appris que ma femme s'y trouvait. De la savoir là-bas m'a glacé les sangs, mais j'ai été heureux d'apprendre qu'elle était au moins vivante, et qu'elle vivait dans des conditions moins terribles que celles décrites dans ces récits qu'on nous a rapportés de Buchenwald. Voyez le peu dont on se contente aujourd'hui… Je n'en ai malgré tout pas touché un mot au petit Simon, qui continue de croire sa mère à la campagne (…)

Il faut que je vous dise. J'ai croisé Friedrich Bauer. Il sortait d'une réunion de la *Reichsmu-*

sikkammer et prenait un pot avec son ami Thomas Schleyer – « votre » directeur régional. J'étais installé à une table voisine mais ils ne m'ont pas vu – je ne vous dirai pas ce que je faisais là, sachez seulement que des choses se préparent (*il n'en est plus jamais question dans cette correspondance, mais j'imagine que mon père parle d'un des nombreux attentats perpétrés contre Hitler*). Ils étaient très fiers d'eux : le département de la statistique et des archives, créé au sein de la *Reichsmusikkammer* par Goebbels lui-même (j'avoue que j'ignorais l'existence de ce département), a été dissous au début de cette année, au motif que la « déjudaïsation » du monde musical allemand était achevée…

Rendez-vous compte : on n'a cessé de nous rebattre les oreilles avec un complot juif alors que, s'opposant sur nombre de points politiques et religieux, ces derniers ont été incapables, en plusieurs siècles de présence dans notre pays (pardon, leur pays), de s'entendre sur la création d'une institution qui les aurait tous représentés – un grand nombre ne le souhaitaient pas, de toute façon, préférant l'immersion totale dans leur pays d'accueil à la revendication d'une identité culturelle venue d'ailleurs et qu'ils ne jugeaient plus opportune. À tel point que pour pouvoir mieux les recenser, c'est le pouvoir nazi qui a créé la première association d'artistes juifs en 1933 (*la Kulturbund Deutscher Juden, Union culturelle des juifs allemands*). Alors parlons plutôt d'un complot nazi, sûrement mis en place largement avant l'arrivée de Hitler au pouvoir : comment auraient-ils pu, autrement, ne mettre que dix ans pour parvenir à un tel résultat ?

En regard de cette atroce révélation, les lettres de mes amis m'ont effectivement rassuré… mais pour combien de temps ? Hans et Sophie décapités, nos amis disparus, nos réseaux démantelés, cette insupportable arrogance des vainqueurs... quand donc ce chemin de croix prendra-t-il fin ? Si j'étais croyant, je partirais à la recherche du péché originel du peuple allemand, mais il n'en existe sans doute pas. On ne paye jamais que le prix de notre aveuglement (...)

Hambourg, 23 septembre 1943

Cher Karl,

Oui, j'ai appris la terrible nouvelle. Il y a six mois. Et Magalie ne s'en remet pas. C'était une amie proche de Sophie. Elles se ressemblaient tellement dans leurs attitudes qu'on aurait dit des jumelles. Il y avait là-dedans quelque chose d'effrayant. Effrayant aussi d'imaginer que c'est Magalie qui aurait pu… Mais laissons cela.

(…)

Je m'accroche - nous nous accrochons - désespérément à l'avancée russe. Il y a de bonnes chances pour qu'Hitler ait commis là une erreur stratégique fatale. La même que Napoléon. Ces dictateurs sont si imbus d'eux-mêmes ! C'est là tout ce qui nous sauve. Hélas. Car c'est le sursaut des peuples, qui devrait nous sauver. Or il n'en est rien. C'est à se demander si à part voter pour ceux qui le spolieront le plus, au prétexte que ceux qui sont en place sont tous « pourris », le peuple sait faire autre chose ! Mais je me laisse aller à ces diatribes qui vous sont dévolues ; c'est sans doute que je m'impatiente (…)

Je reçois moi aussi de ces nouvelles rassurantes. C'est étrange. Dans ma famille, le bruit court, terrible, que la « Solution finale » serait en marche : ces mots désignent une opération qui viserait l'extermination, au pas de charge et quelle que soit l'issue de la guerre, de tous les juifs. En ces tristes temps, c'est si horrible que ce pourrait bien être la vérité.

Que croire ?

(…)

Munich, 16 juin 1944

Cher Arno,

Hélas, comment ai-je pu être aussi naïf ? Nous savons tous maintenant, et nous aurions dû le savoir depuis longtemps, que ce ghetto de Theresienstadt était une mascarade. La duplicité des nazis est sans bornes. Après avoir produit des documentaires mensongers, ils ont déporté nos amis dans une section spéciale à Auschwitz, où on leur a organisé une vie presque supportable, tout en les maintenant dans l'ignorance des horreurs qui se tramaient dans d'autres parties du camp. À partir de là, les nazis ont laissé ces privilégiés écrire des lettres. Elles décrivaient des conditions de détention difficiles, mais pas insurmontables. Et toutes ces lettres étaient sincères, évidemment…

Maintenant nous connaissons la vérité. Toute la vérité. Et j'ai reçu entre-temps d'autres courriers, qui m'ont fait prendre une grave décision. L'un d'eux, surtout, m'a bouleversé. Celui de notre ami Karel. Il m'est parvenu grâce à un gardien de prison qui l'avait pris en sympathie. Comme vous le savez, Karel a été arrêté avec les autres membres de son groupe clandestin et emprisonné à Pankràc pendant deux ans. Deux années durant lesquelles il a subi les interrogatoires de la Gestapo. Ces Tchécoslovaques sont d'une endurance !

Son courrier n'était pas exactement une lettre, plutôt un colis. Il contenait une énorme liasse de… papier hygiénique ! Rudolf y avait écrit la partition de son dernier opéra, « Les trois cheveux du grand-père Savoir », œuvre qu'il a composée durant ces deux années de détention en faisant sortir les feuillets de papier toilette un à un - il devait donc se souvenir de ce qu'il avait composé la veille pour continuer son travail. Le paquet était accompagné d'une lettre où il me demandait de retranscrire le tout sur du papier à musique. Je l'imagine transi de froid, crevant de faim, malade comme un chien, en train de noter feuillet après feuillet - des feuillets de dix centimètres sur quinze - les millions de notes nécessaires à l'élaboration d'un opéra… Nous avons appris sa mort en mars dernier. Alors qu'il avait contracté la dysenterie, ses bourreaux l'ont obligé à se dénuder dans une cour glaciale de Theresienstadt pour une séance d'épouillage. Cette séance n'a pris fin que lorsque la moitié des détenus sont tombés morts de froid. Rudolf venait tout juste d'achever son opéra… Où a-t-il trouvé le courage de composer dans de telles conditions ? Pourquoi s'est-il acharné à créer, quand je me suis obstiné à me taire ?

Mais je ne me tairai plus, oh, non, je ne me tairai pas.

L'opéra est quasiment illisible. Le papier toilette, sa constitution de buvard, n'a pas supporté le voyage, et très certainement les conditions dans lesquelles il a été entreposé. L'humidité absorbée par le support a rendu flou quatre-vingt-quinze pour cent du manuscrit. Je jure devant tous les dieux qu'on voudra, moi qui n'en ai aucun, que je ferai tout ce qui est en mon pouvoir pour le reconstituer. Et je ferai bien plus encore !

Les Russes ont fort avancé, vous aviez raison, et le débarquement en France laisse espérer le meilleur pour l'avenir de l'Europe. Pour nous, Allemands, les choses ne sont pas finies, loin de là. Sans doute ne pourrons-nous jamais nous racheter, mais nous aurons au moins le devoir d'essayer.

Pour ma part, peut-être en réponse à mon silence, je vais tenter de reconstituer toutes les partitions que je pourrai récolter sous une forme ou une autre, en fouillant dans les archives de nos amis - celles qui n'auront pas été brûlées -, et en espérant qu'ils aient régulièrement envoyé leurs travaux à certaines de leurs connaissances (j'en ai reçu quelques-uns). Je parachèverai également de mon mieux les œuvres incomplètes, ou celles pour lesquelles leurs auteurs n'auront pas pu dépasser le stade d'esquisses.

Faire entendre la musique des « dégénérés », voilà ce que je vous propose. J'établirai les textes, vous vous chargerez de les faire jouer. Qu'en pensez-vous ? Je me réjouis déjà à cette idée. Enfin nous nous retrouverons, et nous aurons une bonne raison de nous battre ensemble.

Ma musique ? Qu'importe ma musique. Ce contre quoi il faut lutter, maintenant, c'est le silence. Car si le silence après Mozart est encore du Mozart, le silence après les camps, c'est encore les camps (...)

Muss es sein ? Es muss sein !
Es muss sein !

19

Quand j'ai ouvert les yeux, la blancheur des murs m'a ébloui et j'ai cru que j'avais échoué dans un hôpital. Un goutte-à-goutte était fiché dans mon bras, ma main était savamment bandée, une odeur fadasse de désinfectant se mêlait à celle de la peinture fraîche... Mais j'ai vite reconnu la chambre-salon où pendant six mois, j'avais essayé de me reconstruire. Passé la première minute de surprise, j'ai tenté de me lever. La douleur m'a terrassé ; une multitude de douleurs, plus exactement, comme autant de gouttes d'eau qui se rassemblent pour former une seule et même déferlante, et je me suis laissé retomber dans le lit en gémissant.

Dehors, le soleil tapait dur. Je n'ai pas regardé ma main droite. Je savais ce que cachait la bande qui l'enserrait. En revanche, j'ai essayé de bouger mes doigts. J'y suis à peine arrivé, mais suffisamment pour avoir cette sensation nauséeuse qu'ils étaient tous là. J'avais terriblement soif. J'ai sorti ma main gauche de sous les draps pour attraper la carafe posée sur la table de chevet et verser un peu d'eau dans un verre. J'ai vite renoncé. Je n'aurais pas eu plus d'efforts à faire pour tenter de grimper l'Everest en patins à roulettes. La seule chose dont j'ai fini par être capable, c'est pousser un cri de rage. Ça a bougé à l'étage et une minute plus tard, Anna entrait dans la pièce, accompagnée d'un type chauve à lunettes, qui m'a eu tout l'air d'être un médecin. Il m'a posé quelques questions pour s'assurer que j'avais bien recouvré mes esprits, m'a brièvement ausculté et a conclu sa visite d'un bref : « vous avez eu de la chance ». Puis il est ressorti avec Anna.

De la chance…

Anna est vite revenue. Elle a tiré une chaise à elle et s'est assise près du lit.

– Il dit que tu as eu de la chance parce que avec ce que ces salauds t'ont mis, tu aurais dû avoir la rate explosée, le foie en bouillie, l'estomac en charpie et les os en mille morceaux. Or tu n'as que trois millions d'hématomes, quelques côtes fêlées, une gueule à remporter tous les prix d'Halloween et…

– Et un doigt en moins, je sais.

On s'est tu tous les deux. Mon ton s'était fait plus dur que je ne l'aurais voulu. J'essayais de remettre de l'ordre dans mon esprit. Une foule de questions me venaient mais je me rendais compte, au fur et à mesure que je me les posais, que je me foutais des réponses.

Combien de temps étais-je resté dans le coma ?

Qu'est-ce que ça pouvait me faire, maintenant que je m'étais réveillé dans un monde pas plus brillant qu'avant.

Que s'était-il passé au juste ?

Anna n'en saurait pas forcément grand-chose et je n'avais aucune envie d'y réfléchir.

Combien de temps durerait ma convalescence ?

Je verrais bien, non ?

Qu'est-ce qui allait se passer, maintenant ?

Ah, ça…

Anna s'est contentée d'aller à l'essentiel :

– Du repos et des analgésiques, voilà tout ce qu'il a prescrit. Il a dit qu'il fallait laisser faire le corps. Tes côtes se remettront en place toutes seules, le reste aussi… enfin, presque tout le reste. Et il faut que je te dise : tu ne risques plus rien. Kamel et sa clique ont été rayés de la carte.

Dans un sens, ça ne m'a pas étonné. Ceux qui m'ont libéré des griffes de Kamel avaient manifestement le dessus et la présence de l'homme au bras tatoué prouvait qu'Idriss était dans le coup. Mais pourquoi ne s'était-il pas attaqué à son ennemi plus tôt ? Peut-être venait-il seulement de sortir de prison ; ou peut-être... mais j'avais déjà mal au crâne, et je n'arrivais pas à accorder beaucoup d'importance à tout ça. Cette indifférence était de mauvais augure quant à mon état de santé mental, je m'en rendais bien compte. Mais qu'est-ce que je pouvais y faire ? J'ai tourné la tête vers Anna :

– Et le type qui devait prendre ma place ?

Elle a haussé les épaules.

– Balayé avec le reste, sans doute... quand il sortira, il ira frapper à une porte qui sera close et se sentira bien dans la merde. Qu'cst-cc quc ça peut nous faire ?

– T'es libre, alors, maintenant ?

Elle a hoché la tête.

– Libre de Kamel, oui.

– C'est déjà pas mal.

– C'est vrai, c'est déjà pas mal...

– Mais ?

– Mais rien. Il faut juste que... que je m'habitue à l'idée. Tant d'air qui entre dans sa vie si soudainement, c'est euphorisant, mais ça assomme un peu. Et puis je ne sais pas où je vais aller, ce que ça va devenir, ici... L'héritage des truands, tu sais où ça va ?

– Ce doit être bien opaque, comme le reste... À supposer que la maison soit au nom de Kamel, ce qui est peu probable, le temps que l'État, puis les frères et sœurs, s'il en avait, épluchent tout ça, t'as pas trop de souci à te faire pendant un moment... Mais ce n'était pas à toi ?

– Rien n'était à moi. Pas même ma vie. C'est ça qui est vertigineux. Aujourd'hui, je me retrouve... enfin, j'imagine que tu peux comprendre.

C'était pour elle comme une sortie de taule. On a sa liberté dans les mains. Elle sent bon, elle saute dans tous les sens, mais c'est un gros paquet de nœuds et on n'a aucune idée de la ficelle sur laquelle il faudrait commencer à tirer pour y voir clair.

J'ai dit :

– Oui, je peux… bordel, j'ai dormi au moins vingt-quatre heures et je suis déjà complètement crevé !

– C'est normal. Le docteur a dit qu'il y en aurait pour un bout de temps.

Elle s'est levée.

– Anna…

– Oui ?

– Je voudrais au moins me sentir heureux d'être là avec toi et je… je n'y arrive pas.

– C'est normal aussi. Quoi qu'il arrive, on n'est pas des gens tellement capables d'être heureux.

Et sans se retourner, elle est sortie.

À partir de cet instant, nous nous sommes comportés assez froidement l'un envers l'autre. Elle remplissait son rôle de soignante et moi, celui de malade. Je ne saurais pas dire si c'était réfléchi mais c'était une attitude plutôt fidèle à la sincérité qui avait jusque-là empreint nos relations. Incapables de se satisfaire de ce rapprochement forcé, n'ayant sûrement pas envie de foncer tête baissée dans une relation sans avoir eu le temps de se frôler et de se renifler – de se désirer aussi, sans doute –, mais surtout tout à nos douleurs et à nos problèmes, nous n'avions ni l'un ni l'autre envie de jouer une comédie qui aurait pu tuer dans l'œuf toute possibilité d'histoire commune.

Au bout d'une semaine, j'ai pu me traîner jusqu'à ma petite terrasse, où je passais le plus clair de mon temps à fumer. Anna s'absentait souvent. Sans doute avait-elle su, en marge de Kamel, développer sa propre clientèle. Un jour, alors qu'elle rentrait de bonne heure assez furax, elle est montée chez elle et en est redescendue presque aussitôt avec une bouteille de whisky et deux verres. Elle m'en a tendu un, posé dans sa paume ouverte, en me demandant :

– Tu crois que tu peux ?

– Il paraît que j'ai de la chance d'avoir le foie entier…

– Si c'est pour m'assommer d'ironie à bon marché, ce n'est pas la peine. Je n'ai vraiment pas besoin de ça.

– Non, non, assieds-toi. Promis, je saurai me tenir.

En guise d'accueil, je me suis redressé sur ma chaise en grimaçant.

– Mauvaise soirée ?

– Soirée gratuite. C'est le problème, quand tu n'as plus de protecteur… et c'est un commerce dans lequel il n'y a pas d'assurance.

– Et tu as fait quoi ?

– Rien. Dès que je m'en suis rendu compte, je suis partie. Qu'est-ce que tu veux que je fasse ?

Je n'ai pas osé lui demander comment elle s'en était rendu compte. Elle a versé deux grandes rasades de whisky et a vidé la sienne d'un trait.

– Le pourcentage de mauvais payeurs est très faible. Ça passe par pertes et profits et voilà. Nous autres, faibles femmes, n'avons pas beaucoup de moyens de défense… On ne va pas se lancer dans des vendettas à la conclusion incertaine pour si peu.

Je n'étais pas d'humeur à réfléchir à la question, et surtout, je n'avais aucune envie d'approfondir mes pensées sur le métier d'Anna. J'ai changé de conversation :

– À propos d'argent, pense à tenir les comptes. Je te rembourserai.

– Rembourser quoi ?

J'ai fait un vague geste de la main :

– Tout ça, tes heures, la bouffe… enfin, ce que je te coûte, quoi.

– Ne t'inquiète pas de ça. Pour l'instant, tu es loin d'avoir dépassé le montant de l'enveloppe que j'ai reçue.

Elle a dit ça d'un ton badin, en se resservant un verre dont elle a bu une gorgée avant de s'apercevoir que j'étais comme cloué sur ma chaise.

– Qu'est-ce qu'il y a ? J'ai dit quelque chose qu'il ne fallait pas ?

– Je croyais… non, rien.

– Tu croyais ?

– Rien, je te dis.

Elle a allumé une cigarette et a soufflé sa fumée vers le haut, façon « pipe de Popeye ». J'ai poursuivi, d'un ton sans doute plus pincé que je ne l'aurais souhaité :

– Et d'où vient cette enveloppe ?

Pour toute réponse, elle a froncé les sourcils et tiré une deuxième bouffée de sa cigarette, bien enfoncée dans son fauteuil en plastique. Et tout à coup, son visage s'est illuminé :

– Ah, c'est ça ?

– Ça quoi ?

– Tu t'imaginais que je t'avais recueilli sur mes propres deniers, et tu es déçu d'apprendre que c'est un autre qui paye ?

– Ben je…

– Et comment j'aurais su où tu étais ? Comment je t'aurais récupéré ?

– Je ne sais pas. Tout est si compliqué…

Elle a écrasé sa cigarette dans le cendrier.

– Julien : j'ignore ce qui se trame autour de toi et ça me fait peur. Pour l'instant, j'attends. Tu es parti et quelques jours plus tard, des types ont rapporté ton corps ensanglanté, amputé d'un doigt. Ils m'ont juste dit que je n'avais plus rien à craindre de Kamel, et toi non plus. Puis ils m'ont remis une enveloppe bourrée de fric en me demandant de prendre soin de toi. Ils ont envoyé un médecin, aussi. Est-ce que ça veut dire que je suis impliquée dans quelque chose ? Que ces types ont barre sur moi ? Qui est derrière tout ça ? Je n'en sais rien mais crois-moi, pour l'heure, je serais assez soulagée de te voir partir. On n'est pas dans un de ces putains de films hollywoodiens, où la femme de petite vertu fera tout pour que son blanc chevalier sorte indemne de l'aventure. J'ai envie de vivre et j'ai la trouille. Et tu m'emmerdes.

Sur ces mots, elle s'est levée et est remontée chez elle, emportant au passage la bouteille de whisky. Une heure après, alors que l'humidité nocturne s'abattait sur la petite terrasse dont je n'avais pas bougé, je réfléchissais encore à ce que j'aurais pu répondre. Mais je n'ai rien trouvé.

20

Quelles œuvres Beethoven aurait-il composées si, au lieu d'être sourd, il avait été amputé d'un doigt ?

Le deuil est cette opération pour le moins étrange par laquelle on tente de ne pas sombrer dans le gouffre béant que laisse une absence. La singularité de l'absence est de ne se manifester par rien. À la mort d'un proche, on évoque un vide mais quand on regarde bien, ce vide ne laisse aucune trace. « Il n'est plus là », « je ne l'entends plus rire», « comme d'habitude, j'ai mis son bol sur la table, mais il n'y avait personne pour le boire »... oui, mais dans un monde matériel tel qu'on peut le percevoir, et non tel que nous le décrivent les physiciens, le négatif n'apparaît pas, le manque n'est pas préhensible. Même ce trou dont on parle, cette place vide, ne sont pas vraiment concrets. Une place laissée vacante dans un fauteuil ne signifiera rien pour une personne qui ignore qu'il y a peu, un être particulier avait pris pour habitude se s'asseoir là. Ce vide, ce trou, ne sont pas concrets parce qu'ils ne sont pas universels, même si la peine qu'ils suscitent est sans doute l'une des plus partagées au monde.

Si on découpe un personnage dans une photo, on laisse un trou à la place, et ce trou, tout le monde peut le voir. Tout le monde peut se rendre compte que le personnage qui était là autrefois a laissé place au papier peint qui recouvre le mur par-delà la photo qu'on tend devant ses yeux – un papier peint moche, avec des motifs de cerfs et de chasseurs soufflant dans leurs cors, fidèle reproduction d'une toile de Jouy –, et n'importe qui pourra voir cette tapisserie au travers de la photo, même les gens qui ignorent tout du personnage qu'on a découpé. N'importe qui dira : il y avait là quelqu'un qui n'y est plus. Mais lorsqu'on a « découpé » quelqu'un de l'existence, on ne voit pas se dessiner une béance là où il était, on ne voit pas à sa place le triste dessin d'un cerf pourchassé par une horde de chiens. Après son départ, le ciel reste uniforme. Qu'est-ce que l'absence, pour quelqu'un qui n'a jamais connu celui qui s'est absenté ?

Peu à peu, cette absence devient un secret intime. Le trou qui n'existait pas se referme malgré tout. L'univers reprend sa forme de grand tout auquel il ne manque strictement rien. C'est ce qu'on appelle communément le « travail de deuil ». On dit : « la vie reprend ses droits ». Ce qui est perdu l'est à jamais mais il n'y a pas de papier peint minable pour le remplacer. Il n'y a pas à le remplacer, il n'existe même pas de place vacante. Il y a la vie qui poursuit son cours et emporte tout avec elle. Et rien d'autre.

Cette période de deuil, qui consiste ni plus ni moins à vivre en attendant que ce secret intime qui nous dévore s'estompe et ne devienne bientôt plus qu'une mauvaise herbe dans le grand marécage de notre mémoire, à moins qu'il ne prenne la forme d'une pâquerette dont la vue, au milieu des décombres, nous arrache un sourire, peut prendre quinze jours, un mois, deux ans, dix ans, trente ans, mais elle connaîtra toujours une évolution. Ça ne peut pas être le cas pour un membre amputé, et c'est pourquoi l'expression « faire le deuil de mon doigt » m'a tout de suite semblé inappropriée.

La disparition d'un morceau de corps laisse beaucoup plus de traces que la disparition d'un corps entier. Parce que le membre amputé venait dans le prolongement de quelque chose et que ce quelque chose existe toujours. L'imparfait et le présent se conjuguent toujours dans la même phrase, où ils s'opposent brutalement. Comment faire le deuil d'une chose qui vous manque et dont l'extrémité à laquelle elle a été soustraite vient sans cesse vous narguer, vous rappeler qu'en effet, elle n'est plus là ? Le regard des autres aussi vous ramène sans cesse à cette absence. Même – surtout ! – celui des inconnus. Quel voyageur lambda remarquera que quelqu'un qu'il n'a jamais vu n'est plus assis à côté de vous dans le train ? Tous par contre, détournent le regard du moignon qu'ils ont aperçu. Tous savent que mon auriculaire n'est plus là, alors qu'ils ne m'ont jamais vu… entier. Sans parler de cette extrapolation nerveuse qui veut qu'un membre amputé peut vous gratter – qu'en fait, votre cerveau reçoit l'information comme quoi le membre vous gratte.

J'étais complètement désemparé ; ne sachant pas comment faire avec « sans » ; n'ignorant pas que si je devais retravailler mon répertoire, chaque œuvre m'interrogerait sur cette absence, chaque mesure réclamerait des solutions techniques plus ou moins abordables – qu'il me faudrait tout réapprendre, en somme –… jusqu'au jour où je devrais bien me rendre compte que sans ce petit doigt, certaines partitions étaient inaccessibles. Et ça, je ne pouvais pas m'y résoudre. Alors assez vite, j'ai décidé de ne plus jouer de piano. Enfin, quand je dis décidé… Les choses ne se sont pas tout à fait passées comme ça.

Une semaine après mon réveil, sans doute parce qu'elle en avait assez de me voir errer sans but, Anna m'a proposé d'aller chercher mon piano et de le rapporter ici. Répondant du tac au tac, j'ai dit non. Je lui ai aussi demandé d'arrêter de payer le garde-meuble. Elle n'a pas insisté et elle a bien fait. Ça aurait pu être un nouveau sujet de dispute et nous étions fragiles. Très fragiles.

Un peu plus tard, alors que je m'étais à moitié endormi sur la terrasse, elle a mis de la musique. Je pouvais l'entendre par les fenêtres de son salon, qu'elle avait laissées ouvertes – peut-être volontairement ? Je ne sais plus de quelle œuvre ni de quels musiciens il s'agissait mais c'était égal, n'importe quoi aurait donné le même résultat : comme par réflexe, je me suis levé, je suis rentré dans le studio et j'ai fermé la porte. Le plus troublant, c'est que j'ai eu la sensation d'être assis au bord du monde et de me regarder agir. À l'instar d'un spectateur confortablement installé dans une salle de cinéma, j'ai vu un type bouger sur l'écran, se lever, fermer sa porte et se boucher les oreilles. C'est alors que j'ai réalisé que, de moi-même, depuis le début de ma convalescence, je n'avais pas mis un seul disque à tourner, et je n'ai pu m'empêcher de penser que jamais je n'avais autant mérité ce sobriquet de Monky dont on m'avait affublé.

Un jour de 1972, chez la comtesse Pannonica, une grande admiratrice qui recueillait chez elle tous les éclopés du bop – terre de dévastation ô combien plus meurtrière que le rock et la pop –, Thelonius Monk, compositeur et pianiste absolu, s'est allongé sur un lit pour ne plus jamais s'en lever, sauf quand quelqu'un, au rez-de-chaussée, se mettait à jouer du piano. Car alors, celui qu'on surnommait le prêtre – ou le moine, ou le prophète – dépliait sa longue et lourde carcasse, s'arrachait au matelas sur lequel il était étendu et se traînait jusqu'à la porte pour la fermer. Sans dire un mot. Du jour où il avait cessé de jouer, il avait également cessé de parler. Et il est resté comme ça, prostré, les dix dernières années de sa vie. Il avait un autre surnom : Sphere. Thelonius « Sphere » Monk… Considérait-il que cette sphère à laquelle on le comparait était parfaitement finie, bouclée, et qu'il n'y avait donc rien à ajouter ?

Était-ce là tout ce que j'envisageais pour moi ? Et pour Anna ? Est-ce que j'allais vraiment rester allongé sur mon lit et attendre la mort en espérant que ma comtesse veuille bien me nourrir tout ce temps ? Et pourquoi me nourrir, d'ailleurs ? Le hic, c'est que n'en déplaise à mon ego, je n'avais pas accompli le millionième de ce qu'avait réalisé Thelonius Monk. Lui était un des plus grands compositeurs du XXe siècle, tous styles confondus. Il pouvait se permettre d'estimer avoir dit tout ce qu'il avait à dire en une soixantaine de compositions toutes plus géniales les unes que les autres. Son silence était un point final, sa manière à lui de terminer sa phrase. Qu'on comprenne ou non cette ultime posture lui était égal. Seul maître de son chemin, il en était le seul juge, et personne ne pouvait lui retirer ça. L'ironie voulait que le moment où je ressemblais le plus à ce musicien était celui où il avait arrêté de jouer. Mais mon silence, lui, s'était manifesté avant que j'aie commencé à faire du bruit ; à créer quoi que ce soit de valable. Et puis à bien y regarder, ma comtesse n'en était pas une. C'était juste une pute qui avait peur de l'avenir. Et le pire, c'est qu'à ce moment, j'étais assez minable pour formuler les choses de cette façon.

Mon seul souci, alors, a été de parfaire le tableau. Me souvenant de ce rêve étrange que j'avais fait sur l'*Opus,* la nuit avant la mort de Magalie, j'ai trouvé la force de surmonter mes douleurs et de me traîner jusqu'à une épicerie, où j'ai acheté des sandwichs sous plastique, des boîtes de conserves et des bouteilles de mauvais whisky, et je me suis enfermé pour écluser le tout. J'ai toujours pensé que pour rebondir, il fallait toucher le sol, et la seule chose que je pouvais faire, par respect pour Anna, c'était accélérer le mouvement.

Je m'y suis appliqué avec la plus grande rigueur.

Au bout de cinq ou six jours, je me suis réveillé d'un coma éthylique d'une bonne douzaine d'heures. La dernière goutte de whisky était bue. Je me suis traîné jusqu'à la douche, que j'ai laissée couler bien froide pendant un quart d'heure avant de tirer de l'eau chaude pour me laver. J'ai rempli la cafetière d'eau et de café et, le temps que la machine fasse son œuvre, je me suis rasé. Puis, tout en buvant tasse sur tasse, j'ai rassemblé les cadavres de bouteilles, de boîtes de conserves et toutes les ordures que j'avais répandues un peu partout et je les ai jetés dans un sac-poubelle. La vue de trois flaques de dégueulis m'a donné la gerbe et je suis allé me vider aux toilettes. J'ai alors craint d'avoir oublié l'essentiel au moment où je m'étais approvisionné. Une bonne cuite, c'est comme une ascension à très haute altitude. Si on ne prépare pas soigneusement sa redescente, on peut exploser en plein vol. J'ai fouillé sous l'évier, un endroit où on jette rarement un œil quand on est occupé à se détruire, et je les ai trouvées : trois bouteilles d'eau pétillante, pile à la bonne température. Ceux qui n'ont jamais eu la langue et le palais scotchés à l'alcool ne savent pas quel plaisir immense on peut éprouver à boire de l'eau. J'en ai vidé un demi-litre avant de balayer le sol et de passer un grand coup de serpillière. Un des autres bienfaits de l'alcool, outre celui de savoir vous faire apprécier *vraiment* la pureté de l'eau, c'est son pouvoir anesthésiant. Je ressentais bien encore quelques douleurs, mais c'était largement supportable. La déferlante était devenue une vaguelette, et si ma peau me semblait aussi rêche que du sable, au moins, elle ne crissait plus. Il faut dire aussi que mon mal de crâne occultait tous les autres.

À chacun de ces gestes, j'ai vécu un déséquilibre, causé par la perte de mon doigt, mais j'ai réussi à y opposer une totale indifférence, preuve que la cuite avait fait son œuvre – même si je ne pouvais compter que sur une accalmie temporaire.

Mon ménage terminé, j'ai fourré mes affaires dans mon sac de voyage et je suis monté voir Anna. Assise au soleil sur la terrasse qui s'étendait de l'autre côté de la maison, un étage au-dessus de la mienne, elle lisait. Je me suis dit qu'il faudrait que je lui demande un jour ce que c'était que tous ces livres. Pour l'heure, je l'ai juste informée :

– Je m'en vais.

– Un roman d'Echenoz… mais je préfère quand il parle de pianistes.

– Quoi ?

– Rien.

Elle est rentrée dans la maison, en est ressortie avec une enveloppe pleine de billets et me l'a tendue. Je n'en ai pas voulu.

– C'était pour toi. Pour prendre soin de toi.

– Je te dois déjà au moins deux mille euros.

Elle a retiré deux mille euros de l'enveloppe et me l'a tendue à nouveau.

– Ça va comme ça ?

Une fois de plus, j'étais complètement à sec. Je n'avais pas les moyens de faire le mariolle. J'ai pris cinq cents euros dans l'enveloppe, que j'ai reposée sur la table de jardin, et je me suis retourné sans rien dire. Il y avait dans cet échange un je-ne-sais-quoi d'infiniment triste que j'ai fui aussi vite que j'ai pu – en clopinant un peu tout de même. En sortant du jardin, j'ai entendu Anna qui criait :

– Je te garde ta chambre ! Tu as payé deux mois d'avance !

21

– *Muss es sein ?*

– *Es muss sein ! Es muss sein !*

À la question que posait Hamlet (« Le faut-il ? »), Beethoven répondait, en exergue du dernier mouvement de sa dernière œuvre – le seizième quatuor à cordes : « Il le faut ! Il le faut ! »

Que « fallait-il » ?

Écrire cet ultime quatuor ? À première vue, Beethoven l'avait composé dans le plus pur style de Haydn. Souhaitait-il par là rendre hommage à son vieux maître, alors qu'il en avait depuis longtemps dépassé le classicisme ? En réalité, à y regarder de près, par sa concision d'écriture, son économie de moyens, son jeu de sonorités et la liberté avec laquelle était traitée la notion de tonalité, ce quatuor préfigurait Mahler (le déchirant Lento) et, bien au-delà, Anton Webern. Beethoven s'était peut-être alors demandé s'il « fallait » nous jouer cette comédie des apparences…

Ou plus sérieusement, les accords graves du dernier mouvement s'interrogeaient-ils sur la nécessité de la mort – pour y répondre par l'affirmative ? C'était bien possible. Beethoven toisait la vie aussi bien que la mort, et le destin ne lui faisait pas peur. Schindler rapportait que le maître lui aurait expliqué ainsi la célèbre ouverture de sa Cinquième symphonie : « Ainsi le destin frappe à la porte. » Bom, bom, bom, bom ! Et bien évidemment, il ne s'y est pas soumis, à ce destin. « Je serai bientôt sourd ? Bon. Puisque c'est ainsi, je vais écrire une musique inouïe. »

Mais Beethoven, sans doute, était un être extraordinaire. Face à lui, le destin n'était pas de taille. À moi, il s'est présenté avec toute son armada d'agents, de couperets qui tombent à pic, de rebondissements implacables, tous gardiens d'une trajectoire qui se devait d'être accomplie.

Le fallait-il ?

Je ne voulais pas faire peser sur Anna le poids de ma déchéance, mais je ne voulais pas non plus finir à la rue. En attendant de savoir ce que j'allais faire de ma carcasse, je suis allé trouver la seule personne dont je pouvais attendre une aide : Jean-Marc. Il m'avait déjà parlé d'une piaule au-dessus de son restaurant, et maintenant que Kamel était mort, je ne risquais plus rien.

La fin de journée était belle ; j'avais envie de marcher. Je suis descendu du RER B à Châtelet, dans l'idée de traverser la Seine. Quand je suis arrivé sur l'île de la Cité, le soleil se mourait, pile dans l'alignement du fleuve. Certains de ses rayons jouaient avec la verrière du Grand Palais, les autres inondaient de jaune d'or les façades parisiennes. C'était un spectacle auquel venaient régulièrement assister beaucoup de touristes, mais également des Parisiens pur jus, ou des étudiants convaincus de vivre des moments qu'ils n'oublieraient jamais – et c'était sans doute vrai, aucun romantisme n'exaltant plus la jeunesse que celui de ce Paris flamboyant. Assis ou debout sur les ponts qui enjambaient le fleuve, écroulés sur les pelouses du Vert-Galant, un sandwich ou un verre à la main, ils venaient ici goûter à un festival de lumières que la pollution ternirait chaque année un peu plus, avant de le reléguer définitivement au rang des souvenirs. Mais ils ne s'en rendaient pas compte. Les ponts bruissaient de leurs rires et de leurs conversations. Gonflés à bloc, heureux d'être là et vivants, ils jouissaient de l'instant en toute innocence. Et tout à coup, leur bonheur m'a été insupportable.

J'ai pressé le pas, courant presque jusqu'à la rue Saint-Jacques, qui s'enfonçait dans l'ombre, en proie à une angoisse de plus en plus oppressante.

Qu'est-ce que j'allais faire de moi ?

– Monky !

Arraché à mes cauchemars, immédiatement sur mes gardes à cause du sobriquet utilisé, je me suis retourné. Jean-Marc me hélait depuis l'entrée de son restaurant, que je venais de dépasser. Je suis revenu vers lui et j'ai bougonné :

– Je préférais quand tu m'appelais Julien.

– Si tu viens retrouver ta place, c'est grillé. Je t'avais donné quinze jours et j'ai encore attendu une semaine, et comme je n'ai eu aucune nouvelle… faut vraiment que tu t'achètes un portable, tu sais. C'est pas sérieux, de nos jours, de ne pas en avoir. Comment veux-tu trouver du travail sans ça ?

– Stop, Jean-Marc, c'est bon.

J'ai brandi sous ses yeux ma main à quatre doigts. Il s'est mordu la lèvre. Par moments, on fait payer n'importe quoi à n'importe qui. Et plus c'est injuste, plus ça fait du bien. Mais Jean-Marc était tout sauf rancunier. Contrit, il m'a proposé d'entrer boire un verre. J'ai accepté. Il m'a servi un Lagavulin. Pas radin.

– Tu passais là par hasard ?

– Non, je venais te voir pour…

Il a posé sa main sur mon bras.

– Attends, avant que j'oublie, j'ai un truc pour toi… Sirote tranquillement ton verre, je reviens.

Une fois seul au bar, je me suis rendu compte qu'un CD de Hank Jones tournait dans la platine. Toucher impeccable, phrasé classique mais constamment inventif. Sauf que je n'entendais plus que du bruit. J'ai fait le tour du comptoir et j'ai coupé le son. Les clients n'ont rien remarqué. Le restaurant n'avait pas changé, mais pourquoi en aurait-il été autrement ? Même si, ces derniers temps, ma vie avait été singulièrement chamboulée, je n'étais pas parti plus d'un mois. La salle était à moitié pleine. Aucune tête que j'avais déjà vue. Tant mieux. Des partitions étaient disposées en éventail sur le piano ; des airs de variétés pour la plupart. Sans doute le nouveau pianiste proposait-il à sa clientèle de choisir ce qu'elle désirait entendre. Pour l'heure, le musicien était absent. On était mercredi. Sinon, j'aurais refusé d'entrer. La voix de Jean-Marc m'a fait sursauter. Il désignait les partitions.

– C'est sûr, c'est moins culturel, mais ça plaît bien… et puis lui, le soir, il reste un peu…

Clin d'œil appuyé.

– Tu veux dire que son trou du cul n'aura pas connu que sa merde ?

– Hein ?

Il m'a d'abord regardé, perplexe – je n'avais pas pour habitude de sortir ce genre de vanne –, et il a éclaté de rire.

– Excellent !

Puis, d'un geste franc, il m'a tendu une enveloppe.

– Tiens. C'est arrivé de Grèce il y a une quinzaine de jours.

– De Grèce ?

– Qui sait ? Tu avais peut-être des fans, sur ton yacht.

J'ai désigné une table un peu à l'écart.

– Tu permets ?

– Je t'en prie… et même, si tu veux manger, je t'invite. Il me reste du plat du jour de ce midi.

– Alors je vais me mettre là.

J'ai désigné la table de Magalie. Il a souri.

– Tu es un incorrigible romantique.

Il m'a fait un clin d'œil et a rempli mon verre. J'ai décacheté la lettre. Hank Jones a de nouveau envahi l'espace. J'ai demandé un peu fort à Jean-Marc si c'était obligé, cette musique. Il a haussé les épaules et baissé le son, mais sans le couper vraiment, en bougonnant :

– Bon sang, je sais pas comment j'ai fait pour te supporter !

Cher Monky,

Bientôt, il n'y aura plus personne. Plus que les corneilles pour crier les noms des morts. Quand vous découvrirez cette lettre, je les aurai rejoints, et surtout, j'aurai retrouvé celui d'entre eux qui m'était le plus cher…

« Retrouvé », c'est une expression. Vous savez comme moi qu'après la vie, il n'y a rien. C'est dommage. On a toujours la sensation qu'il nous reste tellement de choses à faire… mais que voulez-vous ? J'en ai assez.

Assez, assez.

Et les conditions idéales sont enfin réunies.

Je sais, ce n'est pas une excuse… À vrai dire, je ne pense pas vraiment pouvoir m'excuser du tort que je vais sans doute vous causer. Un tort moral, déjà. Que pensez-vous de l'euthanasie ? Je n'en sais rien, et je vais donc peut-être vous faire participer à une action que vous réprouvez. Et même si vous l'approuvez, vous faire assister à la mort violente d'une personne sans vous en avoir averti ne sera pas à mettre au compte de mes bonnes actions - mort violente à voir, seulement, rassurez-vous ; Max est un expert. Un tort judiciaire, ensuite, mais j'ai fait promettre à Max que vous sortiriez indemne de cette histoire, et depuis soixante ans que je le connais, il a toujours tenu parole. Mais dire cela ne constitue pas à proprement parler une excuse.

À défaut, donc, je vais essayer de vous expliquer.

Vous me trouverez terriblement égoïste - je le suis, bien sûr, je l'ai toujours été - mais vous l'êtes aussi et je dois vous le dire, dans un sens, votre égoïsme est responsable de ce qui vous arrive. Je ne sais pas ce que vous faisiez chez ce charmant Jean-Marc, à tapoter sur sa casserole à peine accordée. Peut-être n'avez-vous pas eu de chance, mais je ne crois pas qu'il ne s'agisse que de cela. Il y a autre chose. De l'orgueil, sans doute. Ou la peur de se jeter en pâture à un public trop bête ou trop fat, incertain en tout état de cause. Or on ne devient artiste qu'à la condition d'accepter de n'être qu'un morceau de nourriture que les spectateurs digéreront ou recracheront à leur convenance. Quant aux « professionnels », les journalistes, éditeurs, producteurs, marchands d'art sous quelque forme que ce soit, ils sont vos meilleurs amis ou vos pires ennemis mais là encore, c'est eux qui choisissent. « L'artiste est un homme au travail », écrivait Vincent Van Gogh à son frère. Et de citer Flaubert : « Le talent est une longue patience »... Seuls ce travail, cette patience, font de vous un artiste. Le reste, ce qu'« on » en pensera, ressentira, digérera, malaxera, ne vous incombe pas.

Je vous dis cela parce que vous feignez très bien de l'ignorer mais vous devez bien le savoir : vous avez un talent immense. En vérité, non, vous ne feignez pas vraiment : vous faites tout pour l'ignorer. C'est pourquoi, je l'ai vu plus d'une fois à votre air éberlué, je suis prête à parier que vous ne faisiez pas la différence entre vos diverses interprétations de *Lili Marleen*, et que vous m'avez prise pour une vieille folle ; et pourtant, si c'était toujours techniquement irréprochable, c'était plus ou moins juste, plus ou moins inspiré, plus ou moins habité... il n'y a pas que vous, qui faites votre talent, il y a aussi ce que reçoit votre entourage et ce qu'il vous renvoie... Bref, ce talent existait, et il aurait été – il est sans doute encore – de votre devoir d'en abreuver le monde, qu'il le souhaite ou non. C'est de ce talent que part toute l'histoire - du moins tout ce que j'en sais, et dont je suis entièrement responsable. Dès que je vous ai entendu jouer, j'ai pu constater que Max, comme à son habitude, avait vu juste. Aurais-je conclu de même si vous n'aviez pas joué *Lili Marleen* ? Allez savoir...

Mais ne vous y trompez pas : eussiez-vous donné des concerts salle Pleyel, ou dans n'importe quel endroit où des gens seraient venus pour vous écouter, et non pour bâfrer, que j'aurais refusé de vous voir entraîné dans cette hasardeuse aventure. Jamais je ne me serais permis de détruire votre carrière.

Pas par respect pour vous, par respect pour le monde.

Oui, j'ai la prétention de donner un sens à vôtre gâchis. Et cette prétention est ma seule excuse - en voilà une, finalement ! Car ce que vous ne jetez pas en pâture, je viens le chercher. Les artistes appartiennent au monde, et non le monde à eux, mais c'est à eux de choisir sous quelle forme ils vont se donner. Et s'ils ne le font pas, on est en droit de se servir. C'est pourquoi le monde leur est redevable, tellement redevable qu'il leur doit bien, au minimum, le gîte et le couvert. Van Gogh disait cela aussi, dans ses lettres (je vous les conseille, vous comprendrez sans doute beaucoup plus de choses sur vous-même). Je parle d'artistes : pas de virtuoses aux doigts d'airain, d'écrivaillons, de barbouilleurs ou de fournisseurs de scies musicales, tous ces faiseurs qui dépensent l'essentiel de leur énergie à faire valoir un talent qu'ils n'ont pas et à chasser la subvention, la bourse d'aide ou la résidence qui leur permettront de boucler leurs fins de mois, voire d'en assurer les débuts. Je sais de quoi je parle, j'ai dirigé des festivals pendant quarante ans. On n'en peut tellement plus de les avoir dans nos bureaux, ces parasites-là, qu'on les jette sur la scène pour qu'ils s'y fracassent ! Encore que même à ceux-là, je donnerais de l'argent, qu'ils se noient dans leur vacuité et ne nous - pardonnez-moi ce terme - « emmerdent » plus !

Bien sûr, j'ai outrepassé votre droit à déterminer vous-même ce qui est bon ou mauvais pour vous, mais quand je vous ai entendu, j'ai enfin su comment j'allais sortir de ce monde. Et je l'ai cherchée si longtemps, cette sortie… Je ne pouvais pas en trouver de plus belle.

Alors merci, et même si les choses se sont faites malgré vous, acceptez ces remerciements.

Et jouez du piano.

Magalie de Winter

NB : pour ce qui est de l'aspect matériel de cette affaire, un ami à moi vous enverra dans quelque temps un autre courrier, toujours à la même adresse - je n'en ai pas d'autre de vous. Et si vous n'y venez plus, il saura vous retrouver.

J'ai retourné l'enveloppe dans tous les sens, puis je l'ai entièrement déchirée pour m'assurer qu'aucun autre document n'y était glissé… mais non.

C'était tout ? J'étais terriblement déçu par cette lettre qui ne m'apprenait rien que je ne savais déjà – sauf en creux, et ce que laissaient entrevoir ces creux m'éloignait terriblement de la vision simplement romantique que, jusque-là, j'avais eue de cette histoire. Des flashes illuminaient des pans de réalité, mais de façon si subite et surtout si succincte que l'instant d'après, j'étais plongé dans le noir. Néanmoins, sans le vouloir, Magalie avait apporté au moins une précision fondamentale. Quant à ses élucubrations sur mon talent, je préférais les oublier tout de suite.

Jean-Marc est arrivé avec un filet de saint-pierre et un verre de pouilly-fuissé.

– T'as rien reçu d'autre, depuis ?

– Non.

– Et quand m'as-tu dit qu'elle était arrivée, exactement, cette lettre ?

– Quinze jours environ… oh, c'était trois jours après ton passage, quand on s'est mis d'accord sur…

Je suis devenu blanc.

– C'était important ? Je suis désolé, mais encore une fois, je ne savais pas comment te joindre… Tu voulais me voir pour quoi, au fait ?

– Pour ta piaule, au-dessus… tu crois que tu pourrais me la louer ?

Il s'est frotté les mains en faisant la grimace.

– Désolé, je l'ai promise à ton remplaçant… il hésite un peu mais je ne désespère pas le voir arriver ici et je ne voudrais pas qu'il pense que…

J'ai levé la main.

– Oublie…

– Vraiment, tu ne m'en veux pas ?

– Pas le moins du monde… Juste : si tu pouvais éteindre cette putain de musique !

Le poisson et le vin m'ont rempli l'estomac, réjoui le foie et vidé la cervelle. Je ne leur en demandais pas plus. « Cher Monky »… Si j'avais lu la lettre dès son arrivée, j'aurais encore tous mes doigts. Cette idée suffisait à me donner envie de sauter dans la Seine. Comme quoi la pollution sauve des vies : si le fleuve n'avait pas été aussi dégueulasse, je l'aurais fait.

22

– Déjà de retour ?

Anna m'a surpris comme j'arrivais au bas des marches de sa terrasse, alors qu'elle s'apprêtait à ranger sa chaise longue. Le soleil avait définitivement disparu de l'horizon mais le jour s'accrochait encore à quelques nuages filandreux, et les cheveux blancs d'Anna, aimantant ces derniers lambeaux de lumière, formaient comme un casque fluorescent. Un instant, je me suis demandé si elle était réelle. Et elle l'était, ô combien, mais en si parfaite symbiose avec son environnement qu'elle m'apparaissait aussi belle qu'inaccessible.

– Oh, Julien ? Tu as vu la Vierge Marie ?

J'ai souri.

– Presque.

– Oh, non, pas ça ! J'ai suffisamment d'ennuis pour que Dieu ou n'importe qui vienne s'en mêler !

– J'ai besoin de toi.

– Tu te décides enfin à le reconnaître ?

– Plus précisément de tes connaissances.

– Monte.

Je me suis retrouvé dans son salon rempli de livres. L'ordinateur, posé sur un coin de la table, était allumé. Anna s'est assise en face de moi, radieuse. La question de cette femme qui vendait son corps pour nourrir son esprit me perturbait, mais pour l'heure, je préférais la laisser de côté.

– Tu as de la chance, je ne travaille pas ce soir. Qu'est-ce que je peux faire pour toi ?

– Je suis un peu perdu, Anna. Aujourd'hui, j'ai reçu une lettre de Magalie de Winter. Elle l'a écrite avant de mourir… ça a été un choc. Je crois comprendre que si on m'a sauvé la vie, c'est parce qu'elle l'a souhaité, mais j'ai beaucoup de mal à établir les liens qui les unissent, elle, les gens qui m'ont tiré des pattes de Kamel, et l'accordeur. Pourtant, je suis certain que ces liens existent.

– Crois-tu vraiment que relier tous ces fils va t'aider à revivre ? À retrouver goût à la musique ?

– Je n'ai pas perdu goût à la musique, je me sens totalement impuissant face à elle, et c'est insupportable. C'est comme si je me regardais me vider de mon sang…

Elle m'a fixé de ses yeux profonds avant de soupirer.

– Bon. Pour l'instant, on va faire comme tu veux. Il y a une chose que je peux mettre à ton crédit : Kamel et sa bande ont effectivement disparu de mon existence.

– J'ai deux pistes que tu pourrais m'aider à suivre. Des pistes… littéraires, disons.

– Littéraires ?

– Oui. Un poème et une mélodie. Dans le poème, il est question d'un voleur qui profite d'une querelle nationale et d'une situation de détresse pour prendre le pouvoir sur tout un peuple… On pourrait y voir la trajectoire de Hitler, mais c'est peut-être cette vieille femme et son histoire qui m'aiguillent là-dessus. J'aimerais savoir d'où il sort.

– Tu l'as noté ?

– Non.

– Et tu te souviens d'une strophe ? D'un vers ? Le poème était rimé ? Il avait l'air ancien ?

– Rimé ? Non. Et ancien, je ne crois pas… En tout cas, il aurait bien collé à ce qu'on vit aujourd'hui dans notre pays… Oui, c'est ça, c'est comme si ça décrivait… Attends. Il y a un passage qui disait : *… leurs discours se répandent, l'exemple du mensonge est suivi par tout le monde,* ou quelque chose comme ça… *en tempête s'élève la puissance du mal…*

Et elle a embrayé :

– *La mauvaise herbe couvre*
les terres désolées.
Le peuple est dans la honte
le criminel triomphe.

Elle s'est levée et s'est dirigée vers un rayonnage en poursuivant d'une voix grave :

– *On reconnaît trop tard*
La vérité perdue :
les bons ont disparu
les méchants sont légion.
Quand enfin les criminels
seront chassés du pays,
on en parlera longtemps
ainsi que de la mort noire.

Elle s'est arrêtée pour se saisir d'un livre. En a extrait une photo :

– Ces gens te disent quelque chose ?

C'était un cliché en noir et blanc, et il me donna immédiatement une impression de déjà-vu.

Au second plan et en surplomb des autres personnages, une jeune fille vêtue d'une robe foncée et d'un pull à grosses côtes se tenait debout derrière une grille dont les pointes alternaient avec des triangles. Une fine barrette empêchait ses cheveux de lui tomber dans les yeux et les canalisait pour qu'ils coulent le long de sa joue gauche ; mais une mèche rebelle barrait la joue libérée, faisant comme une balafre sur sa pommette. Sa main droite, relevée jusqu'au niveau du cou, tenait un petit bouquet de fleurs blanches. La gauche était centrée sur sa poitrine, comme si, prise de frisson, la jeune fille essayait de resserrer le haut de sa robe. Son visage, ses yeux, son corps entier exprimaient une concentration comme seuls en sont capables les enfants, tout à leur absolu besoin de comprendre le monde. De l'autre côté de la grille, un peu en dessous d'elle – était-elle debout sur un muret ? – et plus proches de l'objectif, se tenaient trois Allemands qu'on voyait de face ou de trois quarts arrière et un quatrième, au tout premier plan, complètement de dos, les oreilles décollées sur une nuque rasée. Je n'avais pas deviné leur nationalité : leurs uniformes de la Wehrmacht en témoignaient. Eux aussi étaient très jeunes. Celui de gauche ne devait pas avoir plus de vingt ans. Ses yeux noirs, rencognés dans le visage, et sa bouche délicate, pulpeuse et foncée, avec un petit renflement à la commissure des lèvres, rappelaient furieusement ceux de la fille… et soudains je sus d'où venait cette sensation de déjà-vu.

Je me suis écrié :

– Mais, c'est Magalie… Magalie jeune !

Et dans un flash, j'ai revu le soir où Magalie, beaucoup plus vieille, entourée des mêmes Allemands, peut-être, beaucoup plus vieux eux aussi, m'a instamment prié de cesser de jouer *Lili Marleen.*

– Ça me semble difficile. La fille que tu vois là a été décapitée en 1943. Elle avait vingt-deux ans. Le beau brun sur la gauche de la photo a subi le même sort. Il avait vingt-cinq ans. C'était son frère. C'est lui qui a mis en tract ce poème, pour le compte de la *Rose blanche,* dans les années quarante. C'était un poème vieux de cent ans mais, comme tu l'as constaté, il décrivait à la perfection la progression de Hitler et l'aveuglement du peuple allemand…

Anna caressait doucement le cliché du bout des doigts.

– Elle s'appelait Sophie. Sophie Scholl. Et lui, Hans Scholl…

– Jamais entendu parler.

– La *Rose blanche* est le nom que s'était donné un groupe de résistants allemands au nazisme, à Munich, mais ils ont fait des émules jusqu'à Hambourg. Pour essayer de réveiller la conscience de leurs concitoyens, ils ont imprimé, affiché et distribué des tracts comportant soit des poèmes comme celui-ci, soit des analyses politiques qu'ils rédigeaient ensemble ; ils étaient jeunes, ils étaient beaux, ils s'aimaient…

– Et ça a marché ? Enfin, je veux dire, les autres membres du groupe…

– Tu veux rire ? Il n'y a que les bombes qui marchent… leur sœur, Inge, a écrit ce livre sur eux.

Elle m'a tendu l'exemplaire qu'elle tenait à la main. *La Rose blanche, Six Allemands contre le nazisme.*

– Ce n'est pas très bien écrit – ce n'est pas fait pour ça –, mais c'est bouleversant… pourquoi t'intéresses-tu à ça ?

– Magalie a récité ce poème juste avant de mourir.

– De mourir ou de se tuer ?

– Le résultat est le même…

– Ne joue pas avec les mots.

– Je ne voulais pas te mentir. Contrairement à ce que tu as pu lire dans les journaux, ce n'est pas elle qui a tiré, c'est l'accordeur. Mais c'était une euthanasie. Un suicide, une euthanasie… dans les deux cas, c'est le mort qui décide, non ?

Anna a eu un dernier regard pour la photo avant de me la tendre pour que je la glisse dans le livre.

– Garde-le pour le lire, si tu veux… Eux aussi avaient choisi. Pourtant, même si l'issue était évidente, même s'ils ne pouvaient pas l'ignorer, ils ont été assassinés, ça ne fait aucun doute.

– 1943… Magalie avait vingt-cinq ans.

– L'âge parfait pour la *Rose blanche*… mais il n'y a pas eu beaucoup de survivants. Tu penses qu'elle en a fait partie ?

– C'est bien possible…

– Et la mélodie ?

– Pardon ?

– Tu as parlé d'un poème et d'une mélodie.

– Oui. Une mélodie écrite par un certain Karl Gustav Brandauer... Mais une idée me vient : tu pédales un peu sur internet ?

– Je me débrouille...

– Pourrais-tu chercher si un certain Karl Gustav Brandauer faisait partie de cette *Rose blanche* ? La seule chose que je sais de lui, c'est que c'est un compositeur.

– Je peux essayer, mais internet, tu sais...

Anna a écarté les livres pour se faire un peu de place et s'est mise à taper sur le clavier. Sans quitter l'écran des yeux, elle m'a demandé de nous servir à boire. J'ai ouvert le petit meuble où se trouvaient les bouteilles avec un plaisir infini. Je me suis soûlé de l'odeur du bois ciré, du grincement de la porte, de la couleur des alcools, du tintement des verres, de la main distraite qu'Anna avançait vers moi, les doigts en forme de pince, pour se saisir de son whisky... Je ne savais pas où ces recherches me conduiraient – je balançais des coups de sonde dans tous les sens –, mais déjà, ces minutes de bonheur paisible qu'elles m'apportaient – moi discutant et buvant un verre avec une femme que j'aimais, moi apprenant des choses d'elle, moi la regardant agir en toute confiance, détendue, comme si personne ne l'observait (et je ne connais pas de plus beau cadeau qu'on puisse faire à quiconque, autre que celui d'être totalement soi-même) – me persuadaient que, du moins en ce qui concernait ma vie, j'étais sur la bonne voie.

Elle s'est tournée vers moi.

– Non, je ne trouve rien... Un compositeur, tu dis ?

– Oui.

– Quel siècle ?

– Le XXe. Si je me souviens bien, il est né début 1900.

Elle s'est levée et s'est à nouveau dirigée vers ses rayonnages. Elle en a sorti un épais dictionnaire, qu'elle a feuilleté avant de s'arrêter sur un article.

– Karl Gustav Brandauer, compositeur autrichien, né en 1905. Pianiste prodige, il a donné ses premiers concerts à seize ans. À vingt-trois ans, il avait déjà composé deux symphonies, un concerto pour piano et deux quatuors… La suite est un peu technique pour moi : « Tenté par le dodécaphonisme, qu'il exploitera à sa manière, il partira très tôt à la redécouverte des formes classiques et tentera de dynamiter autant que de dynamiser chacune de ces techniques par l'autre. Puis, revenant aux bases d'un sérialisme "pourquoi pas consonnant, mais pas nécessairement", laissant une grande place à l'instinct et au défrichement, tout en restant d'une exigence sans faille sur la forme, à l'instar d'un Alban Berg ou d'un Zemlinsky, et plus tard du Bartók des quatuors, il développera une œuvre toujours plus intense, brutalement stoppée en 1938, lorsqu'il décidera de faire vœu de silence »…

– Encore le silence…

Déjà, je m'étais replongé dans de sombres pensées. Quelle vie était possible, dans le silence ?

– C'est ce qui t'intéresse, dans cette histoire ?

J'ai bien involontairement fusillé Anna du regard. Puis je me suis repris et je lui ai dit d'une voix douce :

– Je ne sais pas. Mais il y a une chose qui colle bien : si, sib, mi, mib, ré, lab, sol, réb, do, solb, fa, la.

– ???

– Une parfaite série de douze en même temps qu'un thème de fugue idéal. Trois cents ans séparent les deux.

– Je ne comprends rien à ce que tu dis.

– Dodécaphonisme et forme classique, pour citer ton article…

Je lui ai fait un bref cours sur le dodécaphonisme, sur la fugue et sur les principes communs qui les régissaient – thèmes, répétitions, renversements, écritures horizontales et verticales, ou harmoniques et contrapuntiques –, puis je lui ai raconté la tombe de Karl Gustav Brandauer, les notes gravées dessus, le rendez-vous raté avec Blaustein, sans doute un faux nom.

– Brandauer… Je suis sûr d'avoir entendu son nom avant de l'avoir lu sur la tombe. L'article cite des influences, d'autres musiciens à qui le rattacher ?

– Il parle d'un autre Karl. Karl Amadeus Hartmann. Attends, je vais voir.

Ah, ce que j'ai aimé la voir à nouveau se concentrer. On parle de la beauté d'un sourire, de l'éclat d'un rire, mais jamais de la sensualité du sérieux. On a tort.

– Ah, voilà… Lui aussi a cessé de composer pendant la période nazie… mais il a repris après.

– Hartmann ? Hartmann et Brandauer… ça me revient, maintenant. L'accordeur en a parlé sur le yacht. Il a cité d'autres noms de compositeurs que je ne connaissais pas. Quelque temps plus tard, il me faisait tout un speech sur l'héritage des fils, leur devoir d'inventaire… L'article ne dit rien sur la vie privée de Brandauer ? Vu sa date de naissance, Blaustein pourrait très bien être un de ses enfants… Je suis sûr que c'est ça ! La guerre des fils… décidément, cet enfoiré me manipule depuis le début. Et il n'est pas le seul !

– Tu dis ça pour moi ?

– Oh, non. Toi, au moins, je suis sûr que tu n'as rien à voir là-dedans, et si tu as fait partie des pions, c'était à ton insu…

– Et qu'est-ce qui te fait penser ça ?

– Monky.

– Hein ?

– Monky, ça te dit quelque chose ?

Elle a souri, incrédule.

– Un mélange entre *monkey* et *monk*, singe et moine… Un mot qui pourrait bien définir toute une frange de l'humanité… et un peu toi, aussi. Ta façon de jouer du jazz, tes grands bras…

– Tu m'as toujours appelé Julien. Pourquoi ?

– Ce n'est pas ton prénom ?

– Si… Et Kamel, il disait quoi ?

– Il n'a parlé de toi qu'une fois, tu sais… « Ton locataire ». Il m'a dit « ton locataire »… Tu peux m'expliquer ?

– Bientôt.

– La confiance, mais pas toute la confiance ?

– C'est un peu ça… Excuse-moi.

Une ombre est venue voiler l'éclat de ses yeux. Elle les a plongés dans le dictionnaire.

– En tous les cas, dans cet article, il n'est pas stipulé que Karl Gustav Brandauer a fait partie de la *Rose blanche*. Mais ça ne signifie pas grand-chose. C'est un dictionnaire sur les compositeurs du XXe siècle, pas sur les résistants…

Les mains d'Anna restaient agrippées au dictionnaire. Elle était tendue par l'insulte que je lui avais faite en ne lui accordant pas toute ma confiance, alors que j'étais revenu et que je lui avais demandé de l'aide... Je savais que j'aurais dû lui dire que ça ne durerait qu'un temps, mais n'aurait-ce pas été mentir ? Le problème, c'était moi. Démêler l'écheveau m'aiderait-il vraiment à vivre avec mes neuf doigts ? Tout ce que je savais, c'est que je n'avais rien d'autre à faire. Et que je ne savais pas où aller.

– Je peux rester dormir en bas ?

Elle m'a répondu sur un ton glacé :

– Je te rappelle que tu as payé deux mois d'avance. Tu es chez toi.

23

La vallée de la Bièvre, par temps de brume, est aussi belle qu'en plein soleil, mais cette beauté prend des dimensions inquiétantes. C'est toujours ce que j'ai ressenti à la vue de ces arbres figés dans le brouillard, dont pas une feuille ne bouge, comme si un ordre leur avait été donné, auquel ils obéissaient par millions, et l'on sent alors plus fort que jamais cette puissance de la nature, cette capacité qu'elle aurait de nous envoyer promener d'une simple pichenette.

Je suis descendu à la gare des Loges-en-Josas vers 8 heures. De là, je suis monté à pied jusqu'à la propriété de Louis et Charline Desombières et, assis dans un abribus, un journal à la main, j'ai attendu.

J'ai appris de ma lecture que, suite à la mort d'Heinrich Meinz, Svjatoslav Kaniliev avait pris la tête d'un formidable consortium gazier, les héritiers d'HM Corporate, le groupe que dirigeait l'Allemand, ayant souscrit à la proposition de rachat du Russe. Un truc dans l'air depuis des années, et que la mort du capitaine d'industrie, également grosse baleine de la finance, avait débloqué. L'article précisait qu'aucun lien d'affaires n'ayant pu être établi entre madame de Winter et monsieur Kaniliev, sinon de vieilles relations familiales, on pouvait difficilement relier les meurtres qu'elle avait commis à cette OPE de grande envergure. À preuve : les deux autres victimes n'avaient rien à voir avec HM Corporate. Même s'ils étaient des amis proches d'Heinrich Meinz, ils n'en possédaient pas la plus petite action.

La voiture du cancérologue a franchi le portail à 9 h 30. Sa femme pouvait commencer de s'ennuyer tranquillement. Quand j'ai sonné à sa porte, une demi-heure plus tard, elle m'a ouvert sans problème et m'a proposé de boire un café avec elle... mais pas longtemps : elle avait rendez-vous chez son coiffeur dans une heure trente. Vues de loin, les propriétés des riches semblent des forts impénétrables, mais ces gens s'ennuient tellement que le moindre divertissement devient le plus efficace des sésames.

Nous nous sommes assis dans un salon qui donnait sur le jardin. Charline portait un déshabillé en soie, suffisamment ouvert pour laisser voir la naissance de ses seins et la finesse de ses clavicules, et qui ne demandait qu'à glisser de ses épaules pour tomber à terre. Mais je me suis bien gardé de tenter quoi que ce soit en ce sens.

– Qu'est-ce qui vous amène par ici ? Louis n'a pas tellement apprécié votre victoire de la dernière fois… il est de plus en plus mauvais joueur.

J'ai souri.

– Vraiment, il a perdu ?

– Que voulez-vous dire ?

Je lui ai demandé si je pouvais fumer une cigarette. Elle a acquiescé et en a elle-même tiré une d'un coffret plaqué en merisier, posé sur la table basse.

– Ne voyez pas d'offense dans ce que je vais vous demander : avez-vous déjà été l'enjeu de ces parties de poker ?

Elle a planté ses yeux dans les miens et a esquissé un léger sourire.

– Un enjeu physique, vous voulez dire ?

– Oui.

– C'est arrivé… ça dépendait de qui était invité. Coucher avec certains hommes ou certaines femmes était vraiment impossible à envisager.

– Bien. Et si on va un peu plus loin…

– … pas trop tout de même, je ne suis pas sûre que vous n'ayez pas déjà franchi la limite.

– Rassurez-vous, il n'y a aucun jugement dans mes propos.

– Il ne manquerait plus que ça !

– Lorsque votre mari perdait – je suppose que vous représentiez sa mise à lui –, avez-vous toujours vécu cela comme une défaite ?

– Vous voulez dire : est-ce que certains amants valaient la peine qu'il perde ?

– Exactement. Et dans ces cas-là, étiez-vous vraiment déçue que votre mari ait perdu ?

– Où voulez-vous en venir ?

– Louis est un fin tacticien. Je crois que dès le début, vous saviez que vous me donneriez le numéro dc Mauduis.

– Qu'est-ce que vous allez chercher là ?

– … et vous l'avez fait à la demande de l'accordeur.

– C'est insensé.

– Oh que non. Vous n'avez aucune nouvelle de moi pendant cinq ans, je vous appelle pour vous demander les coordonnées de l'accordeur, plus précisément de Max Blaustein et, bien que vous certifiiez n'avoir jamais entendu ce nom, alors qu'il a été étalé dans toute la presse, vous me proposez d'emblée de venir jouer avec vous parce que, comme par hasard, il vous manque un invité... incroyable comme tout s'enchaîne à merveille. Et quelle sollicitude !

– Que je sache, c'est vous qui avez appelé…

– L'idée m'a été mise en tête par l'accordeur, qui a bien pris soin de me dire qu'il m'avait vu chez vous, quand nous étions sur le yacht.

– Et pourquoi aurait-il fait ça ?

– Pour que je joue sa partie alors que je croyais jouer la mienne. C'est une règle commune au poker et aux échecs : toujours faire croire à l'adversaire que c'est lui qui mène son jeu comme il l'entend. Pourquoi vous, vous l'avez fait ? Je n'en sais rien, mais vous l'avez fait. Vous avez décommandé une personne ou vous avez organisé la partie au dernier moment… Ensuite, Mauduis m'a un peu trop facilement indiqué comment trouver l'accordeur, mais c'est une partie de la mise en scène qui ne vous concerne pas…

– Vous me fatiguez. Je comprends à peine un mot sur deux de ce que vous me dites.

– Il n'y a en effet aucune raison que vous connaissiez les tenants et les aboutissants de cette histoire, je ne les comprends pas moi-même. Mais avant de nier encore une fois avoir agi sur ordre de l'accordeur, réfléchissez à ceci : c'est votre mari qui m'a proposé de miser le numéro de Mauduis. On était en fin de partie. À ce moment-là, mes démons sautaient à pieds joints dans ma cervelle. J'avais totalement oublié pourquoi j'étais là et j'étais en passe de gagner vingt mille euros. Lui se souvenait que cinq ou six heures auparavant, j'avais couru après ce numéro et à ce moment précis, il me le faisait miroiter. Pourquoi ? Parce que c'était là le véritable enjeu de la partie. J'ai cru que j'avais gagné mais je me suis planté : c'est lui qui avait gagné. Et moi, j'ai perdu ça.

J'ai sorti la main droite de ma poche et ai collé mon moignon sous le nez de Charline.

Elle a eu un mouvement de recul. Après avoir longuement tiré sur sa cigarette et soufflé le peu de fumée que ses poumons n'avaient pas absorbé, elle a murmuré les yeux dans le vague :

– Après tout, pourquoi en faisons-nous un si grand secret ? Vous voyez juste mais vous vous plantez sur un point : c'est Mauduis qui a demandé à Louis de vous donner son numéro. Et il a précisé qu'il fallait que ce soit difficile ; que vous ayez l'impression d'avoir obtenu ce numéro par vos propres moyens… ne me demandez pas pourquoi ! Mais je peux vous dire comment : vous l'aurez compris, Louis triche très bien aux cartes.

– Je savais bien qu'il n'avait aucune classe.

– À qui le dites-vous ? Il s'est fait un plaisir de satisfaire à la demande de Mauduis en échange de quelques ristournes sur les soirées à venir.

– Il a bien joué. Cinq heures de suspense… Hitchcock n'aurait pas fait mieux.

– Moi, je sais qu'il triche depuis longtemps. Ça tue le suspense…

– Vous devriez partir, changer de vie.

– C'est fatigant et ennuyeux, de changer de vie. Et puis pour aller où ? Faire quoi ? Bientôt, la ménopause va me tomber dessus et je devrai payer pour me faire baiser. Je ne suis déjà plus tellement sollicitée comme enjeu… Ça va être un changement ça, non ?

Dehors, la brume et les arbres étaient toujours aussi immobiles, comme s'ils devaient rester ainsi figés jusqu'à la nuit des temps. Le silence m'a paru encore plus cotonneux qu'à l'arrivée, à tel point qu'à un moment, je me suis demandé si je ne devenais pas réellement sourd.

24

Contrairement à l'image que peut renvoyer une forêt dans la brume, Drancy, dans les mêmes conditions météorologiques, offrait une vision cataclysmique. Ce n'était plus tant une brume, d'ailleurs, qu'une grisaille avachie sur la ville comme un voile venant pudiquement cacher un cadavre abandonné dans le coin d'une morgue, dans l'attente d'être autopsié. Dans cette cotonnade, les sons, pourtant plus coupants qu'à la campagne, avaient du mal à percer, et le silence qui les séparait les uns des autres se faisait encore plus épais.

La liaison verte-vallée-de-l'ouest / grise-banlieue-du-nord-est m'avait pris une heure et demie en train, durée pendant laquelle je n'avais pas sorti une seule fois ma main amputée de sa cache. Et quand d'instinct cette main avait voulu effectuer des tâches qui, jusque-là, lui avaient toujours incombé – chercher de la monnaie dans ma poche, la tendre au guichetier, prendre le ticket que ce dernier tendait en retour, le glisser dans le composteur automatique… –, elle avait été comme saisie de stupeur et, après un bref instant d'hésitation, c'était la main gauche qui, timidement – et gauchement, cela allait de soi –, s'était mise à l'œuvre. Et j'aurais dû prendre pour consolation les explications de Magalie de Winter comme quoi, de par mon attitude timorée, j'étais responsable de ce qui m'arrivait ?

Pourquoi, plus ou moins instinctivement, le handicapé a-t-il honte de son corps ?

Cela dit, Magalie avait su donner un tour à une lame rouillée, fichée dans une de ces plaies dont vous vous obstinez à ignorer qu'elles saignent encore. J'avais tellement travaillé à ce concours, subi tellement d'auditions pour parvenir en finale... Mes parents, d'abord dubitatifs, s'étaient unis à mes efforts, et les derniers instants de préparation s'étaient déroulés dans une euphorie totale. Avant la date fatidique, le gigot était acheté, le champagne au frais. Je viens de ce milieu où l'on fête tout de manière identique, avec une certaine humilité, mais sans pouvoir s'empêcher d'accumuler des signes obligés. Je revois mon père et ma mère, le soir du concours, cloués à leur fauteuil, incapables d'en bouger, alors que le public avait quitté la salle depuis un moment. Eux qui avaient eu tant de mal à admettre qu'un avenir était possible dans la musique, puis qui n'avaient plus eu d'autre choix que d'y croire ; eux qui avaient fini par se saigner aux quatre veines pour que j'accède à mes rêves, tout en renonçant aux leurs... Si je ne les avais pas eus dans mon champ de vision, aurais-je dit oui à cet agent ? Ce que je sais, c'est que ce contrat que j'avais pour ainsi dire déjà en poche m'a permis de m'approcher d'eux avec le sourire, et quand j'ai vu leurs visages reprendre des couleurs, quand j'ai mangé le gigot avec eux, mais aussi avec mes grands-parents, mes tantes et mes oncles, mes cousins, quand je les ai vus si rassurés à propos de l'avenir de leur fils unique, je n'ai pas eu le courage de leur dire qu'en fait, ils venaient d'assister à un enterrement. Non, Magalie, je n'ai pas seulement été timoré, même si c'est vrai qu'il y avait de ça ; je me suis mal aimé et j'ai mal aimé mes parents. Mais qui peut se vanter d'être parvenu à faire le contraire ?

Cette fois, un enfant jouait avec le tricycle dans le jardin du pavillon. Tout en chantonnant un air incertain, il faisait le tour de la BMW, mécaniquement, poussant sur ses deux jambes, prenant tous ses tournants de la même façon, butant à chaque fois sur les mêmes aspérités du sol en ciment défoncé, commettant à chaque fois les mêmes erreurs, ce qui l'obligeait à opérer les mêmes rétablissements, très exactement aux mêmes endroits qu'au tour précédent. Le grésillement de l'ouverture automatique m'a tiré de ma contemplation un peu abrutie du manège. J'ai poussé le portillon, traversé le jardin. L'enfant s'est immobilisé pour me regarder monter la volée de marches qui menait à la porte d'entrée, puis il a repris sa ronde. Contrairement à la dernière fois où j'étais venu, il n'y avait personne pour m'accueillir, mais c'était ouvert. Je me suis avancé dans le couloir. La télé marchait. Encore une série américaine. Il n'y avait visiblement pas une heure où, sur les différentes chaînes hertziennes ou du câble, une fiction de ce genre ne fût diffusée, et qui souhaitait vivre dans un monde de violences excusées et d'hyperboles morales le pouvait continûment.

Je ne voyais du téléspectateur avachi dans le canapé que le haut de la tête, mais les cheveux noirs et bouclés qui dépassaient du dossier ne trompaient pas sur sa personne.

– C'est si bien que ça, ces séries ?

Idriss a tendu le bras qui tenait la télécommande et la télé s'est arrêtée. J'étais à peine surpris de le voir.

– J'en sais rien… Au fond, c'est pas la question. Tu regardes, et quand c'est fini, tu retournes à tes problèmes. T'es venu boire cette bière ?

– Je ne savais même pas que tu étais sorti… va pour la bière quand même, mais je ne suis pas certain que ce soit entre amis.

– Pourquoi tu dis ça ?

J'ai brandi ma main. Comme à chaque fois que je le voyais, le bout de moignon, un ridicule centimètre, m'a donné la nausée. J'avais retiré la bande trop tôt. Pas pour la plaie, pour mon esprit. C'était ça, mon problème. Idriss s'est levé et je l'ai suivi dans la cuisine. Il a attrapé deux bières dans le frigo, les a décapsulées et les a posées sur la table.

– Tu es sorti il y a longtemps ?

– Une semaine avant ça.

Il désignait ma main tronquée. J'ai avalé une gorgée de la bière. Elle était aussi dégueulasse que la dernière fois.

– On est chez le tatoué, ici, ou chez toi ?

– Chez le tatoué… et chez moi.

J'ai dû avoir une moue dubitative. Idriss s'est tourné vers la fenêtre et a tendu la main dans un geste englobant tout le paysage.

– Toute cette rue, les deux d'â côté, le pâté de maisons que tu vois là-bas, derrière la rangée d'arbres, mais aussi les deux cités au fond, tout ça, c'est chez moi.

J'ai laissé mon regard errer dans la cuisine.

– Franchement, on ne dirait pas. J'aurais aussi bien pu entrer ici avec un flingue et te descendre.

– Que tu crois ! Tu es suivi de vigie en vigie depuis le supermarché qui fait l'angle, à l'entrée de la résidence. Rappelle-toi, quand je t'ai indiqué l'adresse, je t'ai dit : pas de fioritures, celui qui t'ouvrira saura qui tu es.

– N'empêche, ça ne fait pas très caïd.

– Les forteresses, les types en costard, les grosses bagnoles, la parano à la Scarface… c'est bon pour les frimeurs comme Kamel. Les types comme lui ne roulent que pour eux. Moi, je suis là pour faire tourner le quartier. J'oublie pas de me servir, pour sûr, mais j'oublie pas les autres non plus. La légende de Kamel veut qu'il soit parti une fois qu'il avait acquis tout le territoire, ici. C'est faux. D'abord, il y a les gitans : eux, tu les déloges pas. Ensuite, il y a les natifs.

– Comme les « natives » américains ?

– Ouais… sauf que nous, c'est pas seulement ceux qui sont nés ici, qu'on appelle comme ça ; c'est ceux qui y restent. Kamel a laissé des lieutenants, mais tu sais ce que c'est : tu n'es vraiment maître que dans ta maison. Kamel n'y était plus. On arrivait à grignoter son territoire parcelle par parcelle, mais ça risquait de nous prendre des années. Quand l'accordeur est arrivé avec son plan pour éliminer Kamel, on a dit banco. Au final, je sais pas si on a bien fait. Des potes sont restés sur le carreau…

– T'aurais dû t'en douter dès le départ.

– Quel départ ?

J'ai sorti une cigarette et l'ai tenue devant moi en levant les sourcils, d'un air de demander si je pouvais fumer. Idriss a eu un petit hochement de tête. J'ai longuement aspiré une première bouffée de tabac avant de parler, comme si j'ordonnais mes pensées.

– Une vieille dame m'a écrit une lettre, il n'y a pas longtemps. Elle ne voulait pas trahir un ami à elle, mais elle tenait apparemment à ce que je ne reste pas complètement dans le schwartz. Alors elle s'est adressée à moi sur un ton qui avait l'élégance d'une légère maladresse. Comme ça. L'air de rien. Elle a écrit : « *Cher Monky* »… enfin, j'extrapole peut-être sur le fait qu'elle l'ait fait volontairement. Si ça se trouve, elle l'a écrit par réflexe, sous le coup de l'émotion. Là n'est pas la question. Ce qui est sûr, c'est que l'utilisation de ce sobriquet, si incongru dans l'univers de Magalie – c'est le nom de la vieille dame –, a agi sur moi comme un déclencheur. J'ai soudain réalisé que toute cette histoire se préparait depuis longtemps et que Magalie connaissait le passé auquel ce surnom était attaché. Jamais personne ne l'a utilisé en dehors des milieux qui fricotaient avec Kamel. L'employer, c'est dire : je sais ça de toi. *Monky* est devenu comme un mot de passe inconscient : ceux qui s'en servent sont dans la combine, d'une manière ou d'une autre.

– Et ça nous mène à quoi, tout ça ?

– Au fait que toi aussi tu connaissais ce sobriquet, bien sûr, mais pas seulement. Magalie a aussi écrit : « *Dès que je vous ai entendu jouer, j'ai pu constater que Max, comme à son habitude, avait vu juste* », ce qui n'a fait que confirmer la prise de conscience qu'a éveillée chez moi ce « *Cher Monky* »…

– À savoir ?

– À savoir que Magalie n'est pas tombée sur moi par hasard. Que l'accordeur m'avait repéré depuis longtemps. Même si, au départ, ce n'est pas lui qui a choisi de m'utiliser.

Je me suis laissé aller contre le dossier de la chaise.

– J'aurais dû t'écouter, quand tu me disais que Kamel ne me lâcherait jamais… Le logement, le boulot au Saint-Jacques, tout était orchestré par lui. Pas parce que je lui devais trente-cinq mille euros – ça, ça lui servirait à monnayer ma participation –, mais parce qu'il avait besoin de moi sur un gros coup, prévu depuis longtemps, et qu'il ne fallait surtout pas que je disparaisse dans la nature… quel con j'ai été ! J'ai vraiment cru que je m'en sortais tout seul.

– Et tu crois qu'en prison j'étais chargé de garder un œil sur toi pour son compte? Jamais j'aurais fait ça : Kamel était mon pire ennemi.

– Non. Je crois que ton amitié était sincère. Je ne sais pas pourquoi. Les amitiés, comme les amours, se tissent sans raison… Ça ne t'a pas empêché, plus tard, de me manipuler aussi. Tu m'as parlé de cette adresse vers la fin de ma peine. À cette époque, le plan de Kamel était déjà en place. Celui de Blaustein aussi. Et c'est pour lui que tu as bossé.

– Tu peux me traduire ça en clair ?

– Je peux essayer. Je n'ai comme éléments que ce que j'ai vécu, ce qu'on m'a dit ou écrit – presque rien – et des articles de presse… De leur lecture, j'ai conclu qu'afin de mettre la main sur un empire, Kaniliev avait besoin de se débarrasser d'Heinrich Meinz. Problème : Meinz ne sortait pratiquement jamais de chez lui et il habitait un blockhaus. C'est alors qu'un jour, Kaniliev se marie avec une jeune femme qui fait partie de la proche famille de Meinz. L'a-t-il fait exprès ? C'est bien possible mais rien ne le prouve. L'industriel doit venir assister au mariage, c'est l'occasion rêvée ! Kaniliev demande à Kamel, qui grâce à son trafic de filles de l'Est magouille pas mal avec les mafias russes, de profiter de la venue de Meinz sur le yacht pour lui régler son compte. Ça lui pourrira son mariage mais embellira le reste de son existence. Il n'y aura pas d'autre occasion et bien sûr, le coup est complexe : un meurtre commis en pleine mer sur un bateau ne peut avoir été perpétré que par un des voyageurs ou un membre du personnel. La seule solution, c'est de trouver un bouc émissaire… ce sera moi – un récidiviste, c'est toujours pain bénit pour les flics. Mais vu le peu d'occasions qu'il y aura de tenter le coup, le vrai tueur sera un grand pro : Blaustein. Un mariage de milliardaire, ça ne se prépare pas en cinq minutes. Kamel a largement le temps de se mettre d'accord avec Blaustein… et l'accordeur a largement le temps de monter un autre coup, très différent ! Un coup qui, en plus de Meinz, verra mourir Magalie, Schleyer et Bauer. Et c'est là que tu entres en scène.

– Je vais peut-être enfin pouvoir raccrocher les wagons, parce que pour l'instant…

– Allons, ne fais pas l'innocent. Ce que je sais, c'est que la vieille dame souhaitait mourir, et elle voulait que sa mort survienne dans des circonstances particulières. Son ami Max s'est chargé de la mise en scène, suivant des desiderata qui pouvaient parfaitement coller avec le contrat Meinz. La mer Égée, le bleu du ciel et un pianiste qui joue *Lili Marleen*… Pourquoi pas ? Elle avait sans doute ses raisons. Mais dans le scénario de l'accordeur, je ne suis plus l'assassin. Mon rôle se limite à servir d'alibi au vrai tueur et de témoin pour le suicide de la vieille dame qui, pour le coup, devient la coupable idéale… Kamel avait deux raisons d'être furieux : le plan ne s'était pas déroulé suivant ses prévisions et tout le milieu se dirait qu'un de ses débiteurs s'en était sorti sans dommage ! Il voulait donc me flinguer. Normal.

– Mais la vieille dame ne le voulait pas, c'est ça ?

– C'est la dimension romantique de l'affaire. Elle m'a écrit qu'elle avait fait promettre à Max qu'il ne m'arriverait rien…

J'ai regardé mon moignon.

– C'est en partie raté, mais l'intention y était, je suppose… La seule solution pour que je ne sois pas inquiété et pour que Blaustein n'ait pas au cul un roquet qui n'aurait de cesse de le poursuivre tant qu'il n'aurait pas mordu la poussière, c'était de supprimer Kamel. Encore un type dans un blockhaus… Et là encore, il s'est servi de moi.

Idriss a jeté un œil par la fenêtre. Le gamin continuait son manège. Il y avait quelque chose d'infiniment triste dans son obstination. Peut-être était-ce un autiste. Personne ne le surveillait vraiment. Comme si de toute façon, on était sûr qu'il ne bougerait pas de là, qu'il ne ferait rien d'autre que tourner en rond. J'ai allumé une nouvelle cigarette et en ai proposé une à Idriss. Il l'a giflée d'un revers de la main et elle est allée rebondir contre une plinthe.

– Mais de quoi tu te plains ? Est-ce que tu t'es déjà demandé ce qui se serait passé si Blaustein avait pas eu besoin de toi pour monter son plan ? Aujourd'hui, tu moisirais au fond de la mer pour l'éternité, ou dans une geôle – avec la récidive, tu prenais dans les vingt-cinq piges. T'es un meuble ? Ouais, peut-être, mais comme tous les meubles, t'as un prix. Et le tien était élevé, tu peux me croire ! Tu vois, ce môme qui tourne sur son tricycle ? Tu crois qu'il est barge ? Non, il comble le vide. Frankie est mort. Le tatoué, comme tu l'appelles. Juste après t'avoir tiré de la cave, il s'est pris une volée de bastos. Eh bien Frankie, c'était son père… Et toi, tu viens chialer parce que t'as plus que neuf doigts ? Merde ! Y a des mecs qui courent avec zéro jambe, d'autres qui nagent sans membre… T'es vivant, Monky, tu le comprends, ça ? T'es vivant !

– Et tu vas bientôt me dire que je n'ai même pas servi de chèvre…

– Mais bien sûr que si, t'as servi de chèvre. Personne a jamais su où il créchait, Kamel ! Ce con se prenait pour Scarface, ou pour le mec dans ce film avec Di Caprio, là… Howard Hugues.

Complètement siphonné ! Pendant que tu étais en taule, il a fait un gros ménage et est parti se planquer dans un endroit dont il est plus jamais sorti, ou alors très discrètement. Il faut du monde et du temps, pour organiser une vraie filature. Y a que les flics, qui peuvent faire ça. Et puis le choper où ? Quand ? On aurait sans doute pu pister ses revendeurs, mais pourquoi ? On fait tellement de trucs par téléphone ou par internet, maintenant… Il a mis la totalité des choses au point avec Blaustein sans le voir une seule fois. Le seul type extérieur dont il avait parfois besoin c'était Mauduis. Et Mauduis était votre agent, à toi et à l'accordeur. Alors oui, on a pris les choses en main !

J'essayais de faire le malin mais je n'en menais pas large. Ce type mort, son môme orphelin, et d'autres que je ne connaissais pas… En même temps, j'avais du mal à m'en vouloir complètement. Ce n'était pas moi qui avais mis la machine en branle. Le ton d'Idriss s'est fait plus doux.

– Eh, Monky, je cherche pas à te faire porter un chapeau que t'as jamais demandé à avoir sur la tête. Je voulais juste te dire que de notre côté, on s'est servis de toi, oui, mais on t'a jamais craché à la gueule. Jamais.

– Et toi, alors ? T'en as tiré quoi ?

– Moi, je suis comme toi. Quand on me paye pour faire un boulot, je le fais… Blaustein m'a contacté environ trois mois avant ta sortie de taule. Il cherchait des gens en lien avec Monky-le-muet… il a trouvé.

– Et le territoire de Kamel, il devient quoi ? C'est toi qui le reprends ?

– J'ai pas précisé comment j'avais été payé. T'as le droit de penser qu'on a fait d'une pierre deux coups. Mais une chose est sûre : j'étais affranchi que sur la partie qui te concernait. Mon boulot, c'était de te sauver la vie…

J'ai grimacé en avalant une dernière gorgée de bière et je me suis levé. Idriss m'a attrapé par le bras.

– On était amis avant ça, Monky. Je te le jure. Ce plan, il a pas été monté trois ans à l'avance…

– Je te crois. Mais je trouve quand même que cette bière a un sale goût.

Dehors, l'enfant tournait toujours sur son tricycle. Au moment où je fermais le portillon, il s'est soudain arrêté et m'a fixé de ses yeux noirs, immobiles. J'ai remonté le col de ma veste et je me suis enfui comme un voleur.

25

Le courrier de « *l'ami* » de Magalie traitant de « *l'aspect matériel de cette affaire* » est arrivé quinze jours plus tard. Finies les conneries : j'appelais Jean-Marc tous les jours. J'aurais tôt fait d'arriver au bout de mes cinq cents euros et je continuais de refuser de taper dans l'enveloppe d'Anna. Elle en avait bien assez fait comme ça.

Cet ami était un notaire. Maître Yvon Berthomieux, 17, avenue Flandrin, Paris 16e. Je suis allé le voir dès le lendemain. Magalie me léguait un appartement, cinq cent mille euros, un piano Steinway & Sons de 1916 – je devrais dire LE Stenway & Sons 1916 – et une montagne de partitions. J'avais trois mois pour accepter ou refuser l'héritage.

Mon premier réflexe, en sortant de chez le notaire, a été d'acheter une bouteille de Black Bush. Je sais, il y a des *highland* et des *islay* inimitables, mais j'ai toujours eu un faible pour les *irish,* et plus particulièrement pour la famille Bushmills. On dit que c'est un whisky féminin. Ça me va très bien. Dehors, il faisait gris. Le temps passant, cette histoire avait fini par dévorer l'été sans que je m'en rende vraiment compte. Arrivé chez Anna, j'ai posé ma bouteille sur la table du salon. Anna était plongée dans un livre. Elle a levé le nez et a dit sans méchanceté :

– Tu tiens vraiment à me faire regretter d'aller bosser ?

J'ai sorti les verres du placard et les ai posés sur la table, d'un geste ample et ferme, comme si je venais de remporter une victoire définitive sur les forces du mal.

– Pas du tout, parce que tu n'es plus obligée d'aller bosser.

Elle a laissé aller son bras le long du fauteuil. Le livre pendait mollement au bout de sa main. Une légère crispation est apparue au coin de sa bouche.

– On ne va pas remettre ça sur le tapis ?

– On n'a jamais vraiment abordé le sujet.

– Non. Mais je pense que ce que chacun de nous en a dit était amplement suffisant.

– Je vais hériter de cinq cent mille euros. Ça nous laisse largement le temps de voir venir.

Elle a secoué la tête, a posé le livre sur une étagère à proximité du fauteuil et a planté ses yeux dans les miens.

– Tu ne veux décidément pas comprendre… Aujourd'hui, avec cinq clients par mois, triés sur le volet, je me paye mes livres, ma bouffe expurgée de pesticides et des whiskies au moins aussi bons que celui-là. Pourquoi voudrais-tu que je renonce à une liberté si cher payée, mais dont j'ai fini de verser les intérêts ? C'est ma vie, Julien, ma vie. Et je ne la dois qu'à moi. Tu comprends ça ?

– Une vie, on peut en changer, non ? C'est ce qu'on essaye tous de faire.

– Tu crois vraiment qu'on change sa vie en la mettant dans les mains de quelqu'un, même si ce quelqu'un est un type bien ?

– À un moment ou à un autre, on dépend toujours des gens qu'on aime.

Elle est restée pensive un moment. Quand elle a repris la parole, elle avait une voix douce et chaude. Elle ne voulait pas me faire de mal, mais elle m'a ravagé le cœur.

– Supposons que j'accepte ta proposition. D'abord, tu admettras qu'on n'est pas très loin du rapport client-pute. Ensuite, mettons qu'on reste cinq ans ensemble et que ça pète. Je ne veux pas être désagréable, mais statistiquement, une histoire d'amour, ça pète dans… je ne sais pas… soixante-dix à quatre-vingt-dix pour cent des cas, non ?

Je n'ai rien voulu répondre.

– Bref, comme pour une immense majorité de personnes, la nôtre vole en éclats dans les dix ans, je n'ai plus un seul client, plus une seule relation, et les rides commencent à me labourer la gueule. Je fais quoi ? Des ménages au noir, pour toucher le RSA en plus ? Et une pipe de temps en temps au client ?...

J'avais envie de hurler que parfois, dans la vie, on pouvait miser sur un minimum de chance ou de réussite. Mais je me suis souvenu qu'elle s'appelait Anna Korsky, qu'elle n'était pas forcément arrivée en France dans les meilleures conditions – elle aussi avait un prénom en « a » – et qu'elle avait depuis longtemps appris à ne miser que sur elle-même. C'était la condition première et dernière de sa survie. Elle a continué de me dépecer l'âme.

– Tu m'aimes ? Je t'aime ? OK. Mais que je sache, ça ne me garantit pas une retraite. Tu penses bien que si j'avais encore été sur le trottoir, au service d'un mac de merde, j'aurais sauté sur ta proposition. Ne serait-ce que parce qu'à ce moment-là, tu aurais été un meilleur client... Mais d'une certaine manière, tu m'en as sortie, du trottoir. Je suis une miraculée. Des comme moi, il n'y en a pas une sur mille. Pourquoi ne veux-tu pas te contenter de ça ? Pourquoi ne veux-tu pas accepter qu'aujourd'hui, au final, je suis bien comme ça ? Reparlons-en dans dix ans, si on est encore là. J'aurai peut-être trouvé autre chose.

Gonflé de colère, j'ai failli lui répondre qu'elle agissait comme une sale égoïste ; que si je vivais avec elle alors qu'elle pratiquait ce métier, je serais tôt ou tard considéré comme proxénète et que je serais poursuivi pour ça, ce qui vu mon passif, risquait de me conduire tout droit en prison. Mais je n'en ai pas eu le courage. J'ai repris ma bouteille sur la table, j'ai fait volte-face et je suis retourné dans mon studio. Une demi-heure plus tard, le portillon extérieur claquait. Je savais bien que je ferais mieux d'aider Anna à travailler plutôt que de lui mettre des bâtons dans les roues, mais je n'y arrivais pas. Moi qui avais vendu mon art et mon âme, je la jugeais, et je n'arrivais pas à faire autrement… il m'a fallu moins de deux heures pour vider la bouteille.

Quand je me suis réveillé, le lendemain matin, j'ai compté mes doigts. Les cinq cent mille euros et l'appartement, je les aurais bien pris. Mais quid du piano ? Et des partitions ? Je pourrais accepter le tout et les revendre mais je n'étais pas tombé assez bas pour trahir les dernières volontés de Magalie. Ça m'a fait repenser à mon vieux piano. Je me suis dit que si je prenais le Steinway, je rapatrierais celui-là aussi. Aucune raison qu'il reste à moisir dans son garde-meuble… Tout à coup, mon cœur a bondi. Le garde-meuble ! Je n'avais pas renouvelé sa location et j'avais demandé à Anna de cesser de le faire.

Je me suis habillé en vitesse et j'ai filé. La voiture d'Anna n'était pas là. Je l'ai imaginée en train de prendre son petit déjeuner dans un hôtel de luxe, avec un de ses clients « triés sur le volet »... J'ai préféré mon café croissant sur le comptoir du Bistro de la gare et pendant quelques minutes, j'ai bien aimé ma façon d'avoir tort.

Arrivé au garde-meuble, j'ai découvert que je m'en étais fait pour rien. Comme j'aurais dû m'en douter, Anna avait continué de payer.

Mais à la vue du piano, mes doigts ont frémi. Les dix. J'ai enfoncé mes mains dans mes poches.

26

Et soudain, tout s'est arrêté. J'étais devenu inutile à moi-même et aux autres. Chacun avait réglé ses affaires, retrouvé dans la vie une place qui lui convenait, et le meuble, vidé de tout ce qu'il contenait, avait été remonté dans les combles, où on l'oublierait jusqu'à la fin des temps. J'aurais aussi bien fait de m'asseoir à côté de mon piano et de me laisser mourir là.

Mais je suis sorti du garde-meuble, j'ai mis un pas devant l'autre et je me suis enfoncé dans le monde, plus nu que jamais. Sans amis parce qu'ils m'avaient menti, sans amour parce que j'étais stupide, sans parents depuis que mes vraies activités avaient été mises au jour lors de mon procès – et ce qui les avait déshonorés, ce n'était pas tant la nature de ces activités que le fait d'en découvrir la teneur en même temps et au même titre que des centaines d'inconnus –, sans métier, dépossédé de mon seul savoir-faire et de la seule véritable chose qui m'avait jamais fait vibrer, doublement infirme – des oreilles et des doigts –, je me suis mis en quête d'un travail.

J'ai acheté un journal local et l'ai ouvert à la page des petites annonces. Opérateur en galvanoplastie, temps plein, smic, CDD de trois mois, convertible en CDI. Je n'avais aucune idée de ce en quoi pouvait consister un travail au nom aussi complexe, alors qu'il semblait n'exiger aucune formation ni compétences particulières. La boîte, *Protect-circuits*, était sise dans la zone industrielle de Courtabœuf, sur le plateau des Ulis, juste au-dessus d'Orsay. Je suis monté jusque-là en bus. Si ça marchait, je prendrais un appartement dans une des tours qui jouxtaient la zone industrielle et l'hypermarché Carrefour. En attendant, si elle ne me chassait pas, je resterais chez Anna. Nos appartements étaient suffisamment indépendants l'un de l'autre.

La boîte était un grand cube en tôle blanche, posé sur un gazon bien entretenu. Pour en atteindre l'entrée, il fallait traverser un parking rempli de voitures. Juste à côté de la porte, des panneaux signalaient des places réservées aux véhicules de la direction. Je me suis présenté à la réception, mon journal à la main. L'employée postée à l'accueil a pris mon nom et a désigné du menton une rangée de chaises où étaient assises une quinzaine de personnes. Je me suis dit que j'avais de la chance : ils étaient tous plus vieux que moi. Il n'y avait pas de femme – parce qu'il était écrit « opérateur » ? J'ai remarqué un Noir en costard cravate, revêtu d'un imperméable défraichi ; il s'accrochait à son attaché-case. Drôle d'idée de venir se présenter ainsi à un travail qui avait tout l'air d'être manuel. Deux hommes, d'abord calmes, ont multiplié les gestes d'impatience ; ils se grattaient les mains, le nez, leurs yeux pleuraient un peu ; l'un d'eux était mal rasé. Alcool. Ça n'échapperait pas au DRH. Un troisième est parti au bout d'une heure. D'autres sont arrivés. Le Noir est ressorti de l'entretien en poussant un long soupir. Il avait plus l'air soulagé qu'autre chose. Je le reconnaîtrais plus tard, quand il défraierait la chronique en perpétrant une série de hold-up avec une bombe, accompagné d'une gamine aux cheveux rouges.

La réceptionniste a dit mon nom d'une voix douce et ferme. Je me suis levé et me suis dirigé vers le bureau du DRH.

Nom, âge… disponible ? Maintenant. Dernier emploi : comment l'avez-vous perdu ? J'ai montré ma main. Je sors de l'hôpital, fin de convalescence ; un doigt perdu dans une machine-outil. Ah, vous êtes donc un travailleur manuel. Oui, je n'ai toujours travaillé qu'avec mes mains. Et on n'a pas voulu vous reprendre ? J'ai essayé, mais je n'arrivais plus à approcher une machine sans trembler. C'était dans quel domaine ? La menuiserie. Ah, nos machines ne coupent pas. Elles brossent. Des poils synthétiques, du plastique… aucun danger. Vous croyez qu'on pourrait vous inscrire à notre quota de travailleurs handicapés ? Bien sûr (je n'en savais rien). Et pour pincer, ça va ? Les doigts, on n'en a pas vraiment besoin pour ce travail, mais il faut avoir une bonne pogne. Il regardait mes longs bras, mes grandes mains… Bon, on va faire un essai tout de suite, c'est possible ? Absolument.

Il m'a conduit à mon futur poste de travail. On a traversé une grande salle où une cinquantaine d'employés faisaient passer dans des bains chimiques des circuits imprimés rectangulaires montés sur des supports en plastique vert. Le DRH m'a vaguement expliqué que certains de ces circuits étaient destinés à aller dans l'espace. *Protect-circuits* avait travaillé pour Ariane, autrefois. Il ne me demandait pas d'en être fier. Il ne me faisait pas non plus visiter l'usine ; c'était simplement qu'on passait par là.

On a abouti à un petit local, en queue de chaîne. Il était séparé de la grande salle par une cloison mais il n'y avait pas de porte. Le plafond, le sol, l'évier, la paillasse devant laquelle se tenait une femme aux cheveux maintenus par un élastique, tout était recouvert de carrelage blanc. Le jour n'arrivait pas jusqu'ici. Une rampe de néon diffusait une lumière dure et crue.

« Elle travaille là en attendant que le poste soit pourvu. Sinon elle fait le ménage. Vous voyez, ce n'est pas très compliqué », dit le DRH. L'ouvrière était vêtue d'un tablier et d'un pantalon imperméable, un peu comme les poissonniers dans les criées industrielles, qui débitent le poisson à la tonne. Elle prenait un circuit imprimé dans un bac posé sur un chariot qu'on avait poussé jusque devant l'entrée du local. Elle l'aspergeait d'eau claire à l'aide d'une lance munie d'un pistolet à gâchette, comme ceux qu'on met au bout des tuyaux d'arrosage. La pression était assez forte, mais pas de quoi décoller les composants électroniques tout de même. Ensuite, l'ouvrière s'emparait d'une brosse fixée à un tube souple qui descendait du plafond. L'action de tirer la brosse vers le bas déclenchait un mécanisme qui la faisait tourner sur elle-même. La vitesse de rotation était rapide. « Là, il ne faut pas lâcher, dit le DRH, sinon, la brosse, au lieu de tourner sur elle-même, se met à tournoyer dans les airs, et vous pouvez vous la prendre dans la figure… mais il n'y a pas de raison de lâcher, n'est-ce pas ? » Non, je ne voyais pas de raison. Un coup de brosse recto, un coup de brosse verso, une nouvelle rincette, et l'ouvrière reposait le circuit imprimé dans un autre bac, posé sur un autre chariot, à sa gauche. Chaque mise en route de la brosse ou du jet était accompagnée d'un bruit subit, puissant, froid et mécanique, un peu comme un compresseur. Entre chaque opération, c'était le silence. « Vous croyez que vous y arriverez ? » Pas de problème. Le temps de me changer et je m'y mettais. « Voyez le magasinier pour le tablier, le pantalon et les bottes. Ça, c'est la boîte qui fournit… Pour le reste… Vous êtes sûr que vous voulez travailler comme ça, avec vos vêtements ? » Oui, j'étais sûr. « Carmen, bonne nouvelle : le temps que monsieur aille s'habiller et je vous renvoie à votre réfectoire. »

Tous les soirs, je rentrais du travail complètement abruti. Au bout d'une semaine, de fines couches de lambeaux de peau morte se détachaient de mes mains. Mon auriculaire en moins ne me gênait pas, en effet. Mes doigts étaient comme soudés entre eux. Ils formaient avec le pouce une pince aux mâchoires d'acier. Le matin, au réveil, j'avais le poing fermé, et je devais m'aider de ma main gauche pour déplier mes doigts, non sans réveiller de sourdes brûlures à chaque articulation. Le contremaître m'avait conseillé de mettre des gants, mais ainsi protégé, j'avais du mal à maintenir la cadence. Et maintenir la cadence, je ne vivais plus que pour ça.

Anna est venue me trouver pour me dire qu'on ne pouvait pas continuer à s'ignorer comme ça, que c'était stupide. Et insupportable. Je lui ai dit que je ne l'ignorais pas. C'était simplement que j'étais mort. Elle n'a pas cherché à discuter. Elle m'a donné un mois pour partir. Je lui ai promis que je ferais aussi vite que possible, mais il fallait que je travaille assez longtemps pour présenter trois mois de salaire et pour avoir mon CDI, alors seulement après je pourrais trouver un logement. J'ai vu ses yeux se remplir de larmes.

« Fais ce que tu veux », a-t-elle bredouillé.

J'ai continué.

Coda

Hambourg, 13 avril 1947

Cher Karl,

Je ne sais comment réagir à ce que vous m'apprenez sur Hilda…

Ainsi, un jour, on doit avoir la force de se dire que ceux qui ne sont pas revenus ne reviendront jamais…

Que vous écrire ? De pauvres condoléances ? Non. Nous nous verrons bientôt, et pleurerons enfin tous ceux que nous avons à pleurer.

En attendant, vous me demandez de mes nouvelles, en voici. Je suis désolé mais vous mentir ne servirait à rien : la situation n'est pas brillante.

Enfin, je suis sorti de prison. Collaboration avec le nazisme. Voilà ce que m'ont coûté mes années d'intrigue pour essayer de faire jouer – et y parvenir parfois – la musique de nos amis disparus. Oh, il n'y a pas eu que ça. La participation de la famille de Winter à l'effort de guerre a été retenue à charge. Comme si nous y pouvions quelque chose ! Il est vrai que j'ai utilisé notre entregent et notre position stratégique pour obtenir des autorisations que je n'aurais pas pu avoir autrement, mais que voulez-vous ? Nous sommes jugés sur des critères élaborés en temps de paix pour ce que nous avons fait en temps de guerre.

Ma participation aux activités de la *Rose blanche* ? Malgré votre témoignage et celui de Magalie, elle n'a pas été prise en compte : pas de preuve. Nos lettres ? Pas de cachet de la poste faisant foi (sic !). Pareil pour le témoignage de notre facteur : pas de preuve. Évidemment ! Comme si nous laissions traîner les preuves d'actions jugées terroristes ! À croire que les autorités ne veulent pas reconnaître qu'il y a eu une résistance allemande. Elles craignent sans doute que la culpabilité de tous ceux qui ont participé à la Solution finale - tout le monde, en somme, comme l'écrivait Hans Scholl - ne s'en trouve renforcée, alors que si aucune voix ne s'élève, le peuple allemand pourra expier en silence, et mieux encore : oublier. Il a tellement besoin de se retrouver une dignité…

J'ai écopé de deux ans de prison et été remis en liberté immédiatement, puisque je les avais déjà faits en préventive. À part quelques-uns, les vrais criminels ont globalement été jugés de la même manière. Il semblerait qu'ils soient plus utiles à la société que les faux coupables.

Les de Winter, côté société d'import-export, n'ont pas été inquiétés. Pas plus que les Meinz ou les Schleyer, ces industriels qui se sont enrichis, contrairement à nous qui nous sommes appauvris tellement nous avons été sucés. Hans-Martin est déjà pressenti pour être un jour le patron des patrons allemands. Thomas - un cousin d'Hans-Martin, soit dit en passant - a sagement posé sa démission, mais il a tout de suite trouvé une place de collaborateur auprès de Friedrich Blume, qui a entrepris l'écriture d'une encyclopédie sur la musique dans l'histoire et au présent. Quand on sait que la plupart des auteurs de cette encyclopédie ont participé au *Dictionnaire des juifs dans la musique*, on peut craindre le pire. Sans compter que la lignée des Schleyer n'a pas perdu la main : Hermann, le fils de Thomas, a été nommé directeur de la musique de Hambourg, et il est pressenti pour de plus hautes destinées. Je crois comprendre qu'il en va ainsi pour de nombreux postes clés… allez vous étonner, après ça, que nos amis qui avaient trouvé refuge à l'étranger aient renoncé à rentrer dans ~~notre~~ leur pays !

Et s'ils revenaient, d'ailleurs ? Que retrouveraient-ils de leur ancienne vie ? Rien. On pleure sur les ruines de Dresde, mais au moins prouvent-elles qu'il y avait une ville. À l'inverse, la « déjudaïsation » de l'Allemagne a été telle qu'il ne reste même plus quelques poussières sous le tapis. Juste une armée de zombies qui errent dans les rues, à la recherche des quelques miettes de leur vie qui auraient pu être épargnées. Mais il n'y en a pas. Le « complot nazi », comme vous l'évoquiez dans une de vos lettres, était par trop efficace - et je crains qu'il n'ait pas perdu de sa fougue, même s'il sait se faire plus discret. Je trouve parfaite la description que fait de ces revenants Karl Amadeus Hartmann, en tête de la partition de sa Sonate du 27 avril 1945 : « Le 27 avril 1945, une foule d'internés du camp de concentration de Dachau passa en se traînant près de nous - la horde était infinie - la misère était infinie - la souffrance était infinie » (…)

D'ailleurs, notre ami, aujourd'hui directeur de l'opéra de Bavière, souhaite développer des concerts sous le label « Musica viva » dans le même but que nous. Il est en meilleure position que moi pour y arriver… mais j'ai peur qu'il ne s'agisse là que d'un os jeté en pâture à nos désirs. Notre but, à nous, est de créer quelque chose d'itinérant, qui voyagera dans toute l'Allemagne et, par-delà les frontières, dans toute l'Europe !

Si vous le voulez bien, nous dédierons notre action à Hilda, en précisant toujours « Pour Hilda, un nom parmi des millions » (…)

Munich, 11 septembre 1952

Cher Arno,

Cinq ans après, toujours pas un concert, toujours pas une seule œuvre jouée… À part la série « Musica viva » - mais elle concerne les partitions existantes, des compositeurs déjà bien implantés dans le monde, et, au corps défendant d'Hartmann, son action reste bien provinciale -, rien. J'ai parfois l'impression que les seules à crier les noms des disparus sont ces corneilles qui planent au-dessus des champs dans la froidure de l'hiver. Et chaque jour qui passe, il faut subir une insulte, se voir infliger un camouflet. Aujourd'hui, c'est Rodolph Bauer, nommé directeur de la musique de la Ruhr, et Hermann Schleyer a quitté votre ville pour prendre la tête du conservatoire de Berlin. Les deux ont à peine trente ans ! Ils ont succédé à leurs pères, mais eux-mêmes n'ont pas les mains ensanglantées, et ils s'avancent dans la lumière pour mieux nous jeter dans l'ombre, car au fond, ces familles n'ont pas renoncé à leur idéologie.

Pragmatique, Simon passe un diplôme d'accordeur. Il a toujours dans l'intention d'étudier la direction symphonique mais, comme il dit, « de par le monde, il y a plus de pianos que d'orchestres ». C'est un enragé. À dix-neuf ans, il s'est engagé dans le parti communiste. J'ai moi-même pris une carte. Uniquement pour lui faire plaisir, car je ne crois pas que ce communisme-là ait grand-chose à voir avec l'anarcho-communisme que j'ai pu défendre en son temps, et les Soviétiques accusent déjà nos musiciens préférés (Schoenberg, Stravinsky…) de « formalisme » -

mais je ne dois pas décourager mon fils dans les combats qu'il veut mener. Il parle de plus en plus d'aller vivre en RDA, à Magdeburg. Pourquoi pas ?

Je n'ai pas tout à fait terminé de mettre au propre l'opéra de Rudolph Karel, mais comme je vous le disais la dernière fois que l'on s'est vus, j'ai préféré collecter des partitions complètes ou achever des œuvres en moins mauvais état pour que nous puissions au plus tôt nous lancer dans la croisade... Hélas, ce n'était pas utile. Les partitions s'entassent mais restent muettes.

J'aimerais pourtant tellement entendre toutes ces musiques, découvrir comment elles sonnent. Pour mes œuvres, mon cerveau suffit, mais pour celles des autres, que j'essaye tant bien que mal de restaurer, j'ai si peur de me tromper, de les trahir, que je doute beaucoup. Il n'est pas difficile de comprendre la logique d'un compositeur, mais il est presque impossible de pénétrer son âme. Prenons un exemple : la marche funèbre de la troisième symphonie de ce cher Beethoven, que je continue d'aduler malgré toutes les saletés idéologiques qu'on lui a fait supporter. Comment deviner, d'après le si sombre thème en ut mineur (toujours très simple chez lui), que le mouvement va se développer en un hymne à la vie si puissant, si émouvant, que même la victoire finale de la mort ne pourra nous le faire oublier - et c'est la volonté de nous battre, d'aimer, de vivre, qui nous restera à la fin ; et que dire, d'un point de vue purement logique, de l'apparition soudaine du fugato et de tout ce qui s'ensuit ? Qui, à la lecture de simples esquisses, saurait prévoir des variations d'une telle richesse (entre nous, je pense que la structure et l'esprit de ce mouvement ont inspiré Mahler de sa première symphonie au dernier mouvement de sa neuvième - il en fait l'aveu dans le Ruhevoll de la quatrième symphonie, mouvement central de toute son œuvre) ? Voyez-vous, mon ami, je ne peux pas être toutes les âmes, et je crains de passer à côté du véritable génie de chaque page que j'essaye de restituer.

Et tout cela pour quoi ?

Je sais bien que vous faites ce que vous pouvez… mais le complot nazi a-t-il réussi à ce point que nous ne pouvons pas revenir sur notre histoire pour en écrire les vrais épisodes, et non ces horreurs tronquées qu'on peut lire dans l'encyclopédie de Blume (il ne mentionne même pas que le jazz a été interdit de 1933 à 1945 !) ? Nous avons retrouvé la liberté d'écrire ce que nous voulons mais qu'est-ce que cela change ? Nous n'avions pas le droit de hurler ; aujourd'hui, nous pouvons, mais dès que nous hurlons, tout le monde se bouche les oreilles… ça change quoi, fondamentalement ? Les deux ne participent-ils pas d'une même forme de censure : la censure par le silence ?

Après avoir travaillé à la « déjudaïsation » de la musique allemande, les nazis semblent encore assez forts pour empêcher qu'une véritable dénazification des institutions soit mise en œuvre, et ils ont conservé suffisamment d'entregent pour faire en sorte que les quelques graines juives réchappées du carnage ne repoussent pas (je me refuse à parler de « rejudaïsation »).

Déjà, nous voyons revenir en force, après une sage retraite, Herbert von Karajan, Elisabeth Schwarzkopf, Karl Böhm… et c'est eux que l'étranger nous envie (…)

Hambourg, le 7 novembre 1956

Cher Simon,

Décidément, il était dit que nous perdrions nos combats… À moins que vous ne considériez comme une victoire pour votre cause l'entrée des chars russes à Budapest ? Je ne le crois pas ; il doit bien rester chez vous un zeste de l'anarchisme de votre père. Savez-vous que, comme avec la Gestapo autrefois, je crains aujourd'hui que la Stasi n'ouvre ce courrier et le lise à votre place, vous mettant ainsi en danger ? Tant pis. Vous vous débrouillerez avec vos amis. Je suis trop préoccupé pour ne pas prendre le risque, et j'en viens tout de suite au sujet de ma missive : mon ami, justement, votre père.

Je serai franc avec vous : je suis très inquiet quant à sa santé mentale. Le savez-vous atteint d'un mal quelconque ? La maladie d'Alzheimer, par exemple ? Karl m'envoie des partitions qui ne sont plus qu'un fouillis de notes sans queue ni tête. Au départ, je me suis dit que je devais rater quelque chose. Les compositeurs qui ont écrit ces musiques ont dansé avec le mal absolu. Qu'ont-ils pu rapporter du fond de leur déshumanisation forcée ? Quel langage ont-ils appris là-bas, dans les contrées de l'horreur, et à leur corps défendant ? La laideur la plus abjecte : qu'y a-t-il d'autre pour exprimer ce qu'ils ont vécu ? Arrivé à un tel point de reniement forcé de soi, peut-on encore magnifier quelque chose ? J'ai alors fait analyser les partitions par des spécialistes. Ils sont tous formels. C'est injouable et très probablement inécoutable. J'ai insisté : n'est-ce pas là justement le sens du chaos, d'être inécoutable ?

Leur réponse est imparable : l'art, c'est l'ordre. Un ordre autre, évidemment, un ordre poétique, secret, parfois inavouable, et qui fait toujours appel à une part de l'inconscient du créateur, mais un ordre tout de même. Aujourd'hui, si nous nous débarrassons des notions d'esthétique, par trop subjectives, nous pouvons au moins nous mettre d'accord sur l'idée que la musique est une architecture du son, que ce son soit une note ou un bruit. Or il n'y a rien de tel dans les envois de Karl. Tout n'est que hurlement.

Dites-moi s'il est possible que je lui rende visite...

De mon côté, j'ai échoué sur toute la ligne. Rendez-vous compte : même Mahler, de plus en plus célébré aux États-Unis - où je vais finir par me rendre, excusez-moi, mais l'antisémitisme des Soviétiques ne m'aidera pas beaucoup non plus à faire connaître chez vous la musique des « dégénérés » -, je n'arrive pas à le faire jouer ; alors que lui, au moins, on sait qu'il a existé ! À moins qu'il ne se soit agi d'une illusion ? En France, certains ont le vague souvenir d'une quatrième symphonie, mais c'est tout.

Beethoven, Mozart, Brahms, Bruckner, Wagner... voilà tout ce que nous parvenons à programmer. N'est-ce pas là l'aveu, par les instances culturelles les plus hautes d'Allemagne, que les valeurs magnifiées par les théoriciens du troisième Reich sont bien celles qui continueront de nourrir l'âme de notre peuple ?

Oui, Beethoven est un immense génie, et c'est bien à son corps défendant qu'il a été présenté comme le parangon de la musique aryenne, mais une vraie repentance de la part de tous ces vertueux musiciens cités par votre père dans une de ses dernières lettres n'aurait-elle pas consisté à redonner une voix à tous ceux qu'ils avaient contribué à rendre muets ? Ne peut-on pas voir, dans leur attitude, une obstination à clamer toujours le même message : la vraie musique, c'est ça ! Et elle seule durera mille ans !

Hélas, mille fois hélas, ils ont raison. Elle durera mille ans. Et ils auront gagné.

27

J'ai reposé sur le piano la dernière des lettres que l'accordeur m'avait données à lire. Je les ai toutes parcourues debout, en arpentant l'immense pièce où trônait le Steinway & Sons 1916 de Magalie. Et chaque fois je revenais à l'instrument pour y abandonner la missive achevée, comme si je la remettais à son destinataire.

On était en fin de journée. Trois hautes fenêtres à double vitrage nous séparaient du capharnaüm de la capitale. Le seul bruit qu'on entendait était le craquement des lattes de bois sous mes pas. Un soleil d'automne, s'immisçant par les stores composés de fines lamelles de bois, venait caresser le parquet aux lames en point de Hongrie. La lumière, ainsi tamisée, était douce. Les murs, les plafonds et les moulures qui les ornaient étaient uniformément peints en blanc mat. Une double porte-fenêtre donnait sur une pièce d'un tiers moins grande que celle où nous nous trouvions, ce qui constituait encore un bel espace.

Le seul autre meuble était un fauteuil. L'accordeur y était assis. Immobile, toute sa masse ramassée dans un costume sombre, il attendait une réaction de ma part. J'ai simplement demandé dans un murmure :

– Et vous avez répondu quoi ?

– Qu'en effet mon père était fou, mais aussi que les Soviétiques étaient fous, que les Européens étaient fous, que nous étions tous fous…

La voix de l'accordeur était fatiguée.

Il m'avait alpagué à la sortie de mon travail, alors qu'en compagnie d'autres ouvriers j'attendais l'autocar qui me ramènerait pour la dernière fois chez Anna. Je venais de signer mon CDI et j'avais déjà trouvé un logement. Le propriétaire, méfiant, me réservait le studio mais ne souhaitait pas s'engager avant que j'aie signé mon contrat de travail. J'arrivais maintenant à brosser les circuits imprimés avec des gants sans diminuer la cadence, et je ne perdais plus de peau, mais j'avais de plus en plus de mal à déplier complètement mes doigts, et si je n'y prenais pas garde, je cassais systématiquement les œufs que je saisissais.

Une Passat vieillotte, de couleur rouille, a ralenti devant l'arrêt de bus avant de faire demi-tour un peu plus loin pour venir se garer le long du trottoir d'en face. J'ai hésité mais, grâce à sa forte carrure, j'ai reconnu l'homme qui se tenait au volant ; un homme que j'appelais encore Max, à défaut d'un autre nom.

J'ai traversé la route et je l'ai rejoint.

L'accordeur a quitté la zone de Courtabœuf par le rond-point de la Folie-Bessin et s'est engagé sur la N 118. Il y avait de gros bouchons à la hauteur de Vélizy. Nous avons patienté dans le silence. À quoi bon discuter ? Moi, je n'attendais plus rien de la vie et lui savait où il me conduisait. Je lui ai juste demandé si je pouvais fumer. Il a dit oui. J'ai ouvert ma vitre et j'ai allumé une cigarette. Arrivé au pont de Sèvres, il a longé la Seine jusqu'à l'île de la Cité, qu'il a traversée. Le trajet, d'à peine vingt kilomètres, nous avait pris une heure trois quarts.

Il a garé sa voiture dans un parking souterrain, boulevard Saint-Germain, et m'a invité à le suivre dans un immeuble haussmannien de grand style, jusque dans cet appartement où nous nous trouvions maintenant.

– J'ai fait interner mon père dans une clinique en France, où je pensais qu'il serait mieux soigné. Mais soigné de quoi ? Il était possédé par des milliers de voix hurlantes. À toute heure du jour et de la nuit il se ruait pour écrire sur du papier à musique des suites de notes dont il était convaincu qu'elles lui étaient dictées depuis l'enfer toujours renouvelé des camps… Arno de Winter lui rendait visite, de temps en temps, mais vers le milieu des années soixante-dix, mon père ne reconnaissait plus personne.

Il a fait un grand geste du bras pour désigner des dizaines de partitions, deux cents, peut-être, posées à même le sol.

– Certaines sont signées de sa main, j'en ai corrigé d'autres et j'ai viré tout ce qui n'avait aucun sens. Un vieux tas de papiers poussiéreux : voilà tout votre héritage, avec le piano, l'argent et l'appartement.

Encore sous le choc de ce que je venais de lire, je ne savais pas quoi dire. L'accordeur s'est extirpé de son fauteuil et est venu s'appuyer au Steinway.

– Vous êtes une vraie tête de mule, quand vous vous y mettez.

Il a plongé les mains dans le piano et en a ressorti une liasse de vieux papiers.

– Voici la totalité des lettres qu'ont échangées mon père et Arno de Winter. Je m'étais dit que vous les récupéreriez, que vous vous arrangeriez pour les faire traduire et que peut-être, alors, vous feriez connaître cette histoire… genre la dernière volonté de madame de Winter, qui après s'être suicidée avait fait d'un pianiste l'héritier de sa mémoire. On se demandera pourquoi, mais elle n'avait pas d'enfant, et qui d'autre qu'un pianiste peut s'attaquer à ça ?

Il désignait la montagne de partitions.

– C'était parfait pour moi, parce que cette histoire enfin dévoilée – par un innocent, c'était fondamental – donnait aux flics le mobile dont ils ont tant besoin pour boucler définitivement une affaire… un mobile réel, en plus… Mais non. Vous avez fait tout ce que je voulais que vous fassiez, vous êtes tombé dans les pires pièges, et le jour où vous ne courez aucun danger sinon celui de devenir riche, vous prenez une décision… totalement inattendue.

– Je n'ai plus envie de reparler de tout ça. Dites-moi juste : vraiment, vous avez monté toute cette histoire uniquement pour vous venger de Schleyer et Bauer ?

Il m'a longuement observé, essayant de jauger si j'étais trop stupide pour comprendre, puis il s'est laissé retomber dans son fauteuil.

– C'était la cerise sur le gâteau. Une cerise au goût amer. Schleyer et Bauer accompagnaient Meinz partout. De vieilles relations de famille… Vous venez de le lire : cette histoire est d'abord l'histoire d'une immense défaite. Vous savez pourquoi on dit de la vengeance que c'est un plat qui se mange froid ? Parce que c'est celui qu'on attaque en dernier, quand on n'a plus rien à se mettre sous la dent. Et ce n'est pourtant pas le sandwich qu'on va avaler à ce moment-là qui va beaucoup nous rassasier… Sincèrement, combien connaissez-vous de noms, parmi tous ceux cités dans les quelques lettres que je vous ai traduites ? Et même ceux dont on a enregistré des œuvres, Karl Amadeus Hartmann, Alexander von Zemlinsky, les avez-vous écoutés ? Le premier a construit une œuvre post-camp, pour laquelle il a radicalement bouleversé son écriture ; il a laissé un des corpus symphoniques les plus somptueux (et les plus sombres) du XXe siècle. Le second quatuor de Zemlinsky est un chef-d'œuvre… Magalie voulait mourir, et elle voulait mourir comme ça. J'avais un boulot à faire, qui se mariait très bien à ce projet. Si en plus on pouvait se coller un quignon de pain sous la dent… et puis, comme je vous l'ai dit, ça fournissait un mobile parfait. Dans mon métier, on a beau céder parfois au romantisme, le pragmatisme reste notre priorité.

« À ce propos, accordeur, mais aussi régleur de piano, c'était mon vrai métier et ma plus grande couverture. J'ai fait le tour du monde, avec ça, et j'en ai trimballé, des microfilms, des armes ou tout autre document, dans mes Steinway ! Après 1989, quand l'orchestre de Magdeburg et le KGB ont été dissous dans le grand tout libéral, je me suis recyclé dans le privé… Accordeur, c'est aussi une très bonne couverture pour un assassin. Mais il y a une chose tout de même qu'il faut que vous sachiez : c'est le doigt de Magalie qui a pressé la queue de détente. Elle y tenait, et je peux vous jurer qu'elle n'a pas tremblé… Elle m'a remis l'arme, je me suis occupé de Meinz, puis j'ai exaucé le vœu de Magalie. En définitive, nous avons mangé notre sandwich. Il était froid et rance. Et j'ai encore faim.

Il est parti. Je suis resté seul dans l'immense appartement.

28

La première chose que j'ai faite, c'est porter les lettres aux flics. Celles en allemand, bien sûr. J'ai conservé par-devers moi les traductions de Simon et ses commentaires. Le capitaine Galant s'est encore fendu d'un interrogatoire. Pourquoi cet héritage, pourquoi moi… mais tout se tenait, et le fait que le piano ait été le même que celui qui avait servi sur le yacht a été décisif. Quand, pour boucler la boucle, des journalistes ont laissé supposer que le Steinway était celui sur lequel avait joué Karl Gustav Brandauer, la cause a été entendue. La police et la presse se sont bien demandé ce qu'était devenu Max Blaustein, mais lui, personne ne l'a jamais retrouvé.

La seconde chose que j'ai faite, c'est mettre en vente l'appartement de Magalie. À bien des égards, il était trop grand pour moi.

La troisième chose que j'ai faite, c'est retourner chez Anna.

Avec son accord, j'ai fait installer le Steinway au rez-de-jardin. Il restait tout juste assez de place pour mon lit, dont un bon tiers finissait sous la table d'harmonie, et pour stocker les centaines de partitions rassemblées par Simon.

Une semaine environ après le déménagement, un soir où Anna était partie travailler, j'ai attrapé la première partition qui me tombait sous la main et je l'ai posée sur le pupitre du piano. Il manquait la page de garde. Du coup, l'œuvre n'avait pas de titre et j'ignorais qui en était le compositeur. C'était une voix sans maître, à l'écriture dense, difficile à déchiffrer. Difficile à jouer, aussi. Surtout avec neuf doigts aux articulations verrouillées. C'était égal. De cette musique, j'avais tout à réapprendre.

Quand Anna est rentrée, vers deux heures du matin, je travaillais encore.

J'ai soudain senti sa main dans mon cou.

Comme promis, je n'ai pas abandonné mon vieux piano. Il trône dans la cuisine. Quand j'arrive au bout d'une œuvre, je l'exécute au moins une fois dessus, pour Anna, pendant qu'elle sirote un café. Puis je passe à la suivante.

Le seul morceau de mon ancien répertoire qu'il m'arrive encore de jouer, c'est *Lili Marleen*.

Merci à Nicole pour tous ces doutes qu'elle partage avec moi.

Merci à Jeanne et François pour leurs lectures et relectures avisées.

Ce roman doit beaucoup aux travaux d'Amaury du Closel, dont je ne saurais que trop conseiller la lecture de l'ouvrage *Les Voix étouffées du troisième Reich, Entartete Musik*, paru aux éditions Actes Sud en 2005. L'extrait de la lettre de Hans Gàl (p. 173) en est tiré, ainsi que la traduction du texte en exergue de la sonate de Karl Amadeus Hartmann (p. 253).

Le livre *La Rose blanche, Six Allemands contre le nazisme* a été réédité en collection de poche par les Éditions de Minuit en 2008, avec en photo de couverture celle qui est décrite dans le roman. Le tract de la *Rose blanche* reproduit dans ces pages est extrait de ce livre.

L'opéra de Rudolf Karel n'a jamais vu le jour – la partition en a été égarée.

De tous les musiciens cités dans cet ouvrage, seul Karl Gustav Brandauer n'a pas existé… encore que… allez savoir…

Les trajectoires des Schleyer, Bauer et Meinz sont imaginées, mais si peu…

À la fin des années 90, EMI a sorti une série de CD sous l'étiquette *Entartete Musik*. Hélas, l'entreprise a vite pris fin et les CD n'ont pas été réimprimés.

S'il vous plaît, si vous parvenez à mettre la main sur les enregistrements d'œuvres de ces musiciens – il y en a quelques-uns, difficiles à trouver –, écoutez-les.

Le silence après les camps…

conception
réalisation
mise en page
pca
44405 Rezé cedex

Achevé d'imprimer en février 2015
sur les presses de Normandie Roto Impression s.a.s.
à Lonrai (Orne)
pour le compte des Éditions Payot & Rivages
106, bd Saint-Germain – 75006 Paris
N° d'imprimeur : 1500487
Dépôt légal : février 2015

Imprimé en France

IMPRIM'VERT